U0061749

JPC

港文言・粵輕鬆

田南君——編著

序言

一切從「月台」說起

前年冬天，筆者有意編寫一本教授文言語法、欣賞古詩文的書，好讓同學們掌握閱讀和欣賞古詩文，以應付中文科和文學科的考試。可是，坊間已經有不少類似的教參書，或羅列經典篇章，或附以趣味故事，包羅萬象。所謂珠玉在前，筆者當時找不到教學的「突破點」，給同學們帶來學習文言文的全新方法，因此只好暫時擱置計劃。

直到去年年中，筆者為了深入了解《始得西山宴遊記》、《岳陽樓記》和《念奴嬌．赤壁懷古》這三篇範文的內容，於是到了永州、岳陽和黃州旅行。在乘坐火車前往各地期間，筆者在車廂發現了一樣很有趣的東西，並拍攝了下來：

對於「platform」一詞，內地稱之為「站台」（上圖），香港則稱之為「月台」（下圖）。這勾起了筆者的興趣，於是在旅程中翻閱有關資料。「站台」一詞，側重於其功能——站；至於「月台」，側重於其外形：原來「月台」這個詞語始見於一千四百多年前的南朝，本來是指宮殿外的石造平台，因為可以在晚上賞月，因此有着「月台」的叫法。

原來我們把「月台」這個歷史悠久的詞語保留下來，而且融入於現代生活當中。當刻，筆者在想：除了「月台」，還有甚麼古代詞彙被我們保留下來，而我們一直沒有留意的呢？

回港後，筆者每每走到街上，都會特別留意告示牌、海報、標語，看看能否在裏面找到古代的詞彙。在過程中，筆者發現，不只是文言詞彙，還有不少文言虛詞、特殊句式、修辭手法，都被我們保留下來。筆者終於找到了教學的「突破點」了：其實我們的母語——粵語，保留和融入了不少文言用語、句式，這不但**證明了粵語的內涵變得越來越豐富和典雅，更證明了文言文並非坊間所說的「死語言」**。

筆者最終以《港文言．粵輕鬆》作為本書標題，正是希望**通過日常生活的常見事例，包括我們的家園——「香港」和我們的母語——「粵語」的特有事物，給同學們教授文言語法和欣賞方法**，以打破傳統。

本書編旨

本書針對同學們閱讀古詩文時所遇到的**九大難點**，將全書分為九章：**首六個難點**從「詞義」、「詞性」、「虛詞」、「句式」、「語序」、「語譯」出發，教授各種**文言語法知識**，幫助同學們全面認識文言文；**後三個難點**則從「篇目」、「修辭」、「技巧」出發，教導同學們怎樣**剖析和欣賞古詩文作品**。

每一章下設有若干課，**合共三十二課**。每一課介紹一種與該主題有關的文言知識，開首更**將日常生活事例作為引入**，以激發同學們的學習動機，同時配以：

（一）筆者實地拍攝的**照片**；

（二）筆者與插畫師親手繪畫的**圖畫**；

（三）筆者親手攝製的**短片**；

（四）本土著名流行曲**歌詞**；及

（五）豐富的**古詩文例子**

務求以「**古今兼有、圖文並茂、聲色俱備**」的全新角度，教授各種與文言文有關的知識。

課題完結前，大都設「**課後小測試**」，以簡單、短小的練習作為同學們的自我回饋，以測試自己的文言水平。

最後是感謝三聯書店多年來的一路支持，讓筆者可以在這片天地裏，自「必讀古詩文系列」開始，到《香港中學生文言字典》、《圖解 DSE 文言範文 + 經典》，到這本《港文言．粵輕鬆》，一本接一本的編著與文言有關的書籍，從不同的角度帶領同學們走進文言世界中，讓他們有所裨益。書中內容或有缺漏，還望各位同學和讀者不吝指正，讓本書「止於至善」。

田南君

二零一九年暮春

目錄

難點 7　文章標題・短小易遺

難點 8　賞析修辭・審美之始

難點 9　弦外之音・無從覓尋

一字多義・莫衷一是

失手＝失去手手？扶手＝扶穩手手？

最近，港鐵正大力宣傳安全使用扶手電梯，到處都是呼籲乘客「記得要緊握扶手」的海報，包括下面這一張：

有一次乘地鐵回家，我就在這海報附近，聽到一位媽媽和小孩的對話……

小孩：媽媽，甚麼叫「失手」啊？

媽媽：「失手」就是「失去手手」。

小孩：為甚麼會「失去手手」啊？

媽媽：因為他們沒有緊握扶手呢！

從安全角度出發，這位媽媽説得很正確；可是從文字學角度出發，媽媽就答錯了。**「手」是多義字，除了本義，還有多個引申義**，而海報裏的兩個「手」字，就正正有着不同的解釋。

首先，「失手」不是指「失去雙手」，而是指「從手中失去貴重物品」，解作因不小心而造成錯誤。可見，「失手」的「手」已經從表示「手部」的本義，引申到表示位置的「手中」。

那麼「扶手」中的「手」解作甚麼？小孩學走路，要扶穩父母的手；父母年老了，就要反過來攙扶子女的手走路。「扶手」的「手」正是根據它的功能「攙扶」，引申為一種工具——把手。

一張海報，尚且如此；那麼，大家閱讀文言文時，應該會發現更多多義字、多音字、通假字，甚至不知道哪一個字義才是正確的解釋。故此，**筆者將會跟大家一起化解學習文言文的第一個難點：一字多義，莫衷一是。**

在這一章，我們將會認識「多義字」、「多音字」和「通假字」，了解文字本義、引申義、比喻義、假借義從古到今的演變過程，並掌握基本方法，在芸芸字義中找出正確的解釋。

第 1 課

「書」不是「書」── 談多義字及多音字

每個漢字的誕生之初，都只為一種事物服務，故此字義只有一個，也就是「本義」。據統計，見諸古今書籍的漢字多達 75000 個。可是，世間的事物又豈止 75000 種？由此可知，**絕大部分漢字都要肩負起承載兩個或以上的字義，因而出現了「多義字」和「多音字」。**

一 多義字

指兼備兩個或以上字義或詞性的漢字。多義字的最大特點，就是無論字義及詞性有多少，其讀音也是不變的。我們看看以下的例子：

1 「書」的本義和引申義

A 匾上大書（書寫）「敕造寧國府」。（曹雪芹《紅樓夢・第三回》）

B 相如顧召趙御史書（記錄）曰。（《廉頗藺相如列傳》）

C 授之書（書籍）而習其句讀者。（《師說》）

D 然後敢發書（書信）。（司馬光《訓儉示康》）

E 軍書（文書）十二卷，卷卷有爺名。（《木蘭辭》）

F 能篆書（字體），工草隸。（《隋書・閻毗傳》）

G 樂琴書（書法）以消憂。（陶潛《歸去來辭》）

「書」是形聲字，「聿」是形符，像一手執筆，「曰」是聲符。《説文解字》説：「書，箸（著）也。」段玉裁的注釋説：「箸（著）於竹帛謂之『書』。」可見，**「書」的本義就是「書寫」**，例句 A 中的「大書」，就是指「清楚地書寫」。

後來，「書」從本義**引申出「記錄」這個新字義**，表示通過書寫來記錄事情。在例句 B，藺相如就是叫史官記錄「秦王為趙王擊缻」一事。

不論是書寫，還是記錄，都會產生不同的文體。故此，「書」從動詞**引申作名詞，表示「書籍」、「書信」、「文書」等**，這三個字義都分別見於例句 C、D、E 中，不再贅述。

既然有「寫」，就自然有「字」。「書」從這個方向引申出來的**新字義，就是「字體」**，除了例句 F 中的「篆書」，還有「隸書」、「草書」、「楷書」等等。到後來，人們開始講究寫字的法則，「書」又有**新的解釋：書法**。

2 「首」的本義和引申義

A　驀然迴首（頭部）。（辛棄疾《青玉案・元夕》）

B　漢改曆，以正月為歲首（開始）。（班固《漢書・郊祀志》）

C　陳涉首（首先）難，豪傑蜂起。（《史記・項羽本紀》）

D　凡百元首（首長），承天景命。（魏徵《諫太宗十思疏》）

E　作《海南道中詩》三十首（詩歌單位）。（魏禧《吾廬記》）

「首」的本義是「頭」，上半部分像頭髮，下半部分像人面，合起來就是頭部。例句 A 中的「迴首」就是「回頭」，回頭看到甚麼？就是「燈火闌珊處」的「那人」。

粵語有句俗語，叫做「睇人眉頭眼額」，就是指要知道一個人的本性，可以先看他的頭部和五官是否端正。由此，「首」就從本義「頭」**引申為「開始」**。例句 B 中的「歲首」，就是指「一年的開始」；繼而**又引申出副詞「首先」**，用來修飾事情發生的次序。例句 C 中的「首難」就是解作「首先發難」，指第一個起來反秦的人就是陳涉。

給植物曬一天太陽，卻把它放在大冷天下十日，植物是不能夠生長的。

人的頭部有腦袋、五官，掌管了思想、視野、聆聽、說話，故此，**後人用「頭」來比喻團體中的「頭目」**。例句 D 中「元首」的「元」也有「首」之意，首長中的首長，那肯定是一國之君啦！

例句 E 中的「首」是量詞，用來**計算詩詞、歌曲的單位，卻跟「頭部」沒有關係**，純粹將這個字義借用在「首」身上，成為「首」的新字義。這種字義稱為「假借義」，我們稍後會再談及。

二 多音字

在古代又稱為「破音字」，就是**通過「破讀」——改變文字的讀音——來區別不同意義或詞性的文字**。至於「破讀」的方法，就有以下好幾種：

1 改變聲調

部分多音字的讀音，其分別在於聲調的高低不同。譬如「遺」字：

A 小學而大遺（遺忘；【圍 wai4】）。（《師說》）
B 是以先帝簡拔以遺（遺留；【圍 wai4】）陛下。（諸葛亮《出師表》）
C 使人遺（贈送；【胃 wai6】）趙王書。（《廉頗藺相如列傳》）

「遺」本讀【圍 wai4】，本義是「遺漏」，因而**延伸出「遺忘」**這新字義，也就是例句 A 中的「大遺」：遺忘了大道理。人們把物件「遺漏」了，物件被留在原地，因而**衍生出新字義：遺留、留下**。在例句 B 中先帝劉備留下給後主的，就是郭攸之、費禕、董允等賢臣。

「遺」還可以破讀為【胃 wai6】，解作贈送、給予。例句 C 中，秦昭王知道和氏璧落入趙王手中，於是派人給趙王送上書信，希望用城池來交換璧玉。當中的「遺」就是解作「贈送」。

「遺」本讀【圍 wai4】，破讀作【胃 wai6】時，兩者的聲母【w-】和韻母【-ai】是一樣的，**只是聲調有所改變，從陽平聲【4】破讀為陽去聲【6】**。有關粵語的聲調，大家可以參考最後一課《談九聲、四聲與平仄》。

2 改變聲母或韻母

改變聲調是「破讀」的基本形式，後來不敷應用，人們於是從聲母、韻母入手，來區別字義，譬如「長」字：

A 無長（年長；【掌 zoeng2】）無少。（《師說》）

B 而卒莫消長（增加；【掌 zoeng2】）也。（蘇軾《前赤壁賦》）

C 但願長（長久；【場 coeng4】）醉不用醒。（李白《將進酒》）

D 登高而招，臂非加長（不短；【場 coeng4】）也。（荀況《勸學》）

E 只緣無長（多餘；【像 zoeng6】）物，始得作閒人。（白居易《無長物》）

「長」的本義是長者，本音讀【掌 zoeng2】，字形像一個拄着拐杖的長髮老人，因而**引申出新字義：年長**。例句 A 中的「無長無少」，就是指求師的對象不分老幼。人之所以老，是因為年歲不斷增長，因而**再引申出新字義：生長、成長、增長**，例句 B 的「消長」就是指「減少與增加」。

長者經歷的光陰較長，因而**衍生出新字義，表示時間上或空間上的距離大**。這時，「長」**必須破讀為【場 coeng4】**。例句 C 中的「長醉」就是指李白想永永遠遠的一醉不醒；而例句 D 中的「加長」，就是指手臂的長度增加。兩者分別指時間及空間上的距離大。

「長」還有一個讀音。很多人會把「身無長物」中的「長」讀【場 coeng4】，實際不然。**「長」在這裏應當讀【像 zoeng6】，解作「多餘」**。在《無長物》中，白居易正是因為沒有多餘的東西，因而自稱為「閒人」。

可見「長」的三個讀音，其韻母【-oeng】都是一樣的，可是**聲母【z-】、【c-】和聲調（陰上聲【2】、陽平聲【4】、陽去聲【6】）**卻有所不同。

3 沒有規律

有些多音字不但讀音多，就連破讀規律也頗複雜。譬如「石」字：

A 金石（石頭；【碩 sek6】）可鏤。（《勸學》）

B 幽泉怪石（岩石；【碩 sek6】）。（柳宗元《始得西山宴遊記》）

C 今子有五石（重量單位；【擔 daam3】）之瓠。（莊周《逍遙遊》）

「石」本讀【碩 sek6】，本義是「石頭」。例子A中的「金石」，就是指金屬和石頭。小石，就叫「石頭」，大石，就是「岩石」，故此**「石」的另一個解釋，就是「岩石」**。例句B中的「怪石」就是指怪異的岩石。「石」亦可解作藥石、石碑，都跟「石頭」有關，因此都讀【碩 sek6】。

唯獨**用作重量或容量單位時，「石」必須破讀為【擔 daam3】**。例句C中的「五石之瓠」就是指惠子種出了五石的大葫蘆瓜。坊間有不少書籍，都把這個「石」解作容量單位，因而譯作「五石大的葫蘆瓜」。原來，「石」用作容量單位是宋朝以後的事。在戰國時代，「石」只用作重量單位。故此，「五石之瓠」應當譯作「五石重的葫蘆瓜」。

「石」的兩個讀音，其**聲母【s-】、【d-】、韻母【-ek】、【-aam】和聲調（陽入聲【6】、陰去聲【3】）都不相同**，其破讀方法毫無規律可言。

三 本義、引申義、比喻義及假借義

在介紹各類型字義之前，我們先用圖表來概括前文「書」、「首」、「遺」、「長」、「石」字字義的衍生過程，給大家清晰的概念。

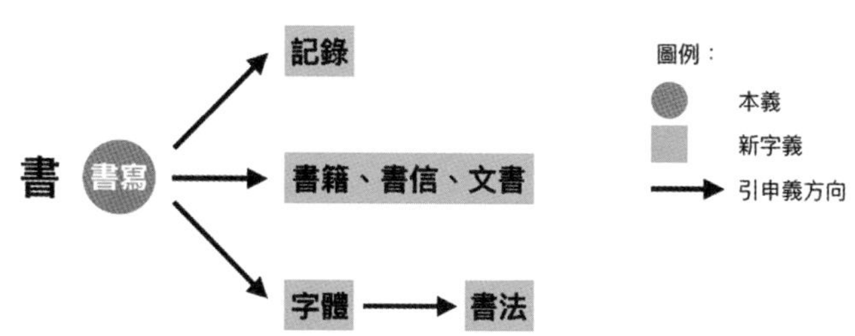

• 「書」字字義衍生關係圖

1 本義與引申義

每個字都有其本義，我們用紅色圓形「●」來表示，所衍生的新字義，就用粉紅色方形「■」來表示。

根據上圖，「書」的本義是「書寫」，後來從動作、文體、文字三個方向，分別衍生出「記錄」、「書籍、書信、文書」、「字體」等新字義，我們用黑色實線箭頭「──►」來表示。**這些從本義直接引申出來，彼此互有關聯的新字義，就稱為「引申義」**。

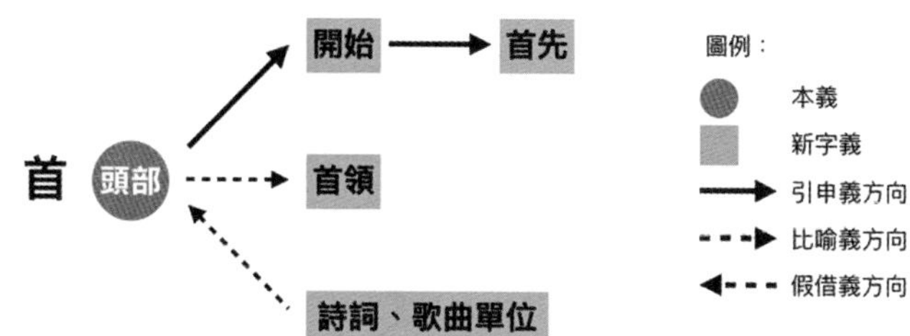

• 「首」字字義衍生關係圖

根據上圖，「首」的本義是「頭部」，由這個意思直接衍生出「開始」、「首先」等新字義，都是「首」的引申義。

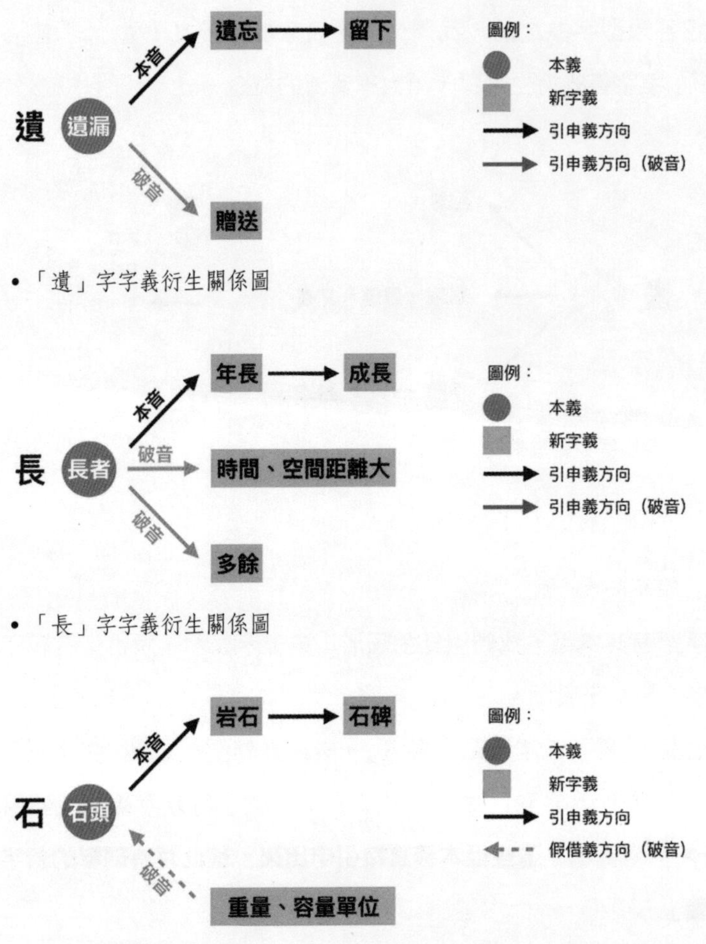

•「遺」字字義衍生關係圖

•「長」字字義衍生關係圖

•「石」字字義衍生關係圖

至於「遺」、「長」、「石」這三個多音字，都有其本義和引申義，都用實線箭頭來表示，當中用上黑色和紅色，只是用來說明它們的本音（黑色）和破音（紅色）。

2 本義與比喻義

我們先回望「首」的字義關係圖。**「頭」是控制人類行動的部位，十分重要，後人於是用它來比喻團體中的「首領」，這種通過比喻方法所衍生的新字義，就叫做「比喻義」**，我們用黑色虛線箭頭「--►」來表示。比喻義雖然都是從本義衍生出來的，可是當中牽涉了比喻成分，關係不及引申義那麼直截了當、實在。

3 本義與假借義

當一種新事物興起了，人們就要用文字來記錄它、表達它，可是人們一時間造不了新的文字，於是**將這件新事物的字義借用在原有的文字上。用這種方法所衍生的新字義，就叫做「假借義」。假借義和本義是沒有關係的，只是讀音上相同，因而借用到文字上**。

再以「首」為例。用作詩詞歌曲單位的「首」，跟表示頭部的「首」，在字義上是沒有聯繫的，只是兩者讀音相同，故此有所假借，我們於是用反方向的黑色虛線箭頭「◄--」來表示。

又例如，表示重量、容量單位的「石」，跟表示石頭的「石」，在意義上都是沒有關係的。我們於是用反方向的紅色虛線箭頭「◄--」來表示（紅色表示破音）。要留意的是，這些箭頭的方向是從假借義反過來指向本義的，以表示假借義「假借」在已有文字上。

四 怎樣找出多義字、多音字的真正解釋？

既然漢字絕大部分都是多義字或多音字，那麼，在閱讀古詩文時，怎樣才可以找出某字在文中的真正解釋呢？在這裏提供幾個小技巧給大家。

人家一次就學懂的，我即使再愚蠢，只要肯學習過百次，也一定會學懂。

1 根據部首字形推敲

漢字基本上都是通過象形、指事、會意、形聲創造出來的，因此可以**通過文字的形符——部首和部件**，去初步推敲字義。譬如這一句：

A 則儽然者。（俞長城《全鏡文》）

通過「儽」字的部件「人」和「累」，我們可以初步推敲其字義：十分疲累的樣子。

用字形來推敲字義並非萬試萬靈，這是因為部分文字的字形已經經歷了不少改變，此外，部分文字出現「假借義」，純粹利用讀音相同之便，跟字形毫無關係。這樣，我們可以嘗試其他方法。

2 根據字義本身推敲

在眾多類型的字義中，引申義和比喻義佔了絕大多數，由此，我們可以**在某一字義的基礎上，推敲出某個字在文中的真正字義**。譬如：

B 賊於道者多。（李翱《命解》）

我們可以通過例句 B 中「賊」字的個別字義——竊盜財物的人——去想：既然是賊，那就一定是有害的，由此就可以推敲出「賊」在文中的意思：有害。

3 根據上文下理推敲

我們也可以嘗試**通過上文下理去推敲字義**。譬如剛才的「則儽然者」，我們可以通過後文句子「非人狀也」，進一步推敲「儽」的字義：不似人形。又如剛才的「賊於道者多」，我們可以觀察前文句子「利於人者鮮」，通過「多」和「鮮」這組反義詞，就能推敲出「賊」就是解作有害。

關於推敲文章中各種難字的正確字義，大家可以參考第 18、19 課的《談解字六法》。

課後小測試

圈出下列句子中多音字的正確讀音，並寫出其字義。

❶ 今為宮室之美為之。（孟軻《魚我所欲也》） 讀音：圍／胃 字義：________

❷ 今為宮室之美為之。（《魚我所欲也》） 讀音：圍／胃 字義：________

❸ 浩浩湯湯，橫無際涯。（范仲淹《岳陽樓記》） 讀音：劏／商 字義：________

❹ 及其日中，如探湯。（《列子·湯問》） 讀音：劏／商 字義：________

❺ 芳草鮮美。（陶潛《桃花源記》） 讀音：癬／仙 字義：________

❻ 利於人者鮮。（《命解》） 讀音：癬／仙 字義：________

❼ 將進酒，君莫停！（《將進酒》） 讀音：章／昌 字義：________

❽ 田園將蕪胡不歸？（《歸去來辭》） 讀音：章／昌 字義：________

第 2 課

「0」水與「官」塘——談通假字及古今字

一 古代的別字——通假字

通假字，是影響我們閱讀文言文的一大障礙。「通」就是「通用」，「假」就是「借用」。**所謂「通假」，就是指在特定情況下，基於讀音相同或相近，甲字被借用作原來正確的乙字，彼此互相通用。**原本正確的乙字叫做「本字」，借來的甲字就是「通假字」，彼此在意義上毫無關聯。

我們以常見的「0 水」為例子吧。茶餐廳伙計經常用上阿拉伯數字「0」來代替「檸檬」的「檸」，將「檸水」寫作「0 水」。這是因為「0（零）」（【ling4】）和「檸」（【ning4】）的讀音相近，不論是伙計書寫，還是水吧閱讀，都非常方便。

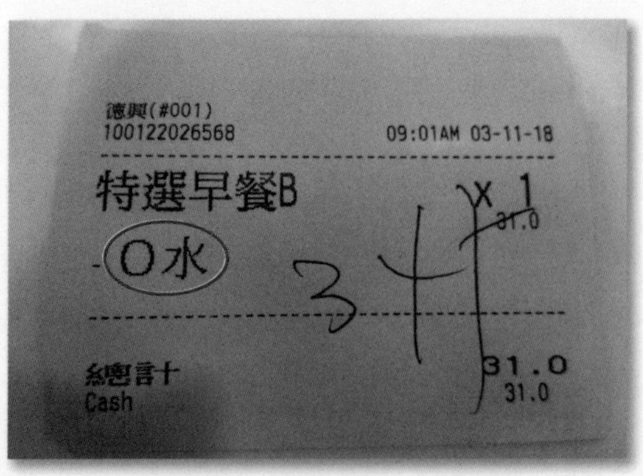

• 以「0」代「檸」，算是另類的通假字。

古人亦會經常使用通假字來代替本字——其實就是寫別字，可是後來因為約定俗成，這些別字因而與本字互相通用，更成為今日閱讀文言時不可不學的「通假字」。根據通假的方法，「通假字」可以分為以下兩類：

1　同音通假字

就是指**與本字的聲、韻、調完全一樣的通假字**。例如：

A　養及親者，身伉其難。（《呂氏春秋．士節》）

B　君不如肉袒伏斧質請罪。（《廉頗藺相如列傳》）

C　至於負者歌於塗。（歐陽修《醉翁亭記》）

「伉」從「人」部，解作「伉儷」，在例句A中卻是「抗」的通假字，解作「抵抗」、「抵擋」。「伉難」就是「抵擋危難」。兩個字的聲（【k-】）、韻（【-ong】）、調（陰去聲【3】）都是一樣的，因而通假。

例句B的「伏斧」，是指伏在斧頭下，準備受刑。那麼「質」跟受刑有甚麼關係？**原來「質」在這裏與「鑕」相通，解作刑具「鐵板」**。「鑕」是要與「斧」配合使用的：犯人乖乖伏在鑕上，劊子手才能揮斧處決。兩個字的聲（【z-】）、韻（【-at】）、調（陰入聲【1】）都是一樣的。

由於上古沒有統一文字寫法的字書，因此古人使用通假字（寫別字）的情況相當普遍。雖然後來《說文解字》問世，但使用通假字早已成風，故此到了唐、宋時代，不少作家會依然使用通假字來行文。

就像例句C中，**本義作「泥巴」的「塗」是「途」的通假字，解作「道路」**。兩個字的聲（【t-】）、韻（【-ou】）、調（陽平聲【4】）完全一樣，因而通假。歐陽修是古文大家，沒有理由不知道自己在寫別字，他之所以這樣寫，是因為「以塗代途」已經成為約定俗成的做法，早在莊周《逍遙遊》中的「立之塗」這句，已經有這種做法。足見上古時代使用通假字的情況，深深影響了後人。

2　近音通假字

就是指**與本字的聲、韻、調並不完全一樣的通假字**。我們先看看以下例子：

D　意有所極，夢亦同趣。（《始得西山宴遊記》）

E　孫以出之。（《論仁、論孝、論君子》）

「趣」本解作「主旨」，在例句 D 中被用作通假字，與「趨」相通，解作「趨向」。兩個字讀音相近，聲母（【c-】）和韻母（【-eoi】）都是相同的，只是聲調不同，前者作「陰去聲【3】」，後者讀「陰平聲【1】」，因而彼此互通。

「孫」的本義是「兒子的兒子」，在例句 E 中卻是「遜」的通假字，解作「謙遜」。兩個字的粵語分別讀【syun1】和【seon3】，聲母（【s-】）固然相同，原來兩個字的韻母在上古是相同的（屬「文」部），而且擁有相同的部件「孫」，因而通用。

通假字和本字只有讀音及字形上的聯繫，如果沒有輔助資料，是很難一下子把通假字分辨出來的。有見及此，下表羅列了常見的通假字，好讓大家日後閱讀其他文言篇章時，大派用場：

常見通假字一覽表

通假字	本字	釋義	通假字	本字	釋義
亡	忘	忘記	強	僵	僵硬
亡	無	沒有	得	德	感激
亡	毋	不要	逝	誓	發誓
女	汝	你	惠	慧	聰明
已	矣	語氣助詞「了」	景	影	影子
已	以	以來	無	毋	不要
不	否	語氣助詞，表示疑問	裁	才	僅
止	只	僅僅	鄉	向	面向、從前

通假字	本字	釋義	通假字	本字	釋義
以	已	已經	塗	途	道路
矢	屎	糞便	禽	擒	捉拿
伏	服	屈服、順從	詳	佯	假裝
有	又	用在整數和零數間計算數目	爾	耳	罷了
免	娩	分娩	與	歟	語氣助詞，表示疑問
沒	冒	冒着	與	舉	舉出
邪	耶	語氣助詞，表示疑問	蜚	飛	飛行
卒	猝	倉猝	罷	疲	疲憊
炎	焰	火焰	質	鑕	鐵砧
舍	捨	捨棄	燕	宴	安逸、安樂
信	伸	伸張	衡	橫	連橫
要	邀	邀請	輮	煣	使物件彎曲
倍	背	違背、背棄	繆	穆	帝王謚號
匪	非	不是	還	旋	回轉、圍繞、馬上
畔	叛	背叛、離開	簡	揀	揀選
祇	只	只是	闕	缺	間隔、中斷、缺點
蚤	早	早些	離	罹	遭受
唱	倡	宣導、號召	辯	辨	分辨

二 另類通假字——古今字

當某個字使用了一段時間後，基於種種原因，人們就創造新字來取代它，兩個字在指定字義上是通用的，因而出現古、今字。「古」、「今」並非指古代和現今，而是指時間上的先後，先出現的就叫「古字」，後出現的就叫「今字」。我們再來一個生活例子：

觀塘，曾是東莞縣四大鹽場之一，名為「官富場」。香港開埠後不久，「官富場」改稱為「官塘」，即「官富鹽塘」之意。直到上世紀五十年代，政府開發該區，時人不喜歡「官」字，政府因而改「官」為「觀」，「觀塘」之定名因而誕生，並沿用至今。可是以「官塘」命名的事物依然存在，例如小巴站牌、建築物名稱等等，因而促成了古（官）、今（觀）字的出現。

• 「官塘」不再是官方寫法，但時至今日依然與「觀塘」分庭抗禮。

至於古代，人們要麼改換古字的形符或聲符，要麼替古字另加形符，從而創造出新的文字（今字）。我們看看以下例子：

A　學而時習之，不亦說乎？（《論語・學而》）

B　螾無爪牙之利。（《勸學》）

C　所以傳道、受業、解惑也。（《師說》）

例句 A 中的「說」是「悅」的古字，解作「開心」。後來，人們為了把「說」的字義分家，於是把「說」的形符「言」改為「忄」，並保留聲符「兑」，創造了今字「悅」，來表達「開心」之意。自此，「說」不再含有「開心」的意思。

例句 B 中的「螾」是「蚓」的古字，就是指蚯蚓。後來人們把聲符「寅」改為「引」，並保留形符「虫」，創造了今字「蚓」。結果，「螾」字越來越少人使用，因而被遺忘。

例句 C 中的「受」是「授」的古字，解作「給予」。由於「受」本身也可以解作「接受」，容易引起歧義，後人於是在「受」的基礎上，加上形符「扌」，新造出今字「授」，來表達「授予」這意思。自此，「授」和「受」終於可以分家，不再混為一談。

根據上文的描述，古今通假字可以分為以下兩類：

常見古今字一覽表

改換古字的形符或聲符，創造今字					
古字	今字	釋義	古字	今字	釋義
決	訣	訣別	距	拒	拒絕
沒	歿	死亡	說	悅	開心
案	按	按照、根據	輓	挽	挽手
被	披	披上	螾	蚓	蚯蚓
以古字為聲符，加入形符，創造今字					
古字	今字	釋義	古字	今字	釋義
女	汝	你	要	腰	腰部
內	納	接納、收納	食	飼	餵飼、給別人吃
反	返	回去	臭	嗅	用鼻子聞
生	性	本性	孰	熟	仔細
刑	型	典範、榜樣	從	縱	合縱
坐	座	座位	莫	暮	傍晚
見	現	出現、顯現	然	燃	燃點
取	娶	娶太太	馮	憑	依仗、依靠
受	授	授予、給予	厭	饜	滿足
直	值	值得、價值	暴	曝	曝曬
知	智	智慧、聰明			

學習時，不能因為面對浩瀚的知識而自卑，也不能因為學了一點知識而自大。

三 怎樣判別文中的通假字？

雖然說通假字和本字、古字和今字，彼此只有同音、近音、近形的關係，可是想判別文中的通假字及其字義，還是有方法可言的，就是**找出與疑似通假字同音、且切合句意的本字**。譬如在俞長城《全鏡文》中，鏡神跟無心公說了這番話：

爾無怒，始理爾首，滌爾面。

前文明明提到無心公「怒甚，執鏡而將毀焉」，為甚麼這一刻鏡神會說無心公「沒有怒氣」（無怒）呢？這個時候，我們可以循「通假字」這個方向去想：有哪些字和「無」同音或近音，而且切合句子意思呢？是「毋」字啊！

原來，「無」在文中是「毋」的通假字，兩個字都讀【mou4】，而「毋」解作「不要」，符合了鏡神跟無心公所說「你不要發怒」的意思。

此外，**還可以通過字形，推敲通假字的確切字義**。譬如在《呂氏春秋．士節》中，晏子因被齊王猜忌而逃亡，齊王知道真相後，於是策馬追回晏子。晏子知道齊王來了，「不得已而**反**」——齊王都已經紆尊降貴、低聲下氣了，為甚麼晏子還想「反」呢？

這時，我們可以通過「反」的讀音和字形，來推敲其字義：解作「回去」的「返」，不是和「反」同音（【faan2】）、近形（具備相同的部件）嗎？原來「反」在這裏與「返」相通，「反」是古字，「返」是今字。「反」最初解作「翻轉」，後來引申出「回去」之意。為免混淆，後人特意將「反」字作為聲符，加上形符「辶」，創造出今字「返」。

課後小測試

一、寫出下列句子中通假字的本字（或今字）及其字義。

❶ 以精銅鑄成，員徑八尺。 本字：______ 字義：____________
（范曄《後漢書・張衡列傳》）

❷ 匪兕匪虎，率彼曠野。 本字：______ 字義：____________
（《詩經・小雅・何草不黃》）

❸ 繫向牛頭充炭直。 本字：______ 字義：____________
（白居易《賣炭翁》）

❹ 鑠金百溢，盜跖不掇。 本字：______ 字義：____________
（韓非《韓非子・五蠹》）

二、判別下列句子中的着色字是否通假字，是的，在括號內填＋；不是的，填－，並寫出理由。

❺ 旦日不可不蚤（通「早」）自來謝項王。（《史記・項羽本紀》）
（　　）____

❻ 一人用而天下從（通「縱」）。（《戰國策・蘇秦始將連橫》）
（　　）____

❼ 徑須沽（通「酤」）取對君酌。（《將進酒》）
（　　）____

❽ 夫人姜氏會齊侯于禚。書姦（通「奸」）也。（《左傳・莊公二年》）
（　　）____

第 3 課

「天地」不是「天與地」── 談雙音詞的分解與合解

「天地」這個詞語，由「天」和「地」組成，起初的確解作「天空和地表」。「杞人憂天」是家喻戶曉的故事，出自《列子．天瑞》。原文一開始是這樣寫的：「杞國有人，憂**天地**崩墜。」原來，杞人既憂天，也憂地，擔心天會下墜，地會崩塌。「天地」在這裏就是分別指天和地。

經過字義的演進，「天地」不只是「天和地」代稱，更代表着「天地之間」──也就是「世界」。譬如杜甫《登樓》「錦江春色來天地」，説的就是春天已經來臨到世界上了。

• 今天，「天地」已經不能分解作「天和地」，應該合解為「空間」。

人而不為《周南》、《召南》，其猶正牆面而立也與？（《論語．陽貨》）

如今，「天地」已經成為商舖的代名詞，譬如「教育天地」，一看就知道是教育機構；「奇趣天地」所售賣的，應該是新奇有趣的貨品。換言之，「天地」可以理解為「空間」。

「天地」已經從起初分指「天」和「地」，慢慢解作「世界」、「空間」，斷不能分開來理解，這就是「合解」雙音詞的最佳例子。

今課，我們將會講解文言世界中的「雙音詞」，和我們所理解的有哪些不同之處。

一 單音詞與雙音詞

單音詞只有一個音節的詞語，能夠表達完整的意思，譬如：人、狗、草、日。至於**雙音詞，就是由兩個音節組成詞語**，也能夠表達完整的意思。上古文字少，單音詞佔大多數，卻也不乏雙音詞，如：「妻子」、「以為」、「布衣」、「闌珊」等。

不少同學在古文中看到這些雙音詞時，都會用現今的用法來解釋，可是這些雙音詞的詞義早已出現變化，有些需要分開來理解，有些需要合攏來理解，才能夠得知其確切意思。

二 「分解」雙音詞

有些雙音詞在今天單指一件事物，在古代卻**是指兩件事物，要分開來理解**。根據組合模式，這類雙音詞可以分為三類：

一個人如果不讀《周南》、《召南》，就像對着牆壁站着一樣，無法前進。

1　一般雙音詞

由**兩個詞性不同的單音詞**組成，需要分開來理解，例如：

A 以為

語體文中的「以為」可以理解為「誤以為」，帶有「誤會」的意思，是不能分開來理解的。然而，**古代的「以為」卻是由介詞「以」和動詞「為」組成，可以理解為「把（以）某件事當作（為）……」**。譬如《逍遙遊》中的「剖之以為瓢」，不是說惠子把葫蘆瓜誤以為是水瓢，而是說惠子剖開葫蘆瓜後，把（以）葫蘆瓜當作（為）水瓢來用。

B 等死

一看到這個雙音詞，同學們也許馬上想到答案：等着去死。分開來理解是對的，不過，「等着去死」卻是錯的。我們先看看原文句子：

> 陳勝、吳廣乃謀曰：「今亡亦死，舉大計亦死，等死，死國可乎？」（《史記・陳涉世家》）

陳勝和吳廣本來前往遠方勞役，途中適逢大暴雨，一行九百人不能前進。根據秦朝法律，逾期前往勞役地點者，不問緣由，一律處斬。陳勝和吳廣因而籌謀說：「逃亡是死，發難也是死，同樣是死，為國家而死，可行嗎？」可見，原文中的**「等」解作「相等」，而「等死」就是指「同樣是死」**，而非「等着去死」。

2　近義雙音詞（分解）

由**兩個字義相近的單音詞**組成，需要分開來理解。例如：

C 親戚

《廉頗藺相如列傳》中有「臣所以去親戚而事君者」句，很多同學會問：藺相如的舍人離鄉別井，出來打工，為甚麼要強調跟自己的親戚言別？原來，**「親戚」是由「親」和「戚」兩個單音詞組成的，分別指父親和母親**，與今天我們所理解的「親戚」是不同的。

D 富貴

李翱在《命解》中提到「雖一飲之細也，猶不可受。況富貴之大耶？」當中「富貴」一詞，今人多只從物質、金錢上理解，與「富有」等同。可是**「富貴」在古代必須分開來理解，因為所指的是「有錢財」(富）和「有地位」(貴）。**

3 偏義雙音詞

由兩個意思相近或相反的單音詞組成，然而**其詞義只偏重於其中一個字**，另外一個字只作陪襯，例如：

E 異同

在《出師表》中，諸葛亮勸諫後主說：「陟罰臧否，不宜異同。」意指在宮中、府中，獎勵、懲罰官員的準則，不應該有差別。原文中的**「異同」由「異」和「同」這兩個單音詞組成，分指「不同」和「相同」，可是詞義的重心卻傾向「異」，「同」只是作陪襯而已。**由此，「異同」的真正解釋是「不同」。

F 園圃

園就是「果園」，圃就是「菜圃」，理論上應該當兩種事物來理解。然而在《墨子·非攻上》中，卻是例外：「今有一人，入人園圃，竊其桃李。」句中的「桃李」是水果，可見**「園圃」在這裏的意思傾向於「園」，「圃」只是陪襯**，語譯時只需要將「園圃」寫作「果園」。

下表所羅列了常見的「分解」雙音詞，好讓同學們閱讀其他古詩文時作參考之用：

常見「分解」雙音詞一覽表

類型	雙音詞	今義	古義	例句
一般雙音詞	故事	帶記敘性質的文體	以往（故）的事情（事）	原文：從六國破亡之故事。（蘇洵《六國論》） 譯文：重走山東六國滅亡的舊路。
	學者	某個知識範疇的專家	學習（學）的人（者）	原文：古之學者必有師。（《師說》） 譯文：古代學習的人一定會有老師。
	黃泉	陰間	地下（黃）的泉水（泉）	原文：下飲黃泉。（《勸學》） 譯文：向下喝到地下的泉水。
	地方	區域、地區	疆土（地）的面積（方）	原文：今齊地方千里。（《戰國策・齊策一》） 譯文：如今齊國疆土的面積超過千里。
	顏色	事物的色彩	面容（顏）和神色（色）	原文：顏色，竊鈇也。（《列子・亡鈇》） 譯文：面容和神色，都像偷了斧頭的樣子。
	妻子	太太	太太（妻）和子女（子）	原文：耶娘妻子走相送。（杜甫《兵車行》） 譯文：夫妻、母親、太太和子女都邊走邊送別。
	形容	描述、修飾	身體（形）和面色（容）	原文：形容枯槁。（《戰國策・秦策一》） 譯文：身體瘦弱，面色枯黃。
	無論	連詞，用於條件複句	不用（無）說（論）	原文：不知有漢，無論魏晉。（《桃花源記》） 譯文：不知道有過漢朝，更不用說魏國和晉朝。

人而無儀，不死何為？（《詩經・鄘風・相鼠》）

類型	雙音詞	今義	古義	例句
一般雙音詞	其實	實在	這／他（其） 實際上（實）	原文：其實漢賊也。（司馬光《資治通鑑．赤壁之戰》） 譯文：他實際上是漢朝的國賊。
	因為	連詞，用於因果複句	因此（因） 創作（為）	原文：因為長句。（白居易《琵琶行．序》） 譯文：因此創作這首七言古詩。
	雖然	連詞，用於轉折複句	即使（雖） 這樣（然）	原文：雖然，夫子推而行之。（《史記．孔子世家》） 譯文：即使這樣，老師您依然把它推廣並且實踐。
	可以	能夠、可能	可以（可） 憑藉（以）	原文：可以為師矣。（《論語．為政》） 譯文：可以憑這一點成為老師了。
近義雙音詞（分解）	江湖	黑幫世界	江：河流 湖：湖泊	原文：魚相忘乎江湖。（《莊子．大宗師》） 譯文：魚兒在水裏（江河湖泊的泛稱）忘記對方的身份。
	卑鄙	人格低劣	卑：地位低微 鄙：見識淺薄	原文：先帝不以臣卑鄙。（《出師表》） 譯文：先帝沒有因為微臣地位低微、見識淺薄。
	聰明	天資靈敏	聰：聽覺靈敏 明：視覺敏銳	原文：耳目聰明。（荀況《荀子．樂論》） 譯文：耳朵和眼睛聽得清楚、看得分明。
	貧賤	貧窮	貧：生活貧困 賤：地位卑微	原文：貧賤夫妻百事哀。（元稹《遣悲懷（其二）》） 譯文：生活貧困、地位卑微的夫妻，每件事都是可悲的！

類型	雙音詞	今義	古義	例句
偏義雙音詞	崩殂	—	崩：皇帝死亡 殂：平民死亡	原文：中道崩殂。(《出師表》) 譯文：(先帝) 在中途駕崩 (詞義偏向「崩」)。
	死生	—	死：死亡 生：生存	原文：無家問死生。(杜甫《月夜憶舍弟》) 譯文：無法打聽家人是否已經死去 (詞義偏向「死」)。
	出入	—	出：走出 入：進入	原文：備他盜之出入與非常也。(《史記·項羽本紀》) 譯文：防備其他盜賊進入 (詞義偏向「入」) 和變故。
	南北	—	南：向南 北：向北	原文：梅花南北路。(文天祥《南安軍》) 譯文：在梅花嶺通往北方 (詞義偏向「北」) 的路上。

三 「合解」雙音詞

有些雙音詞由兩個單字組成，可是**這些單字在組合的過程中，卻產生了新的意思，必須把單字合起來理解**，才能明白其意思。根據組合模式，可以分為以下三類：

1 近義雙音詞(合解)

同樣由**兩個字義相近的單音詞組成，卻衍生出新詞義**，因此只能合起來理解。譬如：

G 山河、城郭

南宋末名臣文天祥被蒙古人俘虜後，被押解到北京，途中經過故鄉江西，因而寫下五律《南安軍》。詩中頸聯這樣說：「山河千古在，城郭一時非。」

「山河」分別指「高山」和「河水」，可是當這兩個字組成雙音詞時，就**並非純粹指「山」和「河」，而是合解作「疆土」、「國家」**。「城郭」中的「城」是指內城牆，「郭」是指外城牆，當組成雙音詞時，就是**合解作「城邑」，在這裏特指南宋首都臨安**。由此，上面兩句詩歌就是說：「我的國家千秋長在，只是臨安一時失守而已。」

以下表格，羅列了必須合起來解釋的近義雙音詞，好讓同學們參考：

常見近義雙音詞（合解）一覽表

雙音詞	單字所指事物	古義
江湖	江：河流 湖：湖泊	隱士隱居的地方
山河	山：高山 河：河流	國家、疆土
舟楫	舟：船隻 楫：船槳	船隻
檣櫓	檣：船的桅桿 櫓：船槳	船隻
詩書	詩：《詩經》 書：《尚書》	泛指書籍
犧牲	犧：毛色純一的牲畜 牲：身首齊全的牲畜	祭祀用的牲畜
干戈	干：一種兵器 戈：一種兵器	戰爭
二三	二：兩個 三：三個	不專一

雙音詞	單字所指事物	古義
左右	左：左邊 右：右邊	侍衞
小人	小：細小 人：人物	人格卑劣的人
布衣	布：普通的布匹 衣：衣服	平民百姓

2 連綿詞

又稱為「聯綿詞」，如果**把連綿詞中的單字分拆出來，要麼不能單獨成詞，要麼與詞義一點關係也沒有**。連綿詞中的單字，有的聲母相同（雙聲），如「伶俐」（【ling4 lei6】）；有的韻母相同（疊韻），如「逍遙」（【siu1 jiu4】）；有的重疊出現，如「湯湯」（【soeng1 soeng1】）；有的聲母、韻母全不相同，如「鸚鵡」（【jing1 mou5】）。

「逍遙」是指「自由自在、不受拘束」，如果把兩個單字分拆出來理解：「逍」本身沒有任何解釋，「遙」也只解作「長」、「遠」，都與「自由自在」毫無關係。

「湯湯」由「湯」字重疊而成。「湯」本讀【劏 tong1】，解作「熱水」、「湯羹」，跟「水勢」毫無關係，只有重疊成「湯湯」，並讀【商 soeng1】時，才可以理解為「水勢浩大」。

如果把「鸚鵡」分開來理解，「鸚」和「鵡」各自沒有意思，不能單獨成詞，只有合起來時，才是指一種羽毛鮮豔、能模仿人類説話的鳥類。

有關連綿詞的更多內容，大家可以參考第 27 課的《談雙聲、疊韻、連綿詞》。以下是常見的連綿詞分類表：

常見連綿詞一覽表

類型	連綿詞	詞義	說明
雙聲	鞦韆	一種遊戲器材	聲母都是【c-】
	躊躇	猶豫不決、洋洋自得	聲母都是【c-】
	參差	雜亂不齊	聲母都是【c-】
	彷彿	好像	聲母都是【f-】
	坎坷	潦倒不得志	聲母都是【h-】
	陸離	色彩豔麗而繁雜	聲母都是【l-】
疊韻	闌珊	衰弱	韻母都是【-aan】
	伶仃	孤單	韻母都是【-ing】
	逍遙	自由自在	韻母都是【-iu】
	彷徨	徘徊	韻母都是【-ong】
聲母韻母都不相同	崔嵬	山勢險峻	古代韻部同屬「微」
	須臾	一會兒	古代韻部同屬「侯」
	琥珀	一種淡黃色的化石	兩個單字都跟詞義無關
	駱駝	一種在沙漠中生活的動物	兩個單字都跟詞義無關
	寂寞	孤單	兩個單字都跟詞義無關
單字重疊	施施	悠閒的樣子	「施」本身與悠閒無關
	汶汶	玷污、污辱	「汶」本身與玷污無關
	亭亭	直立的樣子	「亭」本身與直立無關

3　兼詞

兼詞比較特別，**雖然是單音詞，卻兼備着兩個單音詞的意思**，因此有着「兼」這名稱。兼詞的讀音往往由兩個單字的讀音合併而成，故也稱為「合音詞」。《勸學》中有這句：「積土成山，風雨興**焉**。」當中的**「焉」是兼詞，由介詞「於」和**

代詞「此」組成，也就是「於此」，相當於「在這裏」。換言之，「風雨興焉」就是指風雨在這裏（高山）興起。

以下是其他常見的兼詞例子：

常見兼詞一覽表

兼詞	合併字義	例句
諸	之：人稱代詞，相當於「他」 於：介詞，相當於「在」、「向」、「從」等	例子：君子求諸己。（《論仁、論孝、論君子》） 解釋：「諸」由「之」和「於」組成，「君子求諸己」可以理解為「君子求之於己」，即「君子依靠自己求取成功」。
諸	之：人稱代詞，相當於「他」 乎：語氣助詞，表示疑問，相當於「嗎」	例子：不識有諸？（孟軻《孟子．梁惠王上》） 解釋：「諸」由「之」和「乎」組成，「不識有諸」可理解為「不識有之乎」，即「不知道有這件事嗎」。
盍	何：為甚麼 不：否定副詞	例子：盍往依之？（宋濂《杜環小傳》） 解釋：「盍」由「何」和「不」組成，相當於「為甚麼不」，「盍往依之」即「何不往依之」。
蓋	何：為甚麼 不：否定副詞	例子：夫子蓋少貶焉？（《史記．孔子世家》） 解釋：「蓋」通「盍」，由「何」和「不」組成，相當於「為甚麼不」，「夫子蓋少貶焉」即「夫子何不少貶焉」。
曷	何：為甚麼 不：否定副詞	例子：此地不久必大亂……曷避之？（王士禎《池北偶談》） 解釋：「曷」由「何」和「不」組成，相當於「為甚麼不」，「曷避之」即「何不避之」。
焉	於：在 此：這裏	例子：蛟龍生焉。（《勸學》） 解釋：「焉」由「於」和「此」組成，相當於「在這裏」，「蛟龍興焉」即「蛟龍興於此」。
叵	不：否定副詞 可：可以	例子：成語「居心叵測」 解釋：「叵」由「不」和「可」組成，相當於「不可以」，「居心叵測」即「居心不可測」。

課後小測試

以下句子節錄自《列子》中的經典故事「愚公移山」。判別各句中的着色詞語，是需要「分解」，還是「合解」，把答案圈起來，並寫出詞義。

❶ 北山愚公者，年且九十，面山而居。

分解／合解　　字義：＿＿＿＿＿＿＿＿＿＿

❷ 懲山北之塞，出入之迂也。

分解／合解　　字義：＿＿＿＿＿＿＿＿＿＿

❸ 吾與汝畢力平險，指通豫南，達於漢陰，可乎？

分解／合解　　字義：＿＿＿＿＿＿＿＿＿＿

❹ 其妻獻疑曰：「且焉置土石？」

分解／合解　　字義：＿＿＿＿＿＿＿＿＿＿

❺ 雜曰：「投諸渤海之尾，隱土之北。」

分解／合解　　字義：＿＿＿＿＿＿＿＿＿＿

❻ 遂率子孫荷擔者三夫。

分解／合解　　字義：＿＿＿＿＿＿＿＿＿＿

❼ 子子孫孫，無窮匱也。

分解／合解　　字義：＿＿＿＿＿＿＿＿＿＿

❽ 自此冀之南，漢之陰，無隴斷焉。

分解／合解　　字義：＿＿＿＿＿＿＿＿＿＿

第 4 課

舊詞新用的「月台」—— 談古今詞義的變化

• 「月台」是個古老的詞彙，卻用於新穎的事物上。

月台，一個人人都認識的詞語，一個人人都到過的地方。不過，大家知道這個詞彙已經有過千年的歷史嗎？

古代的宮殿都會建築在方形的平台上。這個平台高於地面，並設有石級，由於前無遮攔，是晚上欣賞月色的好地方，因此古人就把這個**「賞月之台」濃縮成詞語「月台」**。「月台」最早見於一千五百年前梁元帝的《南岳衡山九貞館碑》：「上月台而遺愛，登景雲而忘老。」

千多年後，**「月台」的詞義出現變化，指乘客等候火車的地方**：一樣高於地面、一樣設有石級、一樣前無遮攔，所以當時的人將這種新事物稱為「月台」。自此，「月台」出現了新詞義，本義卻逐漸被遺忘了。這就是古今詞義出現變化的典型例子。

隨着時代推移，詞義會不斷改變。有的得以保留，有的不斷擴展，有的逐漸消失。古今詞義的變化，可分為四大類型：**（一）擴義**；**（二）縮義**；**（三）轉義**；**（四）多義**。

一　擴義

擴義是指詞義的範圍隨着時間的推移而擴大，也就是說**某個字本來專指某件事物，後來泛指與「本義」有關的其他事物**。

譬如「江」字，本義是「長江」。譬如在《楚辭．涉江》中，屈原說：「旦余濟乎江湘。」

後來**「江」的詞義範圍擴大了，不再專指長江，而是泛指江河。**《勸學》有「假舟楫者，非能水也，而絕江河」句，當中的「江河」泛指江水、河水，不再專指長江和黃河了。

又例如「雄」和「雌」都從「隹」部，起初就是用來辨別雀鳥是「公」還是「母」的。後來**這兩個字的詞義範圍擴大了，不再單單用於雀鳥上，更適用於其他動物和人類。**譬如《木蘭辭》末尾這樣說：「兩兔傍地走，安能辨我是雄雌？」當中的「雄雌」，就是指公兔和母兔，並進一步擴展到人類身上，可見「雄」、「雌」的詞義已經超出了雀鳥的範圍。

二　縮義

縮義是指**詞義的範圍縮小，從泛指某些事物，到專指某件事物。**譬如「朕」字，起初能用於任何人身上。屈原在《楚辭．離騷》的開首，就這樣介紹自己：「朕皇考曰伯庸。」當中「朕」就是解作「我」。直到秦滅六國，秦始皇才接納李斯的建議，規定「朕」只能用作皇帝的自稱。自此，**「朕」的詞義範圍就收窄了。**

人要通過學習，才能夠明白道理。

三 轉義

轉義還記得第 1 課介紹過「書」這個字嗎？「書」的本義是「書寫」，後來人們從「寫」、「文」、「字」三個方向，衍生出「記錄」；「書籍」、「書信」、「文書」；「字體」、「書法」等引申義。這種**從本義出發、依循同一方向、不斷衍生多個引申義的詞義變化過程，就稱為「轉義」。**

這裏要說明一點。「擴義」跟「轉義」雖然都在本義的基礎上引申出新詞義，可是**「擴義」只限於與本義事物相關的範疇，而「轉義」則超越了本義事物的範疇。**譬如「江」的本義「長江」和引申義「江河」，都走不出「河流」這範疇；至於「記錄」、「書信」、「字體」、「書法」等詞義，顯然已經超出「書寫」這範疇了。

四 多義

「多義」的最大特點，就是**詞義之間未必互有關聯。**

譬如「丁」字，本解作「城邑」，這個本義早已消失，可是其眾多引申義都是從「城邑」衍生出來的：

有城邑，自然會有人，故此「丁」可解作「人」、「人口」，譬如成語「人丁單薄」就是指人數太少，勢孤力弱；後來根據「人」這詞義，再引申出「從事某職業的人」，例如「庖丁」、「園丁」，就是在廚房（庖）、花園（園）工作的人（丁）。

大家有聽過「宮保雞丁」這道名菜嗎？「丁」又可以解作方塊，原來是根據「城邑」這四四方方的形體衍生出來的，換言之，「雞丁」就是指雞肉方塊。

以上引申義都是通過「轉義」這方向衍生的，可是**表示天干之一的「丁」，卻跟「城邑」、「人」、「方塊」無關，那只是純粹同音的關係，將這詞義假借到「丁」身上，也就是「多義」的例證了。**

認識古今詞義變化的模式，有助我們從不同方向，去理解古詩文中部分字詞的意思。譬如認識到部分文字的古義已經消失，那麼就不會將「一豆羹」誤解為「一碗用豆煮成的湯羹」；知道部分文字會被借用，來表示與本義無關的事物，那麼我們就可以知道「丁父憂」的「丁」與「城邑」、「人口」、「方形」無關，而是解作「遭逢」。

凡事要思考多次，然後才行動。

課後小測試

解釋以下句子中着色文字的詞義，並寫出該字在今天的基本意思。

❶ 則有去國懷鄉。（《岳陽樓記》）

古義：＿＿＿＿＿＿　今義：＿＿＿＿＿＿＿＿＿＿

❷ 貧與賤，是人之所惡也。（《論仁、論孝、論君子》）

古義：＿＿＿＿＿＿　今義：＿＿＿＿＿＿＿＿＿＿

❸ 先生欺余哉！（韓愈《進學解》）

古義：＿＿＿＿＿＿　今義：＿＿＿＿＿＿＿＿＿＿

❹ 由是感激。（《出師表》）

古義：＿＿＿＿＿＿　今義：＿＿＿＿＿＿＿＿＿＿

❺ 世以清白相承。（《訓儉示康》）

古義：＿＿＿＿＿＿　今義：＿＿＿＿＿＿＿＿＿＿

❻ 若是者，吾不強之適江湖。（《吾廬記》）

古義：＿＿＿＿＿＿　今義：＿＿＿＿＿＿＿＿＿＿

❼ 奉糜食母，抱衾寢母。（《杜環小傳》）

古義：＿＿＿＿＿＿　今義：＿＿＿＿＿＿＿＿＿＿

❽ 父母聞之，清宮除道。（《戰國策・秦策一》）

古義：＿＿＿＿＿＿　今義：＿＿＿＿＿＿＿＿＿＿

太多詞性．太難確定

從「面斥不雅」說起

自從「男神」黃子華在他的棟篤笑告別演出中，討論到「面斥不雅」後，全城幾乎掀起「面斥不雅」熱：罵一個人沒有禮貌、沒有公德、不識大體時，總會用上這個詞語。那麼，「面斥不雅」到底是甚麼意思呢？

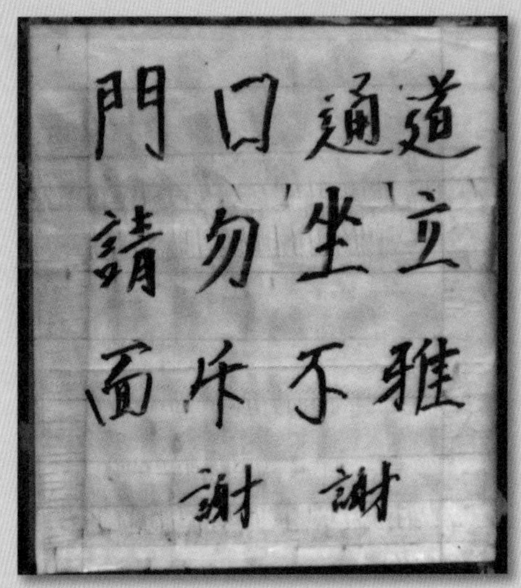

• 「面斥不雅」一詞如今多見於舊區的住宅大廈門外

「面斥不雅」這個詞語已經很難找到了，只有在舊區裏的冰室、住宅大廈門外才可以偶遇。筆者某次路經深水埗時就發現了它：行人不要阻塞大廈的正門通道，否則被當面斥罵。沒錯！「面斥不雅」就是解作「當面斥罵你，你會很難堪」。

「面」在這裏並非指臉龐，而是指「當面」，即粵語的「兜口兜面」。罵人的方式有很多，可以是背後放箭，也可以指桑罵槐，當面斥罵自然是最直接了當的。於是，有人根據「面對面」這特點，臨時改變「面」的詞性，從名詞（臉龐）改為狀語（當面），來修飾「斥」這個動作。**因應特定環境，臨時改變某字詞的詞性，這種現象就叫做「詞性活用」。**

某些字詞明明是動詞，可是在某些文言篇章中卻變成了名詞；明明是數目字，在某些篇章中卻變成了動詞。因此有不少同學都説，單是要辨別這些字詞的詞性，就已經讓人發瘋。

因此，**這一章會為大家衝破閱讀文言文時遇到的第二個難點——太多詞性·太難確定**：既會講解文言字詞詞性的「一般活用」及「另類活用」，也會教授準確辨析字詞詞性的方法。

第 5 課

「我 Payme 你」── 談詞性的一般活用

某日，在 Facebook 上看到一則漫畫，內容是這樣的：女主角「搵食姐」(左）跟朋友在外吃飯。杯盤狼藉後，「搵食姐」跟朋友説：「我 Payme 你。」她的朋友於是回應説：「錯 Grammar（文法）。」是耶非耶？我們一起來分析吧。

• 見於 Facebook 專頁「搵食姐」於 2018 年 11 月 9 日的漫畫。（「搵食姐」授權使用）

「Payme」是一種付款系統的名稱，理應是名詞，在「搵食姐」口中卻成為了動詞，意指「用 Payme 來過數給對方」。

此外，「我今晚 Whatsapp 你」、「我們等會微信吧」等等，都是將「Whatsapp」、「微信」等即時通訊程式的名稱，臨時當作動詞使用，表示使用上述通訊程式來溝通。

這些例子，不但沒有文法上的錯誤，反而是「詞性活用」這一文言現象延續到現今的例證。那麼，在文言文世界裏，「詞性活用」到底是怎樣的一回事？

一 甚麼是「詞性活用」？

又稱為「詞類活用」，**指部分詞語的詞性，會因應特定的語言環境而作出臨時的改變。**詞性活用多見於名詞、形容詞、動詞、數詞和狀語。以下是幾種常見的詞性活用規律：

1 名詞活用作動詞

A 欲刃相如。（《廉頗藺相如列傳》）

B 晉軍函陵，秦軍氾南。（《左傳．僖公三十年》）

在「澠池之會」上，藺相如以死相脅，要求秦王為趙王擊缻。秦王身邊的侍衛「欲刃相如」。當中的**「刃」本解作刀鋒，後指兵器，兩者都是名詞，在文中卻根據其功能——殺人——被臨時活用作動詞，解作「殺死」。**因此，「欲刃相如」就是解作「想殺死藺相如」。

《燭之武退秦師》是《左傳》的名篇，故事講述春秋時期的鄭國，背叛了晉國和秦國，晉、秦兩國君主決定出兵教訓鄭國，於是「晉軍函陵，秦軍氾南」。很多同學都說，讀到這句時就會心生疑竇：「晉軍」、「函陵」、「秦軍」、「氾南」都是名詞，那麼動詞到了哪裏去？難道是作者漏寫了？其實例句 B 出現了詞性活用現象。

「軍」本指軍隊，是名詞，由於軍隊在行軍時，必須駐扎在某處作為基地，因此「軍」在這裏被臨時活用作動詞，解作「駐扎」。「晉軍函陵，秦軍氾南」就是指晉國和秦國分別在鄭國境內的「函陵」和「氾南」駐軍。

2　形容詞活用作動詞

C　出技以怒強。（柳宗元《三戒．序》）

《三戒》是柳宗元的寓言代表作。柳宗元更為這三篇寓言作序言，諷刺一些不自量力的人。他這樣説：「出技以怒強。」

「出技」就是「使出技倆」；連詞「以」是表示目的，相當於「來」。由此可以推測，那些不自量力的人使出技倆，其目的就是「怒強」。可是「怒」和「強」都是形容詞啊！同學們讀到這裏又被難倒了。**「怒」本解作「憤怒」，是形容詞，在這裏被臨時活用作動詞，解作「激怒」。**那麼要激怒誰呢？就是「強」──「強」不是形容詞嗎？為甚麼可以被激怒的？我們再看看下一節的分析吧。

3　形容詞活用作名詞

D　出技以怒強。（《三戒．序》）

「出技以怒強」中的**「強」也是形容詞，解作「強大」，可是在序言中卻被臨時活用作名詞，從描述人的特點，轉為指明擁有這特點的人，也就是「強大的人」**。故此，「出技以怒強」這一句，就是指那些不自量力的人使出技倆，目的就是要激怒強者，挑戰他們。

- 「盲」本是形容詞，指失明。「導盲」並非指「導致別人失明」，而是指「引導失明的人」，可見「盲」在這裏出現了詞性活用，從形容詞被臨時活用作名詞。

4　動詞活用作名詞

E　每值朔望。(《岳飛之少年時代》)

《岳飛之少年時代》講述了岳飛從出生到少年時代的事跡。文章後半部分記述岳飛的射箭師傅周同過身，岳飛悲慟不已，因此「每值朔望」，都會到師傅的墓前拜祭。

當中的「望」是一個很有趣的會意字，從「亡」、「月」、「壬」，意指流落異鄉的人（「亡」就是「氓」，解作「人」）挺起身子（「壬」指代身形）觀賞圓月（月），意指「遠眺圓月」，是一個動詞。

句中的「望」從人們遠眺圓月這個動作，被臨時活用作名詞，意指「月圓的晚上」，也就是農曆十五日。題外話，那麼部首同樣從「月」的「朔」指的是甚麼？就是農曆初一了。原來岳飛每逢初一、十五都會拜祭亡師，確是一位念舊的學生。

5　數詞活用作動詞

一、二、三、十、百、千、萬……都是數詞，當中部分會因應特定語境而被臨時活用作動詞。

F　六王畢，四海一。(杜牧《阿房宮賦》)

G　二三其德。(《詩經・衛風・氓》)

「阿房宮」是秦始皇所興建的宮殿，後來被項羽一把火燒毀。因此，杜牧在《阿房宮賦》的開首先寫秦始皇的戰績：「六王畢，四海一。」

句中的**「一」是數詞，除了表示事物的數量，也帶有「單一整體」之意。杜牧於是根據這詞義，將「一」臨時活用作動詞「統一」。**「六王畢，四海一」就是指山東六國滅亡，天下終由秦始皇統一起來。

《氓》這首詩歌講述一名女子被負心漢拋棄的故事。「德」在詩中是指負心漢對女子的態度，至於「二」和「三」，不但不是「一」，而且比「一」多，因此詩歌**根據「不一」、「多」等這些詞義，將「二三」這兩個數詞活用作動詞，解作「改變」，來描述詩中男主角對愛侶的態度——不專一、多心、變心。**

6 名詞活用作狀語

狀語是句子成分之一，會從情況、時間、處所、方式、條件、對象、語氣、範圍、程度等層面，修飾謂語中的動詞和形容詞。我們就以范仲淹《岳陽樓記》中「予嘗求古仁人之心」這句為例：

「嘗」（曾經）是句中狀語，用來修飾謂語中的動詞「求」（探求）——説明了范仲淹探求古仁人之心的時候——以前。

在文言世界裏，**不少名詞會根據其詞義上的特點，被臨時活用作狀語，來修飾謂語中的動詞。**名詞活用為狀語的方式有以下幾種：

A 表示方向

在《出師表》中，諸葛亮決意「**北**定中原」。當中的方位名詞「北」就是被活用作狀語，來**修飾諸葛亮出兵的方向——向北。**

B 表示地點

在《廉頗藺相如列傳》中，藺相如的舍人以為藺相如膽小如鼠，因而打算離開他。藺相如澄清説：「夫以秦王之威，而相如**廷**叱之。」句中的「廷」本指「宮廷」，這裏則被活用作狀語，來**修飾藺相如斥責秦王的地點——宮廷中。**

C 表示時間

《木蘭辭》講述了花木蘭代父從軍的故事，其中一句提到：「**旦**辭爺娘去，**暮**宿黃河邊。」當中的「旦」和「暮」，分別指日出和日落，這裏則被活用作狀語，去**修飾花木蘭辭別父母親和住宿黃河邊的時間——日出和日落時分**。

D 表示頻率

在《莊子·養生主》的故事「庖丁解牛」中，庖丁跟文惠君說：「良庖**歲**更刀……族庖**月**更刀。」當中的「歲」和「月」本指「年」和「月」，在這裏則被活用作狀語，來分別**指出「良庖」和「族庖」更換牛刀的頻率——每年一次和每月一次**。

E 表示方法

《黔之驢》是《三戒》裏的第二篇寓言。故事開首，柳宗元這樣描述：「黔無驢，有好事者**船**載以入。」

「黔」是「黔中郡」，位於今日四川、貴州之間，本身沒有驢子，卻有好事之徒把驢子運來。那麼好事之徒是用甚麼方式運送的？就是用船。句子中的名詞「船」，被臨時用作狀語，用**來修飾動詞「載」，說明運載的方式——「船載」就是指「用船隻運載」**。

F 表示態度

在《史記·項羽本紀》中，張良推薦了摯友項伯給劉邦，作為劉邦與項羽見面的中間人。項伯比張良年長，因此劉邦跟張良說：「君為我呼入，吾得**兄**事之。」劉邦請張良叫項伯進來，他想把項伯當作兄長來招待。「兄」是名詞，在這裏被活用作狀語，去**修飾劉邦對待項伯的態度——像弟弟對哥哥那般恭敬**。

G　表示狀態

經過項伯穿針引線，劉邦終於跟項羽在鴻門飲宴會面，也就是著名的「鴻門會」。席間，范增指示項莊舞劍，實際上「意在沛公」，想藉機剷除劉邦。幸好，劉邦得到項伯的掩護。司馬遷這樣寫道：「項伯亦拔劍起舞，常以身**翼**蔽沛公，莊不得擊。」(《史記．項羽本紀》)

「翼」本是名詞，這裏被活用作狀語，去**修飾項伯掩護劉邦時的狀態——像雀鳥的飛翼一樣阻擋項莊的攻擊。**

下一課，我們會講解詞性的另類活用——詞性的動詞化：使動、意動、為動，以及講解怎樣辨識被活用了的詞性。

課後小測試

解釋以下句子中着色文字的詞義，並分辨其詞性活用之規律。

	名詞作動詞	形容詞作動詞	形容詞作名詞	動詞作名詞	名詞作狀語
❶ 扣舷而歌之。（《前赤壁賦》）	○	○	○	○	○
❷ 往往有得。（王安石《遊褒禪山記》）	○	○	○	○	○
❸ 人不相非也。（《訓儉示康》）	○	○	○	○	○
❹ 因與盜力爭。（《列子・說符》）	○	○	○	○	○
❺ 是是非非謂之智。（《荀子・脩身》）	○	○	○	○	○
❻ 有善否，無愛憎。（《全鏡文》）	○	○	○	○	○
❼ 夙遭閔凶。（李密《陳情表》）	○	○	○	○	○
❽ 嫂蛇行匍伏。（《戰國策・秦策一》）	○	○	○	○	○

第 6 課

知己少有，死黨難求——談詞語的動詞化現象

2018 年文憑試中文科卷二（寫作評核）中有一道題目，叫做「談知己」。據考評局所説，不少考生誤將「知己」矮化，與「好朋友」等同，因而失分。

「好朋友」或許人皆有之，「知己」卻不常得；其實，更難求的是「死黨」。

「死黨」，就是指能夠為自己犧牲的朋友，是個有着兩千年歷史的古老詞彙。班固《漢書・翟方進傳》説：「朱博、孫閎、陳咸與王立……相與為腹心，有背公死黨之信。」朱博、孫閎、陳咸、王立一起結為朋黨，不只是「好朋友」、「知己」那麼簡單，而且能夠為同黨而死。

「死」本解作死亡，可是與賓語「黨」結合後，「死」的詞義就出現變化，解作「為別人而死」。**「死黨」就是「為同黨而死」**，同樣，「死國」就是「為國家而死」。換言之，「死」在這裏帶有「為……而死」的意思。這種詞義上的變化，正是「為動」現象。**除了「為動」，還有「使動」、「意動」，都是文言詞性的另類活用，說得清楚一點，就是文言詞語的動詞化。**

一 「使動」現象

是指某字詞與賓語結合後，該字詞會變為動詞，更會帶出「**使／讓賓語怎麼樣**」或「**使／讓賓語變成甚麼**」的新詞義。「使動」現象可以分為以下三類：

1　名詞的「使動」

A　項王雖霸天下而臣諸侯，不居關中而都彭城。（《史記・淮陰侯列傳》）

韓信曾經有意投靠項羽，但不為所用，因此轉而投靠劉邦。有一次，韓信跟劉邦分析項羽的境況：項羽即使稱霸天下，臣服各路諸侯，卻由於沒有定都關中，反而選擇彭城為根據地，放棄了優越的地理位置，註定是兵敗收場的。

原文中的「臣」本是名詞，解作「臣子」，與賓語「諸侯」結合後，「臣」就變成動詞，並且帶有「使……變成臣子」的新詞義。**「臣諸侯」就是指「使諸侯變成臣子」，也就是「臣服諸侯」。**

2　形容詞的「使動」

B　大王必欲急臣，臣頭今與璧俱碎於柱矣！（《廉頗藺相如列傳》）

C　春風又綠江南岸。（王安石《泊船瓜洲》）

藺相如知道秦王無意交出城池，於是先藉詞取回和氏璧，然後威脅秦王，要跟和氏璧同歸於盡。原文中的「大王必欲**急**臣」，應當理解作「秦王如果想逼迫藺相如」。

句中的「急」本是形容詞，解作「着急」，與賓語「臣」結合後，「急」就會變成動詞，並帶有「使……着急」的新詞義。**「急臣」就是指「使微臣着急」，可以理解為「逼迫微臣」。**

《泊船瓜洲》是王安石的名篇，寫於從江南赴京上任途中。「綠」本是形容詞，與賓語「江南岸」結合後，不但變成了動詞，更帶有「令……變綠」的新詞義。因此，**「綠江南岸」是說「令江南兩岸變成一片綠色」。**

3 動詞的「使動」

D　寧許以負秦曲。（《廉頗藺相如列傳》）

E　舞幽壑之潛蛟，泣孤舟之嫠婦。（《前赤壁賦》）

對於交出和氏璧與否，趙王一直猶豫不決。藺相如於是這樣分析——秦王提出請求但趙王不交出的話，就錯在趙；交出璧玉但秦王不交出城池的話，就錯在秦。藺相如因而總結說：「寧許以**負**秦曲。」句中的「負」是動詞，解作「背負」，與賓語「秦」結合後，「負」就帶有「讓……背負」的意思。**「負秦」就是指「讓秦國背負」**，要背負的，就是秦王食言的「曲」。

至於《前赤壁賦》則記述蘇軾與客人在黃州的赤壁之下泛舟，飲酒賦詩。席間，客人吹起簫來，蘇軾倚聲唱和，餘音裊裊，觸動人心，足以使蛟龍舞動、使寡婦哭泣。

原來句中動詞「舞」和「泣」與賓語「潛蛟」和「嫠婦」結合後，就會出現「使……舞動」、「使……哭泣」的新詞義。故此，**「舞幽壑之潛蛟，泣孤舟之嫠婦」就是指「使深淵裏的蛟龍舞動」、「使孤舟上的寡婦哭泣」。**

二　「意動」現象

「意」就是「認為」。「意動」現象是指某字詞與賓語結合後，該字詞會變為動詞，更會帶出「**認為／覺得賓語怎麼樣**」或「**把賓語當作甚麼**」的新詞義。「意動」現象可以分為以下兩類：

1　名詞的「意動」

A　知者利仁。(《論仁、論孝、論君子》)

B　侶魚蝦而友麋鹿。(《前赤壁賦》)

孔子認為「仁道」對人倫、社會、國家的好處極大，有智慧的人必定會發現實踐仁道的好處。句中的「利」原是名詞，解作「好處」，與賓語「仁」結合後，就會變成動詞，並帶有「認為……有好處」的意思。**「利仁」就是指「認為(實踐)仁道有好處」。**

在《前赤壁賦》中，客人表示自己只是漁人、樵夫之輩，與魚蝦和麋鹿結為朋友。「侶」和「友」都是名詞，解作「同伴」，與賓語「魚蝦」和「麋鹿」結合後，就變成動詞，並帶有「把……當作同伴」之意。換言之，**「侶魚蝦而友麋鹿」就是指客人「把魚蝦和麋鹿當成同伴」。**

2　形容詞的「意動」

C　指異之。(《始得西山宴遊記》)

D　子之病我者，忮其愛乎?(劉熙載《海鷗》)

柳宗元在法華西亭發現了西山，因而「指**異**之」。句中的「異」本是形容詞，解作「怪異」，與賓語「之」(即西山)結合後，就變成動詞，並帶有「覺得……十分怪異」的意思。至於「指」就是「手指」，是名詞，在這裏被臨時活用作動詞，表示「用手指指向」。**「指異之」就是說柳宗元「用手指指向西山，並覺得西山十分怪異」。**

在劉熙載的《海鷗》中，海鷗不依靠人類，因而居無定所，燕子認為牠的生活十分困苦。海鷗卻反過來認為燕子生活才是困苦。燕子認為自己能夠住在人類的屋簷下，是因為得到人類的喜愛，繼而進一步對海鷗說:「您認為我生活困苦，是妒忌人類對我的喜愛嗎？」當中的「**病**」的是形容詞，在文中本解作「困苦」，可是與賓語「我」（即燕子）結合後，就變成動詞，並帶有「認為……困苦」的意思。換言之，**「病我」就是解作「認為我困苦」。**

三 「為動」現象

「為」，這裏讀【胃 wai6】，是介詞，解作「為了」、「替」。所謂「為動」，就是指某字詞與賓語結合後，不但變成動詞，更帶有「**為／替賓語做某件事**」的新意思。

A 今亡亦死，舉大計亦死，等死，死國可乎？（《史記・陳涉世家》）

B 居廟堂之高，則憂其民；處江湖之遠，則憂其君。（《岳陽樓記》）

前幾課提到陳勝、吳廣等人未能準時前往目的地服役。陳勝、吳廣於是密謀說：「如今逃亡也是死，起義也是死，都是一樣的，為國家而死，可以嗎？」當中的「死」本是動詞，與賓語「國」結合後，就出現「為動」現象，並帶有「為……而死」的新詞義。換言之，**「死國」就是指「為國家犧牲」。**

至於范仲淹眼中的「古仁人」，當官時，會替百姓擔憂；退隱後，也會替國君擔憂。當中的「憂」是動詞，解作「擔憂」，與賓語「其民」和「其君」結合後，就出現「為動」現象，並帶有「替……擔憂」的新詞義，**「憂其民」、「憂其君」就是指古仁人「替他的百姓、君主擔憂」。**

四 怎樣辨析字詞的詞性出現了變化？

古代的詞彙不及今天的豐富，因此很多時候，某些單字的詞性會因應特定的語境而改變，這會增添閱讀文言文的難度。其實，句子中各種詞性的搭配，是有其規律的，例如：「名詞＋動詞」、「動詞＋名詞」、「形容詞＋名詞」、「數詞＋名詞」、「狀語＋動詞」、「副詞＋動詞」等。閱讀文言文時，**如果發現詞語之間的詞性互有衝突，那很可能是某些字詞的詞性被臨時改變。**

譬如在《戰國策・蘇秦約縱》的結尾，發跡後的蘇秦目睹父母、妻嫂對自己的態度恭恭敬敬，與之前截然不同，因而感慨地說：「貧窮則父母**不子**。」

句中的「不」是副詞，緊隨其後的應當是動詞或形容詞，而不是名詞「子」。這個時候，我們可以推敲「子」的詞性應當出現了變化——原來「子」在這裏出現「意動」現象，意指「把（自己）當作兒子」。因此，連接上、下文的詞性來解讀詞義，是最基本而且最有效的方法。

關於推敲詞性被活用後的字詞的正確詞義，大家可以參考第 18、19 課的《談解字六法》。

課後小測試

解釋下列句子中的着色文字，是屬於「使動」、「意動」，還是「為動」用法，並寫出其意思。

	使動	意動	為動
❶ 而予猶惡爾。(《全鏡文》)	○	○	○
意思：________________			
❷ 馬病肥死，使羣臣喪之。(《史記·滑稽列傳》)	○	○	○
意思：________________			
❸ 登太山而小天下。(《列子·盡心上》)	○	○	○
意思：________________			
❹ 稍稍賓客其父。(王安石《傷仲永》)	○	○	○
意思：________________			
❺ 必先苦其心志。(《孟子·告子下》)	○	○	○
意思：________________			
❻ 請以頭託白晏子也。(《呂氏春秋·士節》)	○	○	○
意思：________________			
❼ 醉翁亭也……名之者誰？(《醉翁亭記》)	○	○	○
意思：________________			
❽ 凡美田之法，綠豆為上。(賈思勰《齊民要術》)	○	○	○
意思：________________			

虛詞如魔・功能太多

「虛詞」與「實詞」之名，始於清朝馬建忠在 1898 年撰寫的《馬氏文通》。馬建忠將詞語分為「實字（實詞）」與「虛字（虛詞）」兩種。

根據馬建忠所言，「實字」是指含有實際意義、且能單獨成句的詞語，包括有：名詞、代詞、動詞、形容詞、副詞。**至於「虛詞」，並非說它沒有意義，而是指這類詞語不能單獨成句，卻能夠幫助實詞表達語氣、情狀、結構。**虛字共有四類，包括：介詞、連詞、助詞、歎詞。

文言虛詞沒有確切的實際意思，同學都感到難以理解、掌握；同時，同一個字的虛詞，就有着多種詞性，讓同學難以判斷。譬如「而」字，既是連詞，也是副詞、助詞，在某些地方更可以用作代詞；最複雜的是，用作連詞時，「而」字能夠表達並列、層遞、因果、轉折等多種複句關係。難怪有同學說「見虛詞如見魔鬼」，因而逃之夭夭。

文言虛詞不是魔，更不是鬼。文言不是死語言，不少文言虛詞沒有因為歲月流逝而消亡，反而經常在我們日常生活中出現。就好像天星小輪的行人踏板上，就印有「請勿站於黃格內」的告示。當中「請」和「勿」是副詞，「於」是介詞，都是常見的文言虛詞。因此，只要大家把握好各種虛詞的特點、用法，就可以逐漸學會梳理和分辨它們的意思。

• 不少文言虛詞到今天還依然被使用

本章會跟各位**一起破解閱讀文言文時遇到的第三個難點——虛詞如魔．功能太多。**本章共分為七課，筆者將會從生活常見事物作為引入，按次序講解代詞、語氣助詞及結構助詞、副詞、連詞、介詞，羅列它們的用法、意義及例句，並講解怎樣辨析這些虛詞的詞性及詞義。

第 7 課

「朕的一天」的啟示——談文言人稱代詞及疑問代詞

• 「朕」就是我，我就是「朕」。

去年年底，收到一位朋友送的月曆。月曆的設計很特別，以雍正皇帝為主題，封面以皇室專用的黃色作底，正中間寫上了一句「朕的一天」。沒錯！我就是「朕」，「朕」就是我。「朕」是人稱代詞，相當於「我」，而且人人可用，只是後來秦始皇將「朕」這個人稱代詞「私有化」，其他人不許使用，結果到了今天，再也沒有人會用「朕」來稱呼自己了。

那麼除了「朕」，古代還有哪些稱呼自己、對方、事物的代詞？當中哪些已經被廢棄？哪些還繼續使用？接下來兩課就跟大家介紹四種文言代詞：**（一）人稱代詞**、**（二）疑問代詞**、**（三）指示代詞**和**（四）特殊代詞**。

一 人稱代詞

用來代替人或事物的名稱，可以細分為三類：

1 第一人稱（自稱）

用於自稱，相當於**「我（的）」**、**「我們（的）」**。常見的文言第一人稱代詞包括：**我**、**吾**、**余**、**予**。例子如下：

A 孟孫問孝於我（「孔子」自稱）。（《論仁、論孝、論君子》）

B 吾（「李翱」自稱）無取焉。（《命解》）

C 自余（「柳宗元」自稱）為僇人。（《始得西山宴遊記》）

D 予（「鏡神」自稱）非欺爾也。（《全鏡文》）

此外，古人還有「謙稱」，用來稱呼自己，以表示謙虛。譬如皇帝專用的「**朕**」、諸侯王專用的「**寡人**」、「**孤**」、「**不穀**」等等。至於臣子就會用「**臣**」、「**僕**」、「**鄙人**」；地位再低一點的，例如下人，就會用「**小人**」、「**奴**」、「**奴才**」等；而女性就會用「**妾**」、「**妾身**」來自稱。這些用法都反映了古代的封建色彩極為濃厚、社會階級極為分明。

2 第二人稱（對稱）

用於稱呼對方，相當於**「你／您（的）」**、**「你們（的）」**。常見的文言第二人稱代詞包括有：**汝**、**爾**、**若**、**女**、**乃**、**而**、**子**。例子如下：

A 汝（你）非天子之民也。（《孔子家語．六本》）

B 予非欺爾（你）也。（《全鏡文》）

C　若（你）往見優孟。（《史記・滑稽列傳》）

D　三歲貫女（你們）。（《詩經・魏風・碩鼠》）

E　家祭無忘告乃（你們的）翁。（陸游《示兒》）

F　賜，而（你的）志不遠矣！（《史記・孔子世家》）

G　我至子（您）所，而子（您）不至我所。（《海鷗》）

例句 A 中的「汝」，是孔子對曾子的稱呼；例句 B 中的「爾」，是鏡神對無心公的稱呼；例句 C 中的「若」比較少見，是文中孫叔敖對自己兒子的稱呼。

例句 D 中的「女」與「汝」通假，是魏國百姓對一眾貴族的稱呼，相當於「你們」。

例句 E 的「乃」是陸游對眾兒子的稱呼，「乃翁」就是「你們的父親」；例句 F 中的「而」更是少見，是孔子對子貢（賜）的稱呼，「而志」就是解作「你的志向」。

例句 G 中的「子」是文中燕子對海鷗的敬稱，相當於「您」，詳見下文的介紹。當中「子所」就是指「您的住處」。

既然有「謙稱」，就自然有「敬稱」。**「敬稱」是從第二人稱代詞衍生出來的，用以尊敬稱呼別人，相當於「您」。**我們看看以下列表：

稱呼對象	敬稱用語
國君	皇上、陛下、大王
皇子或諸侯王	殿下
朝廷高官	公、卿、大人、閣下
有學識的人	夫子、先生
長者	丈人
一般人	君、子、足下、二三子

- 「閣下」本用於稱呼朝廷高官，到今日已經「平民化」了：法官被稱為「閣下」、收公函者也被稱為「閣下」，就連茶餐廳食客也被稱為「閣下」。

3　第三人稱（他稱）

用於稱呼第三者，相當於**「他／她／牠／它（們）（的）」**。常見的文言第三人稱代詞包括有：**彼**、**之**、**其**、**厥**、**伊**、**渠**。例子如下：

A　彼（指代「士大夫」）與彼年相若也。（《師說》）

B　幸而殺彼（指代「強盜」）。（柳宗元《童區寄傳》）

C　盍往依之（指代「譚敬先」）？（《杜環小傳》）

D　患其（指代「大樹」）無用。（《逍遙遊》）

E　逍遙乎寢臥其（指代「大樹的」）下。（《逍遙遊》）

F　思厥（指代「賄賂秦國的諸侯王的」）先祖父。（《六國論》）

G　為伊（指代「情人」）消得人憔悴。（柳永《蝶戀花》）

H　問渠（指代「池塘」）哪得清如許？（朱熹《觀書有感》）

「彼」既可以用作主語（例句 A），又可以用作賓語（例句 B）；「之」和「其」只可以用作賓語（見例句 C、D），當中「其」又可以解作「他的」（例句 E）。「厥」則可以譯作「他的」或「他們的」，例句 F 中的「厥」就是指代賄賂秦國的諸侯王。

「伊」（例句 G）直到民國時代依然使用，譬如魯迅《一件小事》中有「伊從馬路上突然向車前橫截過來」句。當中「伊」是人稱代詞，指代文中的那位「老女人」。

至於例句 H 的「渠」，在語體文裏已經不再用作人稱代詞，卻在粵語中繼續演化，而成為今天的「佢」。

• 這盒化妝棉使用方法中的「之」，正是文言人稱代詞，所指代的就是化妝棉。

4 人稱代詞的單數與眾數

部分文言人稱代詞既能單指一人，也能泛指眾人，譬如在《史記・孔子世家》，顏淵跟孔子說：「夫道之不修也，是吾醜也。」當中的「吾」指代了顏回等弟子，屬於眾數。到文末，孔子則對顏淵說：「使爾多財，吾為爾宰。」當中的「吾」卻只是單指孔子自己。因此，**要根據前、後文來推敲人稱代詞所指的，是單數還是眾數。**

為了讓讀者易於理解，部分文章會用上「**等**」、「**輩**」、「**曹**」、「**儕**」、「**屬**」來表示眾數，用法相當於現代漢語中的「們」。譬如：

A　臣等不肖。(《廉頗藺相如列傳》)

B　吾輩始艤舟近岸。(張岱《西湖七月半》)

C　爾曹身與名俱滅。(杜甫《戲為六絕句（其二）》)

例句 A 中的**「臣等」就是解作「我們」**，指代藺相如的一眾舍人。例句 B 中的**「吾輩」也是「我們」**，指代作者張岱自己和他的朋友。例句 C 中的**「爾曹」就是「你們」**，用以稱呼王勃、楊炯、盧照鄰、駱賓王四位詩人。

二 疑問代詞

見於疑問句，用來指代要問及的事物，所問及的，包括以下六種：**(1) 問人物**；**(2) 問事物**；**(3) 問地點**；**(4) 問數量**；**(5) 問原因**；**(6) 問方法**。

1 問人物

所用的文言代詞包括：**誰**、**孰**，相當於「**誰人**」，當中「誰」到今天還依然使用。譬如：

A 如今有誰堪摘？（李清照《聲聲慢・秋情》）

B 人非生而知之者，孰能無惑？（《師說》）

2 問事物

所用的文言代詞包括：**何**、**奚**，相當於「**甚麼**」；還有「孰」，相當於「哪一個」。譬如：

A 內省不疚，夫何憂何懼？（《論仁、論孝、論君子》）

B 問今是何世。（《桃花源記》）

C 不知何許人也。（陶潛《五柳先生傳》）

D 樂夫天命復奚（粵音讀【兮 hai4】）疑。（《歸去來辭》）

E 吾孰與徐公美？（《戰國策・齊策一》）

「何」可以單獨使用，例句 A 中的「何憂何懼？」就是解作「有甚麼值得憂慮和懼怕？」。「何」**也可以跟表示時間、地點的詞語合用**，譬如例句 B、C 中的「何世」、「何許」，就是分別指「甚麼朝代」、「甚麼地方」。例句 D 的「奚疑」是「疑奚」的倒裝，解作「疑惑甚麼」。

例句 E 中的**「孰與」是固定詞語，解作「……和……之間，哪一個……」**，由此可以知道，句子想問的，就是「吾」和「徐公」之間，哪一個較為英俊。

3 問地點

所用的文言代詞包括：**何**、**焉**、**安**、**奚**，相當於「**哪裏**」。譬如：

A 軫（陳軫）不之（前往）楚，何歸乎？（《史記‧張儀列傳》）

B 夫子將焉（粵音讀【煙 jin1】）適？（《呂氏春秋‧士節》）

C 沛公安在？（《史記‧項羽本紀》）

D 彼且奚適也？（《逍遙遊》）

有一點要留意的。在現代漢語中，我們一般會寫成「回哪裏」、「去哪裏」、「在哪裏」，動詞（回、去、在）在前，「哪裏」緊隨其後。在上述例子中，**「何」、「焉」、「安」、「奚」卻與動詞（歸、適、在）對調了位置**。語譯時，「何歸」要譯作「回到哪裏」；「焉適」和「奚適」要譯作「去哪裏」；「安在」要譯作「在哪裏」。這種倒裝現象在文言疑問句中是十分普遍的，詳情可參見第 16 課的《談文言倒裝句（上）》。

4 問數量

所用的文言代詞包括：**幾**、**幾何**、**幾多**、**幾許**、**多少**等，當中「幾」、「幾多」、「多少」等到今日依然被使用。譬如：

A 春來發幾枝？（王維《相思》）

B 衞靈公問孔子：「居魯得祿幾何？」（《史記‧孔子世家》）

C 問君能有幾多愁？（李煜《虞美人》）

D　河漢清且淺，相去復幾許？（《古詩十九首．迢迢牽牛星》）

E　江山如畫，一時多少豪傑！（《念奴嬌．赤壁懷古》）

5　問原因

所用的文言代詞包括：**何**、**胡**、**奚**、**曷**、**盍**等，相當於「**為甚麼**」、「**為何**」。譬如：

A　何不試之以足？（《韓非子．鄭人買履》）

B　田園將蕪胡不歸？（《歸去來辭》）

C　奚惆悵而獨悲？（《歸去來辭》）

D　曷（粵音讀【喝 hot3】）不委心任去留？（《歸去來辭》）

E　花開酒美盍言歸？（蘇軾《壬寅重九不預會獨遊普門寺僧閣有懷子由》）

F　盍往依之？（《杜環小傳》）

值得留意的是，「盍」（粵音讀【合 hap6】）是特別的疑問代詞。**它的本義是「為甚麼」**，例句 E 的「盍」就是這個意思。同時，「盍」**也是兼詞，由代詞「何」和副詞「不」組成，也就是「為甚麼不」**。譬如在宋濂《杜環小傳》中，常母一直想找尋兒子的下落，卻不得要領。於是有人提議說：「譚敬先是常家的友好，為甚麼不（盍）去（往）投靠（依）他（之）呢？」

因此，每當遇上「盍」時，要看清楚前、後文內容，才可以判斷這個字到底解作「為甚麼」還是「為甚麼不」。

6　問方法

所用的文言代詞包括：**安**、**何**、**焉**、**惡**等，相當於「**怎樣**」、「**怎麼**」、「**如何**」。譬如：

A 安能辨我是雄雌？(《木蘭辭》)

B 徐公何能及君也？(《戰國策·齊策一》)

C 未能事人，焉（粵音讀【煙 jin1】）能事鬼？(《論語·先進》)

D 君子去仁，惡（粵音讀【烏 wu1】）乎成名？(《論仁、論孝、論君子》)

課後小測試

下文是節錄自《列子．說符》的故事「多歧亡羊」。請解釋文中文言代詞的意思，把答案填在括號內。

楊子之鄰人亡羊，既率 ❶ 其（　　　　）黨[①]，又請楊子之豎[②]追 ❷ 之（　　　　）。楊子曰：「嘻！亡一羊，❸ 何（　　　　）追者之眾？」鄰人曰：「多歧路。」既反[③]，問：「獲羊乎？」曰：「亡 ❹ 之（　　　　）矣。」曰：「❺ 奚（　　　　）亡之？」鄰人曰：「歧路之中又有歧焉。❻ 吾（　　　　）不知所之[④]，所以反也。」楊子戚然變容，不言者移時[⑤]，不笑者竟日。

門人怪 ❼ 之（　　　　），請曰：「羊賤畜，又非 ❽ 夫子（　　　　）之有，而損[⑥]言笑者 ❾ 何（　　　　）哉？」楊子不答。心都子曰：「大道以多歧亡羊，學者以多方喪生。」

注釋：

① 黨：鄉里。　② 豎：童僕。　③ 反：通「返」，回來。

④ 之：前往。　⑤ 移時：一會。　⑥ 損：減少。

第 8 課

吃快餐・學代詞——談文言指示代詞及特殊代詞

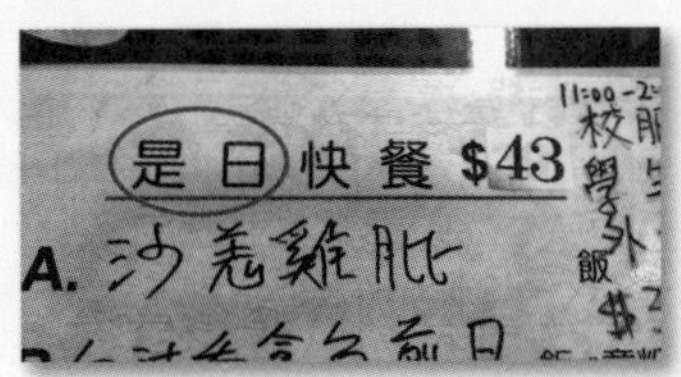

• 「是日」就是「這日」，也就是「今日」。

都說粵語最能夠繼承文言字詞及語法，即使是一間小小的地道快餐店，也從中能略知一二。譬如「是日快餐」中的「是」，並非解作「正確」，而是用作指示代詞，相當於「這」。「是日」就是「這日」，也就是「今日」。

除了「是」，還有哪些文言指示代詞？當中又怎樣分類？上一課我們認識了人稱代詞和指示代詞，今課就為大家介紹文言指示代詞。

三 指示代詞

用作指代指定的人物、事物、地點、情況，可以分為以下四類：

1 近指代詞

這類代詞包括：**此**、**是**、**斯**、**之**、**茲**、**焉**、**然**，相當於「這」、「這裏」、「這樣」。例如：

A　此（這）真吾廬矣！（《吾廬記》）

B　是（這顆）心足以王矣。（《孟子．梁惠王上》）

C　登斯（這座）樓也。（《岳陽樓記》）

D　均之（這）二策。（《廉頗藺相如列傳》）

例句 A 中的「此」是直到今日依然常用的指示代詞。除了解作「這」，也可以解作「這裏」，譬如閱讀街道圖或商場平面圖時，我們經常會看到「閣下在此」一詞。「閣下」就「您」，「此」就是「這裏」，表示訪客現時所身處的位置。

•「閣下在此」經常見於街道圖和商場平面圖。

例句 B「是心」所指代的是「不忍人之心」。由於文言文經常出現「量詞省略」的情況，因此語譯時，應補上適當的量詞，把**「是心」譯作「這顆心」**。同樣，例句 C 的**「斯樓」，應該語譯成「這座樓」**。例句 D 中的「之二策」，就是解作「這兩項對策」，所指代的就是「趙不許」和「趙予璧」這兩項應對秦國請求的做法。不過，「之」作為代詞，在文言文裏是極為少見的。

E　揮手自茲（這裏）去。（李白《送友人》）

F　積土成山，風雨興焉（在這裏）。（《勸學》）

例句 E 的「茲」不應單純寫作「這」，根據詩歌主題（送別朋友），應當語譯作「這裏」。

例句F的「焉」是兼詞，**由介詞「於」和代詞「此」組成，即「於此」，也就是「在這裏」**，因此可以視作近指代詞。「風雨興焉」就是解作「風雨在這裏興起」。有關兼詞的特點，大家可以翻閱第3課的《談雙音詞的分解與合解》。

G　不復挺者，輮使之然也。(《勸學》)

H　進亦憂，退亦憂，然則何時而樂耶？(《岳陽樓記》)

例句G和H中的**「然」都解作「這樣」**。例句G的「然」所指代的，就是前文提及木「不復挺者」的情況。

例句H的**「然則」是一個固定詞語，由代詞「然」和連詞「則」組成，解作「既然這樣，那麼……」**。句中的「然」指代了前文古仁人「進亦憂，退亦憂」的心態，整個句子就是說「既然這樣（古仁人進亦憂，退亦憂），那麼甚麼時候才會快樂呢？」

2　遠指代詞

這類代詞包括有：**彼**、**夫**、**厥**等，相當於「那」、「那裏」。例如：

A　彼（那位）童子之師。(《師說》)

B　予觀夫（那）巴陵勝狀。(《岳陽樓記》)

「彼」既可用作第三人稱代詞，也可用作遠指代詞。在例句A，如果將「彼」理解為「他」或「他的」，是解不通的。實際上，**「彼童子」就是「那位孩子」**。

「夫」是多音字，讀【膚 fu1】時，多解作「男子」，在例句B中卻是解不通的。原來「夫」破讀為【符 fu4】時，能作虛詞用，包括遠指代詞。「夫巴陵勝狀」應譯作「那巴陵郡的優美景色」。**范仲淹寫《岳陽樓記》時，身在千里之外的陝西，因此用「彼」來指代巴陵郡，是理所當然的事**。至於「厥」，則多見於《尚書》等秦、漢時期的文獻，後世甚為少用。

另外，**「其」、「爾」既可以近指，也可以遠指**，要根據前、後文的內容來判斷。例如：

C　臣竊以為其（這個）人勇士。（《廉頗藺相如列傳》）

D　惑而不從師，其（那些）為惑也終不解矣。（《師說》）

例句 C **「其人」所指的，是前文的藺相如，因此應當理解為「這」**，「其人」就是解作「這個人」。例句 D 的**「惑」並沒有指明是哪些疑惑，因此「其」在這裏應該語譯作「那些」**，來指代文中所提及的疑惑。

E　問君何能爾（這樣）？（陶潛《飲酒（其五）》）

F　爾（那時）來二十有一年矣。（《出師表》）

陶潛在《飲酒（其五）》一開始這樣描述自己：「結廬在人境，而無車馬喧。」在煩囂的人世間居住，卻沒有車馬的喧鬧。詩人繼而模仿第三者的口吻，提出這樣的疑問：「問君何能爾？」（請問您為甚麼可以這樣呢？）當中的**「爾」屬近指，解作「這樣」，所指代的就是前文「結廬在人境，而無車馬喧」的情況。**

「爾」亦可以遠指。在《出師表》中，諸葛亮將自己跟先帝出生入死的片段，跟後主娓娓道來。他說：「二十有一年矣。」到底二十一年前發生了甚麼事？就是先帝遇上兵敗，諸葛亮「受任於敗軍之際，奉命於危難之間」。**由於是過去了的事，故此「爾來」應當理解為「從那時開始」。**

3　旁指代詞

「旁指」也稱為「他指」，所**指代的是其他事物，相當於「其他」**，常見的文言旁指代詞包括：**他、它**。例如：

A　願母無他思。（《杜環小傳》）

B　無它異也。（《後漢書．列女傳》）

在宋濂《杜環小傳》中，常母剛到杜環家中暫住，卻急於尋找兒子常伯章的下落，打算冒雨外出。杜環跟她說：「願母無他思。」就是希望常母暫時不要有**其他（他）想法（思）**，安心在自己家裏住下來。

據《列女傳》記載，樂羊子曾遠赴外地求學，可是短短一年後就回來，他的妻子很是奇怪，以為發生了甚麼事情。樂羊子回答說：「久行懷思，無它異也。」就是說離鄉久了，就心生思念，因而回來，並沒有**其他（它）特別的事情（異）**。

4　不定指代詞

這種代詞**沒有固定要指代的人、事物、情況**。常見的文言不定指代詞包括：**或**、**某**、**莫**、**無**。例如：

A　左右或欲引相如去。（《廉頗藺相如列傳》）

B　或曰：「貴與富在我而已，以智求之則得之……」或曰：「不然。」（《命解》）

代詞「或」可以譯作「有人」。譬如例句 A 中的「或」就是指秦王身旁的侍衞：「有人」打算把藺相如拖出去。司馬遷卻**沒有說明是哪一位，反正就是「有人」想這樣做**。

在例句 B 中，李翺虛擬了兩位人物，大談對於「命」和「智」的看法。這兩個人根本不存在，即沒有指明是誰，**因此要將「或」譯作「有人」或「有一個人」。同時，由於是二人對談，第二個「或」應當譯作「有另一個人」**。

C　永有某氏者。（《三戒．永某氏之鼠》）

D　方期我決鬥某所。（魏禧《大鐵椎傳》）

E　某年月日，秦王為趙王擊缻。（《廉頗藺相如列傳》）

「某」跟「或」意思相若，但由於沒有對應的現代漢語詞語，故此語譯時直接保留「某」字即可。譬如例句 C 中的「某氏」，可以語譯為「某一戶人家」；例句 D 中的「某所」就是指「某個地方」；例句 E 中的「某年月日」則應該語譯為「某年某月某日」。

F　從者病，莫能興。（《史記・孔子世家》）

G　保民而王，莫之能禦也。（《孟子・梁惠王上》）

H　黔無驢，有好事者船載以入，至則無可用。（《三戒・黔之驢》）

「莫」、「無」一般解作「沒有」，在特定情況下，卻會用作代詞，表示「沒有人」、「沒有甚麼」等等。例句 F 提到，由於遇上陳蔡之圍，糧草不繼，跟從孔子的學生都病了，**沒有人（莫）能夠（能）站起來（興）。**當中「莫」就是解作「沒有人」。

例句 G 的「莫之能禦」就是解作「**沒有人（莫）能夠（能）抵禦（禦）梁惠王（之）**」。孟子認為，假如梁惠王願意推行仁政，那麼全國、甚至是天下百姓都會歸附梁惠王，屆時魏國成為超級大國，怎會有人能夠抵擋得住？

例句 H 的「無驢」解作「沒有驢子」，「無可用」就是說驢子**沒有甚麼（無）值得（可）利用（用）**。

四　特殊代詞

1　者

不能單獨使用，要用在動詞、形容詞、數詞、定語的後面，組成「者字結構」，才能夠指代具備此特徵的人、事、物，**相當於「……的人、事、物」**。例如：

A　古之學者必有師。(《師說》)

B　往者不可諫，來者猶可追。(《論語・微子》)

C　二者不可得兼，舍魚而取熊掌者也。(《魚我所欲也》)

例句 A 的「學」是動詞，解作「求學問」，**「學者」就是指「求學問的人」**。例句 B 的「往」和「來」都是形容詞，相當於「過去」、「未來」，故此**「往者」和「來者」就是指「過去的事」和「未來的事」**。例句 C 的「二」是數詞，用來指代前文的「魚」與「熊掌」，故此，**「二者」可以解作「兩種食物」**。

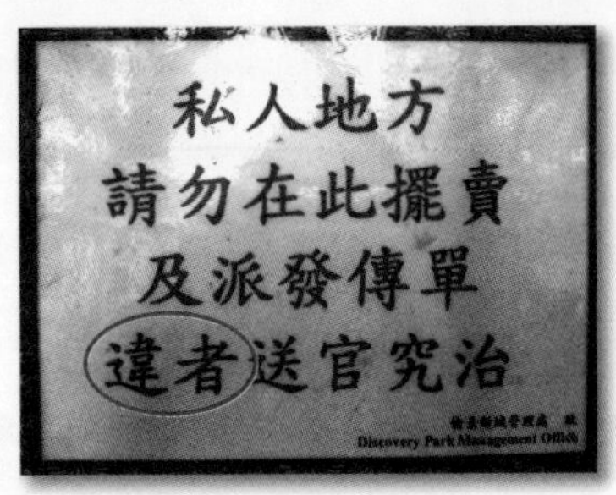

• 「違者」就是「違反的人」，違反甚麼呢？就是前面的規定。

2　所

一樣不能單獨使用，要用在動詞或形容詞的前面，組成「所字結構」，才能夠指代具備某特徵的人、事、物，**相當於「……的人、事、物、地方」**。譬如：

A　今為所識窮乏者得我而為之。(《魚我所欲也》)

B　則所用之異也。(《逍遙遊》)

例句 A 的「所」與動詞「識」、形容詞「窮乏」結合後，就是解作「**認識的窮人**」；例句 B 的「所」與動詞「用」結合後，就是解作「**運用的方法**」。

C　必能裨補闕漏，有所廣益。(《出師表》)

D　至無所見。(《始得西山宴遊記》)

E　親賢臣，遠小人，此先漢所以興隆也。(《出師表》)

F　師者，所以傳道、受業、解惑也。(《師說》)

「有所……」、「無所……」、「所以……」都是常見的文言句式。**「有所……」和「無所……」解作「有／沒有……的人、事物」。**例句C的「有所廣益」就是「**有益的地方**」；例句D的「無所見」可以理解為「**沒有可以見到的東西**」，也就是「甚麼都看不到」。

至於「所以」，在這裏並非表示因果關係的連詞。介詞「以」能夠表示原因或方法，當與「所」結合成**「所以」，就可以譯作「……的原因／方法／手段」。**「先漢所以興隆」就是「**西漢興隆的原因**」；「所以傳道、受業、解惑也」可以理解為「**……傳道、受業、解惑的手段**」，也就是「用來傳道、受業、解惑」。

課後小測試

分辨以下文句中的着色代詞所屬類別，並在括號內寫出其意思。

	人稱代詞	疑問代詞	指示代詞	特殊代詞
❶ 原文：今子之言。(《逍遙遊》) 譯文：如今(　　　)的言論。	○	○	○	○
❷ 原文：萬鍾於我何加焉？(《魚我所欲也》) 譯文：優厚的俸祿對我有(　　　)好處呢？	○	○	○	○
❸ 原文：此齊國之賢者也。(《呂氏春秋・士節》) 譯文：這是齊國賢能(　　　)。	○	○	○	○
❹ 原文：余讀書之室，其旁有桂一株焉。(戴南山《鳥說》) 譯文：我讀書的房間，(　　　)旁邊有一棵桂樹。	○	○	○	○
❺ 原文：是有國者之醜也。(《史記・孔子世家》) 譯文：(　　　)是當權的人的恥辱。	○	○	○	○
❻ 原文：夫美惡之所以分。(《全鏡文》) 譯文：區分美麗和醜陋事物(　　　)。	○	○	○	○
❼ 原文：既為盜矣，仁將焉在？(《列子・說符》) 譯文：既然是強盜了，(　　　)有仁義可言？	○	○	○	○
❽ 原文：苟或不然，人爭非之。(《訓儉示康》) 譯文：如果(　　　)不這樣，別人就會爭相指責他。	○	○	○	○

第 9 課

善莫大【煙】？善莫大【言】！── 談文言語氣助詞

有一晚，筆者回家後，在神推鬼撞下，竟然打開了電視機。當時電視台正播放《愛·回家之開心速遞》第 450 集。劇情說到，為了討得「譚道德」的歡心，「王國」因而賣弄自己的知識，並說了這句話：「子曰：『知錯能改，善莫大焉。』」

這句對白出現了三個錯處：（一）這句話不是孔子說的；（二）原句不是「知錯能改」，而是「過而能改」；（三）誤把語氣助詞「焉」讀作【煙 jin1】。

- 這句話原本作「過而能改，善莫大焉」，是春秋時代晉國大臣士季說的。

我們說說最後一個錯處。「焉」是多音字，作為疑問代詞，「焉」只可以讀【煙 jin1】；作為代詞、語氣助詞、連詞，只可以讀【言 jin4】。「善莫大焉」中的「焉」是表示肯定語氣的助詞，因此應該讀【言 jin4】。錯讀作【煙 jin1】，反映了編劇（也許是演員）對文言助詞並不熟悉。

助詞，顧名思義就是幫助句子表達意思、語氣的虛詞。現代漢語的助詞分為時態助詞（着、了、過）、結構助詞（的、地、得）和語氣助詞三類。古代漢語也有助詞，卻沒有時態助詞（這項功能被副詞取代），只有**（一）語氣助詞**；和**（二）結構助詞**。本課先講語氣助詞。

一　語氣助詞

現代漢語語氣助詞的最大特點，是處於句子的末尾；可是文言語氣助詞卻可以位處句尾、句首和句中。現分述如下：

1　句尾語氣助詞

這類語氣助詞包括：不（通「否」）、耳、爾、夫、乎、然、為、焉、也、耶、邪（通「耶」）、矣、歟、與（通「歟」）、哉，**能夠幫助句子表達肯定、疑問、反問、驚歎等不同的語氣。**由於例子眾多，且譯法相近，故先以下列表格作一概括，然後按語氣逐一介紹。

常見句尾語氣助詞一覽表

語氣	不	耳	爾	夫	乎	然	為	焉	也	耶	邪	矣	歟	與	哉
A 表示判斷、肯定		★	★			★		★	★			★			
B 表示疑問	★				★			★	★	★	★	★	★	★	★
C 表示反問					★		★			★	★		★	★	★
D 表示感歎				★	★		★	★	★			★	★		★
E 表示祈使					★				★			★		★	
F 表示推測					★										
G 表示限制		★	★												

A　表示判斷、肯定

見於陳述句，可以譯作「的」、「了」，或者不語譯。例如：

耳　　但道遠不能至耳。(《杜環小傳》)

譯文：只是路程遠，不能前來了。

爾　　非死即徙爾。(柳宗元《捕蛇者說》)

譯文：不是死，就是搬走了。

然　　不得其死然。(《論語·先進》)

譯文：恐怕不得好死。(「然」無需語譯)

焉　　始速禍焉。(《六國論》)

譯文：才使禍患加快。(「焉」無需語譯)

也　　魚，我所欲也。(《魚我所欲也》)

譯文：魚，是我想得到的食物。(「也」無需語譯)

矣　　爾來二十有一年矣。(《出師表》)

譯文：從那時到現在，已經有二十一年了。

B 表示疑問

見於疑問句，可以譯作「嗎」或「呢」。例如：

不　　可予不（讀【否 fau2】）?(《廉頗藺相如列傳》)

譯文：可以給秦王嗎？

乎　　能復飲乎?(《史記·項羽本紀》)

譯文：能夠再飲一杯酒嗎？

焉　　何智之有焉?(《命解》)

譯文：有甚麼智慧可言呢？

也　　何謂也?(《論仁、論孝、論君子》)

譯文：這是指甚麼呢？

耶　　其孰是耶?(《命解》)

譯文：當中哪一個才是正確呢？

邪　　況欲深造道德者邪?(曾鞏《墨池記》)

譯文：何況是想在道德修養上深造的人呢？

矣　　德何如，則可以王矣？(《孟子．梁惠王上》)

譯文：要有怎樣的德行，才可以管治天下呢？

歟　　葛天氏之民歟？(《五柳先生傳》)

譯文：是葛天氏時代的百姓嗎？

與　　然則廢釁鐘與？(《孟子．梁惠王上》)

譯文：既然這樣，那麼需要廢除釁鐘儀式嗎？

哉　　何哉？(《岳陽樓記》)

譯文：為甚麼呢？

C　表示反問

見於反問句，多配以「獨」、「豈」、「安」、「胡」等表示反問的副詞，可以譯作「嗎」、「呢」。例如：

乎　　子獨不見狸狌乎？(《逍遙遊》)

譯文：您難道沒有見過夜貓和黃鼠狼嗎？

為　　何以天下國家為（讀【圍 wai4】）？(劉蓉《習慣說》)

譯文：還憑甚麼管理國家和天下呢？

耶　　安能破耶？(陸以湉《冷廬雜識．陳忠愍公》)

譯文：怎能夠攻破呢？

邪　　豈信然邪？(《墨池記》)

譯文：難道是真的嗎？

歟　　子非三閭大夫歟？(《史記．屈原賈生列傳》)

譯文：您不就是三閭大夫屈原嗎？

與　　為是其智弗若與？(《孟子．告子上》)

譯文：難道是他的智慧比不上他人嗎？

哉　　嬰之亡豈不宜哉？(《呂氏春秋．士節》)

譯文：難道我不應該逃亡嗎？

D 表示感歎

見於感歎句，可以譯作「啊」、「呀」、「呢」、「了」等。例如：

夫　　悲夫！（《六國論》）

譯文：可悲啊！

乎　　庶其宙乎！（《全鏡文》）

譯文：回到以前的時候啊！

為　　予無所用天下為！（《逍遙遊》）

譯文：天下對我來說沒有用處啊！

焉　　歧路之中又有歧焉！（《列子·說符》）

譯文：分岔路中又有分岔路啊！

也　　子何見之謬也！（《全鏡文》）

譯文：您的見解是多麼荒謬啊！

矣　　是又在六國下矣！（《六國論》）

譯文：這又會比山東六國更差了！

歟　　其可怪也歟！（《師說》）

譯文：這真是奇怪啊！

哉　　善哉！（《莊子·養生主》）

譯文：太好了！／很好啊！

E 表示祈使

見於祈使句，可以譯作「吧」、「了」等，或者不語譯。例如：

乎　　長鋏歸來乎！（《史記·孟嘗君列傳》）

譯文：長劍，我們回去吧！

也　　不宜偏私，使內外異法也。（《出師表》）

譯文：不應偏袒徇私，使皇宮和丞相府的執法標準有所不同。（「也」無需語譯）

矣　　請事斯語矣。（《論仁、論孝、論君子》）

譯文：請讓我遵從這句話去做。（「矣」無需語譯）

矣　　可矣！（《左傳·莊公十年》）

譯文：可以擊鼓進軍了！

與　　歸與！歸與！（《論語·公冶長》）

譯文：回去吧！回去吧！

F　表示推測

可以譯作「吧」，多配以表示推測的副詞「其」、「無乃」等。例如：

乎　　其殉國死義乎？（《岳飛之少年時代》）

譯文：大概會為國家和道義而犧牲吧？

G　表示限制

可以譯作「而已」、「罷了」等。例如：

耳　　賢者能勿喪耳。（《魚我所欲也》）

譯文：只是聖賢能夠不讓本心失去而已。

爾　　我亦無他，惟手熟爾。（歐陽修《賣油翁》）

譯文：我也沒有其他祕訣，只是熟能生巧罷了。

2　句首語氣助詞

又叫做「發語詞」，位於句子開首，譬如：爰、聿、允、丕，多見於《詩經》、《尚書》等上古典籍，後世的古詩文甚少使用。如今常見的發語詞，一般有：夫、若夫、蓋、維（唯、惟），**大多表示議論的開始**。例子如下：

A　夫趙彊而燕弱，而君幸於趙王，故燕王欲結於君。（《廉頗藺相如列傳》）

B　若夫霪雨霏霏，連月不開。（《岳陽樓記》）

例句 A 的「夫」（粵音讀【符 fu4】）不可以理解作指示代詞「那」，因為譯作「那個趙國強大，可是燕國弱小」的話，句子是不通順的。「夫」在這裏是發語詞，表示藺相如即將發表議論，沒有實際意思，可以刪除不譯。同樣道理，例句 B 的「若夫」也是發語詞，並沒有任何實際意思。

C　蓋有幸而獲選，孰云多而不揚。（《進學解》）

D　惟仁者，能好人，能惡人。（《論語・里仁》）

E　時維九月，序屬三秋。（王勃《滕王閣序》）

例句 C 的「蓋」是發語詞，表示韓愈要發表有關議論：只有沒有才能的學生會僥倖獲選進入太學，然而，沒有學識淵博的學生不被取錄。例句 D 的「惟」不能解作「只有」，它也是發語詞，表示孔子正在發表有關「仁者」的議論。

至於例句 E 是對偶句，「時」與「序」相對，「九月」、「三秋」相對，因此，王勃只好將發語詞「惟」寫在後面，使之與「屬」相對了。

3　句中語氣助詞

同樣多見於《尚書》、《詩經》、《左傳》等先秦典籍，多作舒緩語氣、調整句子節奏之用。現在常見的句中語氣助詞包括有：者、兮。例句如下：

A　廉頗者，趙之良將也。（《廉頗藺相如列傳》）

B　師者，所以傳道、授業、解惑也。（《師說》）

「者」作為語氣助詞，一般見於帶有定義功能的肯定句中。這類句子的前句都是要說明的對象，也就是例句 A 的「廉頗」和例句 B 的「師」，而緊隨其後的「者」則有舒緩節奏的功能，繼而帶出後句的定義內容，即「趙之良將」及「所以傳道、授業、解惑」，並用表示肯定的句尾語氣助詞「也」作結。有關「……者，……也……」這種句式的更多內容，大家可以參考第 14 課的《談六種基本的文言句型》。

C　師道之不傳也久矣！(《師說》)

例句 C 中語氣助詞「也」處於句子的主語「師道之不傳」和謂語「久矣」之間，卻沒有實際意義，只用作句子停頓、語氣舒緩。

D　余幼好此奇服兮，年既老而不衰。(屈原《楚辭・涉江》)

E　力拔山兮氣蓋世，時不利兮騅不逝。(《史記・項羽本紀》)

「兮」字粵語讀【奚 hai4】，但原來在上古讀「a」(見史存直《文言語法》)，與「啊」、「呀」類近，多見於《楚辭》等騷體詩，**雖然同時具備了抒情、感歎的功能，可是其更大功用就是調整音節。**

例句 D 的「兮」處於「余幼好此奇服」和「年既老而不衰」之間，例句 E 更處於「力拔山」和「氣蓋世」、「時不利」和「騅不逝」之間，都能使節奏得以舒緩，有利朗讀詩句時抒發情感。

課後小測試

分辨下列文句中着色語氣助詞所表達的語氣，並寫出對應的現代漢語語氣助詞，如無需語譯，則以「×」表示。

例：是亦不可以已乎？（《魚我所欲也》）

語氣：表示＿反問＿　　譯文：＿嗎＿

❶ 是何言歟！（《孝經．諫諍章》）

語氣：表示＿＿＿＿＿＿　　譯文：＿＿＿

❷ 孔、孟、程、朱，士之鏡也。（《全鏡文》）

語氣：表示＿＿＿＿＿＿　　譯文：＿＿＿

❸ 由，誨女知之乎！（《論語．為政》）

語氣：表示＿＿＿＿＿＿　　譯文：＿＿＿

❹ 技止此耳。（《三戒．黔之驢》）

語氣：表示＿＿＿＿＿＿　　譯文：＿＿＿

❺ 二者之言，其孰是耶？（《命解》）

語氣：表示＿＿＿＿＿＿　　譯文：＿＿＿

❻ 為國者無使為積威之所劫哉！（《六國論》）

語氣：表示＿＿＿＿＿＿　　譯文：＿＿＿

❼ 可遠觀而不可褻玩焉。（周敦頤《愛蓮說》）

語氣：表示＿＿＿＿＿＿　　譯文：＿＿＿

❽ 子貢問曰：「有一言而可以終身行之者乎？」

子曰：「其恕乎！」（《論語・衛靈公》）

語氣：表示__________ 譯文：_____

語氣：表示__________ 譯文：_____

第 10 課

處處是生活，處處是文言——談文言結構助詞

上一課我們提到文言語氣助詞，今課講解文言結構助詞。

處處是生活，處處是文言，即使是公屋電梯大堂，也可以學到文言虛詞。就好像這張告示出現了兩個「之」，都是文言結構助詞，相當於「的」。「本大廈之天台」非常容易理解，就是「這座大廈的天台」，至於「火警逃生之用」就是「火警時逃生的用途」。可見，只要細心留意，多作觀察和推敲，生活中的不少細節都能夠成為學習文言的材料。

文言結構助詞的功能看似複雜，其實只要按照其語法功能來分類，也是有跡可循的。

一 結構助詞

現代漢語的結構助詞，一般有「的」、「地」、「得」、「似的」等等，用以連接名詞、動詞、形容詞。文言結構助詞的數量多，用途廣泛而複雜，故此先以下列表格作一概括，然後按語法功能逐一介紹，並附以例子：

常見文言結構助詞一覽表

語法功能	之	然	而	者	所	為	是
1 用定語修飾名詞	★						
2 用形容詞修飾動詞		★	★				
3 用作形容詞詞尾		★					
4 用於喻體之後		★		★			
5 強調被動					★		
6 將定語和名詞對調				★			
7 將謂語和賓語對調	★					★	★
8 將小主謂句變成主語	★						

1 用定語修飾名詞，相當於「的」

A 然則諸侯之地有限。(《六國論》)

B 宋人有善為不龜手之藥者。(《逍遙遊》)

「之」的最基本功能就是連接定語和名詞，相當於「的」。例句A「諸侯之地」就是「諸侯的土地」。當中的「之」連接了定語「諸侯」和名詞「地」，表示兩者的從屬關係，說明「地」是屬於「諸侯」的。

例句B「不龜手之藥」就是「不會使雙手龜裂的藥」。當中的「之」，連接了定語（不龜手）和名詞（藥），表示兩者的修飾關係，說明「藥」有着「不龜手」的特點。

2 用形容詞修飾動詞，相當於「地」

A 頹然就醉。(《始得西山宴遊記》)

B　施施而行，漫漫而遊。（《始得西山宴遊記》）

文言虛詞中的「然」，如果**用於形容詞及動詞之間，就具備結構助詞「地」的功能**，用形容詞來描述動作的狀態。

例句A的「頹」解作跌倒，在這裏用作形容詞，可以理解為「東歪西倒」；「就醉」即「喝醉」，是動詞；「然」字正是把兩個詞語連接起來，用法相當於「地」。整個句子的意思就是「東歪西倒地喝醉」。

例句B的「而」處於形容詞（「施施」、「漫漫」）和動詞（「行」和「遊」）之間，用法也相當於「地」，意指「放慢腳步地徐行，漫無目的地遊逛」。

3　用作形容詞詞尾，相當於「……的樣子」

A　其高下之勢，岈然窪然。（《始得西山宴遊記》）

如果「然」獨自出現在形容詞之後，很有可能是用作形容詞詞尾，相當於「……的樣子」，以凸顯事物的性質。例句A的「然」見於形容詞「岈」、「窪」之後，用以描述西山的山勢，可以譯作「凸起來的樣子」、「凹下去的樣子」。

4　用於喻體之後，相當於「……似的」

A　人之視己，如見其肺肝然。（《禮記・大學》）

B　頗若嘗見其面者。（《杜環小傳》）

文言比喻句一般包含「如」、「若」等喻詞，句中的**「然」和「者」都有着比擬的功能，以說明某事物跟喻體十分相像，用法相當於「似的」。**

例句A的本體是「己」，喻詞是「如」，至於喻體則是「肺肝」，可以譯為「內臟」。「然」在句中沒有實義，只是強調了「己」和「肺肝」十分相似。故此整句應譯作：「別人看自己，就像看到自己的內臟似的。」

例句 B 中「見其面」並非喻體，而是表示比擬的內容，整個句子帶有「似曾相識」的意思，句子應該解作「好像見過她似的」。

5　用於被動句，強調被動

A　為國者無使為積威之所劫哉！（《六國論》）

在例句 A 是一個被動句。被動者是「為國者」，主動者是「積威」，而「為」就是表示被動的介詞，相當於「被」。**與「為」搭配使用時，「所」是結構助詞，處於主動者（積威）及動詞（劫）之間，強調句子的被動性質**，卻無實義，因此可以刪除不譯。

6　用於倒裝句，將定語和名詞對調

A　求人可使報秦者。（《廉頗藺相如列傳》）

B　馬之千里者。（韓愈《馬說》）

定語用在名詞前面，用來修飾名詞。例句 A 和 B 的定語分別是「可使報秦」和「千里」，用來修飾「人」和「馬」，現在卻被倒置在後面，變成「人可使報秦」、「馬之千里」，這是「定語後置」的倒裝現象。當中**「者」就是「定語後置倒裝句」的標誌詞語，表示句子的結構出現變化（定語跟名詞的位置對調）。**

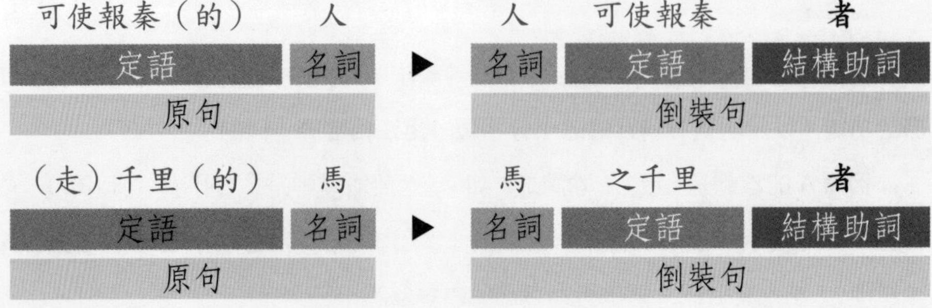

「者」在這裏並無實際意思，語譯時應該先將名詞和定語調回適當的位置，同時刪除「者」字不譯，也就是「求可使報秦之人」和「千里馬」。

有關「定語後置」的倒裝句句式，可以參考第 17 課的《談文言倒裝句（下）》。

7　用於倒裝句，將謂語和賓語對調

A　然則一羽之不舉。（《孟子．梁惠王上》）

B　何智之有焉？（《命解》）

賓語一般位處動詞之後。例句 A 的「不舉」是謂語，相當於「舉不起」，「一羽」是賓語，即一條羽毛。句子理應寫作「不舉一羽」，可是為了強調「一羽」，因此作者不但將謂語和賓語的位置對調，變成「賓語前置」倒裝句，更在兩者之間**加上結構助詞「之」，表示句子的結構出現了變化（謂語跟賓語的位置對調）。**由於「之」在這裏只是表示倒裝的標誌詞語，因此語譯時可以刪掉不理，並將賓語和謂語調回適當的位置。

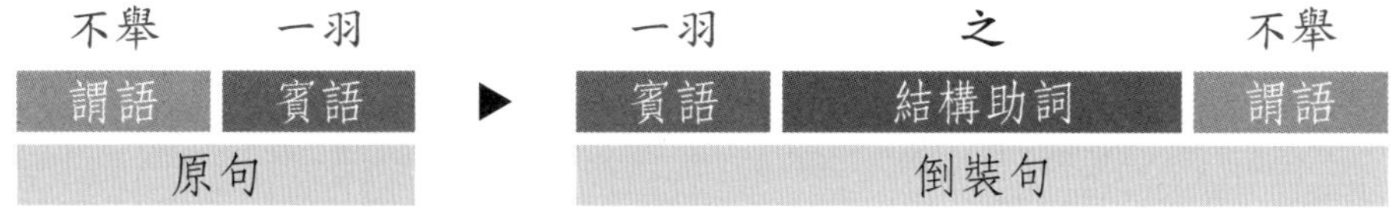

例句 B 也是「賓語前置」的倒裝句。句子的賓語是「何智」，即「甚麼智慧」，謂語是「有」。當表示「甚麼」的疑問代詞**「何」與「之」結合成「何……之……」句式，賓語（「何智」）就會前置，而「之」就成為標誌詞語，表示句子的結構出現變化（謂語跟賓語的位置對調）**。其實，句子原本的寫法是「有何智焉？」，也就是「有甚麼智慧（可言）呢？」。

有	何智	▶	何智	之	有
謂語	賓語		賓語	結構助詞	謂語
原句			倒裝句		

C　惟弈秋之為聽。(《孟子．告子上》)

D　將惟命是從。(《史記．楚世家》)

例句 C 和 D 的謂語是「聽」和「從」，賓語是「弈秋」和「命」，理應理解作「聽弈秋」和「從命」。可是現在都對調了，這也是「賓語前置」的倒裝現象。這種倒裝句的關鍵在於「惟」字。

「惟」是副詞，表示「只有」。當句子以「惟」作開首時，謂語和賓語不但前後對調，更在兩者之間**加上結構助詞「之」、「為」(讀【圍 wai4】) 和「是」，表示句子的結構出現了變化 (動詞跟賓語的位置對調)**。由於「之」、「為」和「是」都沒有實際意義，因此語譯時應該先將賓語和謂語調回適當的位置，同時刪除「之」、「為」和「是」不譯，也就是「惟聽弈秋」和「惟從命」。

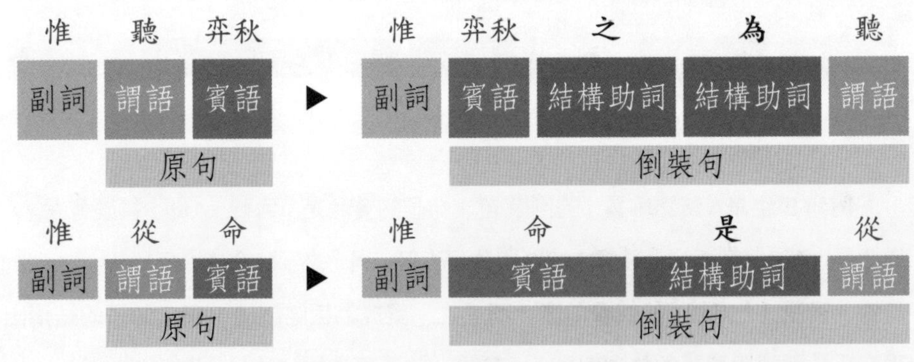

有關「賓語前置」的倒裝句句式，可以參考第 16 課的《談文言倒裝句 (上)》。

8　將小主謂句變成主語

A　師道之不傳也久矣。(《師說》)

「師道之不傳也久矣」是主謂句，主語是「師道之不傳」(「也」只是表示句子停頓的助詞，見前一課有關「句中語氣助詞」的解說），而謂語是「久矣」。

原來主語「師道之不傳」本身也是一個主謂句：主語是「師道」，謂語是「不傳」，這種主謂句中又有主謂句的，就叫做「小主謂句」。由於「小主謂句」已經融入「大主謂句」中，因此，**為了將小主謂句變成主語**（也就是坊間所謂的「取消小主謂句的獨立性」)，**人們會在小主謂句的主語（師道）和謂語（不傳）之間，加上結構助詞「之」。**「之」在這裏只有語法功能，並無實義，語譯時可以直接刪除。

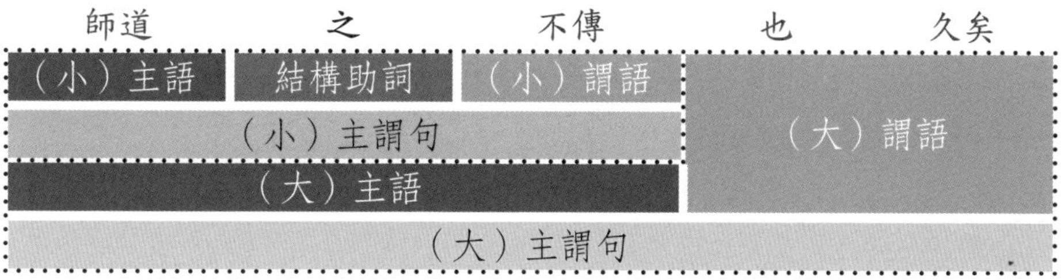

師道	之	不傳	也	久矣
（小）主語	結構助詞	（小）謂語	（大）謂語	
（小）主謂句				
（大）主語				
（大）主謂句				

課後小測試

分辨下列文句中着色文言虛詞是否結構助詞，是的，在〔　〕裏填＋；不是的，填－，然後在橫線上語譯。

❶ 藺相如者，趙人也。（《廉頗藺相如列傳》）〔　　〕

________________ 趙國人。

❷ 冰，水為之。（《勸學》）〔　　〕

冰，是由水 ________________。

❸ 每見貪酷小人，惟利是圖。（凌濛初《初刻拍案驚奇》）〔　　〕

往往看到那些貪官酷吏，他們 ________________。

❹ 當時士大夫家皆然。（《訓儉示康》）〔　　〕

當時當官的家 ________________。

❺ 果如鶴唳雲端，怡然稱快。（沈復《閒情記趣》）〔　　〕

果然像白鶴在雲端鳴叫，我 ________________。

❻ 利於人者鮮。（《命解》）〔　　〕

對別人有利 ________________。

❼ 子何見之謬也！（《全鏡文》）〔　　〕

你的看法 ________________！

❽ 吳之無道也愈甚。（《呂氏春秋 · 忠廉》）〔　　〕

________________ 越來越嚴重。

第 11 課

「請勿靠近車門」── 談文言副詞

乘地鐵時，如果細心的話，可以發現車廂將要關門時，都會以粵語播放以下錄音：「**請勿**靠近車門。」接着以普通話播放：「**請不要**靠近車門。」大家可以用手機掃描以下二維碼，觀賞有關短片。

粵語廣播中的「勿」是由來已久的文言副詞，表示勸阻，也就是普通話廣播裏的「不要」，足見粵語的確保留了不少文言用語、用字。

- 東鐵線列車在關門時，月台的屏幕會顯示「請勿靠近車門」的字句。

「勿」與「不要」，前者簡潔、典雅，後者清晰、易明，各有好處，不用拘泥於使用哪一個才是最好。今課，我們就會學習各類型的文言副詞。

一　何謂副詞？

副詞，一般**用於動詞和形容詞的前面，是用來描述動作或狀態**的一類詞語。例如：

A　永結無情遊。（李白《月下獨酌（其一）》）

B　聖益聖，愚益愚。（《師說》）

例句 A 的「結」是動詞，李白想跟月亮和身影結下「無情遊」，那要結多久呢？李白**用了副詞「永」，寫在動詞「結」之前**，表示想跟月亮和身影永無止境的在一起。

在例句 B 中，「聖賢」和「愚子」的特點就是「聖明」和「愚鈍」，那「聖明」和「愚鈍」到怎樣的地步呢？韓愈**運用了副詞「益」，寫在形容詞「聖」和「愚」之前**，表示「聖明」和「愚鈍」的程度不斷加深，藉此說明從師學習的重要。

有些人會把副詞當作實詞，因為副詞都有着實在的意思：「永」就是「永遠」、「益」就是「更加」；但同時，副詞不能單獨使用，一定要依附在動詞或形容詞的前面，才能發揮功能，因此也有人把副詞歸入虛詞。是實是虛，都不是問題，副詞的分類和例子眾多，才是大家需要認真看待和解決的。

二　常見文言副詞

本課將會根據文言副詞的功能作分類，先以表格形式列出各相關字詞，並附以例子。遇上特別的例子，就會在表格下仔細說明。

1 時間副詞

多與動詞搭配使用，表示**事情發生的時間**，包括過去、現在、未來。

分類	例字	字義	例句
表示過去	既、已、業	已經	原文：不知東方之既白。(《前赤壁賦》) 譯文：不知道東方已經露出曙光。
			原文：良業為取履。(《史記．留侯世家》) 譯文：張良已經為(這老人)取鞋子。
	曾、嘗、始	曾經	原文：吾嘗終日而思矣。(《勸學》) 譯文：我曾經整天思索。
			原文：未始知西山之怪特。(《始得西山宴遊記》) 譯文：不曾知道西山的奇特之處。
	昔、本、故、始、嚮、曩	從前 過去 昔日	原文：嚮也參得罪於大人。(《孔子家語．六本》) 譯文：之前我得罪了父親大人您。
			原文：參始微時。(《史記．曹相國世家》) 譯文：曹參昔日還是地位卑微時。
	始、初	當初 起初	原文：江畔何人初見月？(張若虛《春江花月夜》) 譯文：是誰在江邊最初看到這月亮？
	向	剛才	原文：向觀硯有鸜鵒眼。(馮夢龍《古今譚概》) 譯文：剛才看到那個硯是有八哥眼的。
	固、故	本來 原本	原文：此物故非西產。(蒲松齡《聊齋誌異．促織》) 譯文：這東西本來就不是陝西出產的。
表示現在	適、始、初	剛剛	原文：我以日始出時去人近。(《列子．湯問》) 譯文：我認為太陽剛剛出來時離人較近。
			原文：小喬初嫁了。(《念奴嬌．赤壁懷古》) 譯文：小喬剛剛嫁給(周瑜)。
	方、正	正在 正正	原文：天方雨。(《杜環小傳》) 譯文：天正在下雨。

<table>
<tr><th>分類</th><th>例字</th><th>字義</th><th>例句</th></tr>
<tr><td rowspan="4">表示未來</td><td rowspan="2">將、行、且、欲</td><td rowspan="2">將要
快要</td><td>原文：若屬皆且為所虜。(《史記．項羽本紀》)
譯文：你們都將要被俘虜。</td></tr>
<tr><td>原文：嘴爪雖欲敝。(白居易《燕詩》)
譯文：燕子的嘴巴和爪子即使快要磨損了。</td></tr>
<tr><td rowspan="2">頃、既、已而、俄而、既而、須臾、有間</td><td rowspan="2">不久</td><td>原文：俄而其弟適秦。(《列子．說符》)
譯文：不久，他的弟弟前往秦國。</td></tr>
<tr><td>原文：有間，晏子見疑於齊君。(《呂氏春秋．士節》)
譯文：不久，晏子被齊王懷疑。</td></tr>
</table>

2　頻率副詞

多與動詞搭配使用，表示**事情發生的頻率、次數多少**。

<table>
<tr><th>分類</th><th>例字</th><th>字義</th><th>例句</th></tr>
<tr><td rowspan="7">表示頻率</td><td>永、久</td><td>永遠
長期</td><td>原文：不可以久處約。(《論仁、論孝、論君子》)
譯文：不能長期處於貧困中。</td></tr>
<tr><td rowspan="2">恆、常、驟</td><td rowspan="2">經常
恆常</td><td>原文：恆惴慄。(《始得西山宴遊記》)
譯文：經常感到憂懼不安。</td></tr>
<tr><td>原文：知不可乎驟得。(《前赤壁賦》)
譯文：知道不可以經常得到。</td></tr>
<tr><td>輒</td><td>總是</td><td>原文：動輒得咎。(《進學解》)
譯文：一有舉動都總會受到責備。</td></tr>
<tr><td>每</td><td>每次</td><td>原文：每值朔望。(《岳飛之少年時代》)
譯文：每一次碰上農曆初一和十五時。</td></tr>
<tr><td rowspan="2">素、雅、向</td><td rowspan="2">向來
一向</td><td>原文：且相如素賤人。(《廉頗藺相如列傳》)
譯文：況且藺相如向來是地位卑微的人。</td></tr>
<tr><td>原文：臣向蒙國恩。(羅貫中《三國演義．第十四回》)
譯文：微臣一向得到國家的恩惠。</td></tr>
</table>

分類	例字	字義	例句
表示頻率	數、累、屢、亟、迭	多次	原文：范增數目項王。(《史記．項羽本紀》) 譯文：范增多次向項羽打眼色。
			原文：好從事而亟失時。(《論語．陽貨》) 譯文：喜歡出來做官卻多次錯失時機。
	鮮	甚少	原文：菊之愛，陶後鮮有聞。(《愛蓮說》) 譯文：喜愛菊花，陶潛之後就甚少聽聞了。
表示重複	又、復、更	再 又 再次	原文：奔流到海不復回！(《將進酒》) 譯文：黃河流入大海後就不會再回來。
			原文：更着風和雨。(陸游《卜算子．詠梅》) 譯文：梅花又要承受風雨的打擊。
	亦	也	原文：項伯亦拔劍起舞。(《史記．項羽本紀》) 譯文：項伯也拔出寶劍，跳起舞來。
	尚、猶	還 還是 依然	原文：形容尚小。(《紅樓夢．第三回》) 譯文：樣貌還是年輕。
			原文：而予猶惡爾。(《全鏡文》) 譯文：如果我依然使你變醜。

作為副詞，**「數」、「累」和「鮮」都需要破讀。**「數」本讀【素 sou3】，解作「數量」，由此引申出「多次」的意思，**副詞「數」(多次)應該讀【索 sok3】**。至於「累」有三個讀音，讀【淚 leoi6】時，解作「連累」；讀【雷 leoi4】時，解作「堆疊」，並引申出表示「多次」的副詞。**「累」作為副詞，應該讀【裏 leoi5】**。

至於「鮮」本讀【仙 sin1】，解作「新鮮」，可是解作「甚少」時，**副詞「鮮」應該破讀作【癬 sin2】**。

3　程度副詞

多與形容詞搭配使用，表示**事物特質的輕重程度**，可以分為三類：表示輕度、表示重度、表示比較。

分類	例字	字義	例句
表示輕度	稍、略、少、頗、微	稍為 稍稍 略為 一點	原文：夫子蓋少貶焉？（《史記．孔子世家》） 譯文：老師為甚麼不稍為降低標準呢？
			原文：十五頗有餘。（《陌上桑》） 譯文：羅敷現在十五歲多一點。
表示重度	頗、殊、甚、良、酷、孔	很 十分 非常	原文：頗若嘗見其面者。（《杜環小傳》） 譯文：很像曾經見過常母一面似的。
			原文：恐懼殊甚。（《廉頗藺相如列傳》） 譯文：害怕得非常過分。
	極、絕	極度 極為	原文：初極狹。（《桃花源記》） 譯文：山洞起初極度狹窄。
			原文：秦女絕美。（《史記．伍子胥列傳》） 譯文：秦國的姑娘極為漂亮。
	至、最	最 最為	原文：至微至陋。（《陳情表》） 譯文：地位最為卑微，身份最為鄙陋。
	太、尤	太 格外	原文：近歲風俗尤為侈靡。（《訓儉示康》） 譯文：近年來風俗格外奢侈、糜爛。
表示比較	彌、愈、越	越 越是	原文：奉之彌繁，侵之愈急。（《六國論》） 譯文：獻出土地越多，侵略諸侯國就越急迫。
	益、愈、尤、更、加、滋	更 更加	原文：亦愈不知士甚矣。（《呂氏春秋．士節》） 譯文：我就更加不了解士了。
			原文：則弟子之惑滋甚。（《孟子．公孫丑上》） 譯文：那麼學生的疑惑就更多。

• 酒樓宣傳單張上的「至」，是文言副詞。「至抵」就是「最抵」，也就是「最便宜」。

4 範圍副詞

多與動詞搭配使用，表示**動作牽涉的範圍**，可分為四類：表示全部、表示局部、表示共同、表示各自。

分類	例字	字義	例句
表示全部	皆、咸、悉、舉、俱（具）、盡、畢、率、備、遍	都 全都 全部 一一	原文：咸以詩來會。（《吾廬記》） 譯文：全都把詩歌帶來聚會。
			原文：悉埋於地。（龔自珍《病梅館記》） 譯文：把梅花全都埋在泥土裏。
			原文：舉以予人。（《六國論》） 譯文：把土地全都送給別人。
			原文：具答之。（《桃花源記》） 譯文：一一回答村民的問題。
			原文：不可遍數。（《訓儉示康》） 譯文：不能夠全部列舉出來。
表示局部	只、止、但、唯（惟）、僅、徒、獨、直、第（弟）、才、區區	只 只是 僅僅 不過	原文：惟江上之清風。（《前赤壁賦》） 譯文：只有江上的清風。
			原文：直不百步耳，是亦走也。（《孟子．梁惠王上》） 譯文：只是沒有走百步而已，這也是逃跑啊。
			原文：才通人。（《桃花源記》） 譯文：僅僅一個人通過。
表示共同	凡	一共 總共	原文：軒凡四遭火。（歸有光《項脊軒志》） 譯文：項脊軒一共遭受過四次火災。
	並、并、偕、共、同	一起 一同 共同	原文：并力西嚮。（《六國論》） 譯文：一起合力向西推進。
			原文：執子之手，與子偕老。（《詩經．邶風．擊鼓》） 譯文：緊握你的手，跟你一起到老。
表示各自	各、各各、每、自	各自	原文：向使三國各愛其地。（《六國論》） 譯文：假使韓魏楚三國各自愛惜它們的土地。
			原文：各各有丫鬟用小茶盤捧上茶來。（《紅樓夢．第三回》）

人人都只知道得到他人的東西，就是收穫，卻不知道贈與他人，也是收穫。

5 情態副詞

多與動詞搭配使用，表示**事情發生時的情形或狀態**。

分類	例字	字義	例句
表示確定	誠、良、信、實、必	真的 確實 實在 一定 必定	原文：臣誠知不如徐公美。（《戰國策．齊策一》） 譯文：微臣真的知道不及徐公英俊。
			原文：諸將以為趙氏孤兒良已死。（《史記．趙世家》） 譯文：一眾將領認為趙氏孤兒真的已經死去。
			原文：田忌信然之。（《史記．孫子吳起列傳》） 譯文：田忌真的認為孫臏是對的。
表示緩急	漸、稍	漸漸	原文：麋麑稍大。（《三戒．臨江之麋》） 譯文：小鹿漸漸長大。
	徐	慢慢	原文：清風徐來。（《前赤壁賦》） 譯文：清風慢慢吹來。
	遽	立即 急速	原文：遽契其舟。（《呂氏春秋．察今》） 譯文：立即在那艘船上刻上記號。
	暫、且	暫且 姑且	原文：烹羊宰牛且為樂。（《將進酒》） 譯文：宰殺和烹煮牛羊吧！姑且盡情享受歡樂。
			原文：暫伴月將影。（《將進酒》） 譯文：暫且與月和影結伴。
	乍、暴、忽、倏	忽然 突然	原文：乍煖還寒時候。（《聲聲慢．秋情》） 譯文：忽然變暖、卻又轉涼的時節。
			原文：屠暴起。（《聊齋誌異．狼三則（其二）》） 譯文：屠夫突然跳起來。
表示勢態	果	果然	原文：果遇盜。（《列子．說符》） 譯文：果然遇上強盜。
	徒	白白	原文：徒見欺。（《廉頗藺相如列傳》） 譯文：白白被欺騙。

6 否定副詞

多與動詞或形容詞搭配使用，表示**對事物的否定**或**阻止他人**。

分類	例字	字義	例句
表示否定	不、弗、未、勿、毋、莫、非、匪、靡	不 不是 沒有	原文：賢者能勿喪耳。(《魚我所欲也》) 譯文：賢能的人能夠不讓它喪失而已。
			原文：匪兕匪虎。(《史記．孔子世家》) 譯文：我們不是犀牛，不是老虎。
			原文：求之靡途。(《歸去來辭序》) 譯文：沒有方法求得官職。
表示阻止	勿、毋、莫、無	別 不要	原文：非禮勿言。(《論語．顏淵》) 譯文：不合乎禮法的事物不要說。
			原文：西山寇盜莫相侵。(《登樓》) 譯文：來自西山的吐蕃大軍不要入侵大唐了。
			原文：家祭無忘告乃翁！(《示兒》) 譯文：家族祭祀時不要忘記告訴你們的父親啊！

• 「毋需警告」就是「不需要警告」。

7 語氣副詞

多用於句子開首，能**表達出不同的強烈語氣**，如勸告、推測、估計、反問、意外、希冀等。

<table>
<tr><th>分類</th><th>例字</th><th>字義</th><th>例句</th></tr>
<tr><td>表示勸告</td><td>其</td><td>應當</td><td>原文：爾其無忘乃父之志！（歐陽修《五代史·伶官傳序》）
譯文：你應當不能忘記你父親報仇的心願！</td></tr>
<tr><td rowspan="3">表示推測</td><td rowspan="3">或、殆、豈、其</td><td rowspan="3">或者
大概
恐怕</td><td>原文：或未易量。（《六國論》）
譯文：或者還不能輕易估計。</td></tr>
<tr><td>原文：其皆出於此乎！（《師說》）
譯文：大概都是出於這個原因吧！</td></tr>
<tr><td>原文：子其病矣！（《海鷗》）
譯文：您的生活恐怕十分困苦了！</td></tr>
<tr><td rowspan="2">表示估計</td><td rowspan="2">蓋、約、略、可、庶、庶幾</td><td rowspan="2">大概
或許</td><td>原文：故不隨俗靡者蓋鮮矣。（《訓儉示康》）
譯文：故此不跟隨奢靡風俗的人大概很少了。</td></tr>
<tr><td>原文：庶萬一可冀。（《杜環小傳》）
譯文：或許有萬分之一的希望。</td></tr>
<tr><td rowspan="3">表示反問</td><td rowspan="3">豈、寧、獨、得、其、庸、而</td><td rowspan="3">難道
哪裏</td><td>原文：寧獨予乎？（《全鏡文》）
譯文：難道只有我嗎？</td></tr>
<tr><td>原文：欲加之罪，其無辭乎？（《左傳·僖公十年》）
譯文：想把罪名加在他身上，難道沒有藉口嗎？</td></tr>
<tr><td>原文：而由人乎哉？（《論語·顏淵》）
譯文：難道要依賴別人嗎？</td></tr>
<tr><td rowspan="2">表示意外</td><td rowspan="2">直、曾、乃</td><td rowspan="2">竟然</td><td>原文：直把杭州作汴州。（林升《題臨安邸》）
譯文：竟然將南宋的杭州當作北宋的汴京。</td></tr>
<tr><td>原文：有酒食，先生饌，曾是以為孝乎？（《論語·為政》）
譯文：有酒有肉給父母吃，竟然認為這做法就是孝道？</td></tr>
<tr><td rowspan="2">表示希冀</td><td rowspan="2">唯、惟、幸、其</td><td rowspan="2">希望</td><td>原文：唯大王與羣臣孰計議之。（《廉頗藺相如列傳》）
譯文：希望大王能跟各位大臣仔細商議這件事。</td></tr>
<tr><td>原文：幸蒙其賞賜。（《漢書·李廣蘇建傳》）
譯文：希望能得到他的賞賜。</td></tr>
</table>

8 謙辭、敬辭

古代階級觀念濃厚，因此不論是上級對下級，還是晚輩對長輩，也有特定的用語，來**表達自謙或尊敬的語氣，這些用語成為「謙辭」、「敬辭」**。雖然白話文沒有這類詞語，可是由於功能與語氣副詞相若，因此姑且視作副詞：

分類	例字	字義	例句
謙辭	敢、伏、竊	可以不譯	原文：伏惟聖朝以孝治天下。（《陳情表》） 譯文：聖明的本朝用孝道治理天下。
			原文：臣竊以為其人勇士。（《廉頗藺相如列傳》） 譯文：微臣認為他是一位勇士。
	愚	我	原文：愚以為宮中之事。（《出師表》） 譯文：微臣認為宮中的事情。
敬辭	敬、謹、幸、枉、猥	可以不譯	原文：大王亦幸赦臣。（《廉頗藺相如列傳》） 譯文：大王也（開恩）赦免了微臣。
			原文：猥自枉屈。（《出師表》） 譯文：降低身份，紆尊降貴。
	辱	承蒙	原文：曩者辱賜書。（司馬遷《報任少卿書》） 譯文：早前收到您寄來的書信。
	請	請您讓我	原文：請以頭託白晏子也。（《呂氏春秋．士節》） 譯文：請您讓我用頭顱來還晏子一個清白吧。

課後小測試

下文節錄自魏禧的《大鐵椎傳》。請分辨文中着色文字是否副詞，如不是，請在〔　〕填－；如是，填＋，並寫出其意思。

例：一日，客辭宋將軍曰：「吾始聞汝名，〔 ＋ 〕起初

❶ 以為豪，然皆不足用。吾去矣！」將軍〔　〕________

❷ 彊留之。乃曰：「吾嘗奪取諸響馬物，〔　〕________

❸ 不順者輒擊殺之。眾魁請長其羣，吾又〔　〕________

❹ 不許，是以讎我。久居此，禍必及汝。〔　〕________

❺ 今夜半，方期我決鬥某所。」宋將軍欣〔　〕________

❻ 然曰：「吾騎馬挾矢以助戰。」客曰：〔　〕________

❼「止！賊能且眾，吾欲護汝，則不快吾〔　〕________

❽ 意。」宋將軍故自負，且欲觀客所為，〔　〕________

❾ 力請客。客不得已，與偕行。至門處，〔　〕________

❿ 送宋將軍登空堡上，曰：「但觀之，慎〔　〕________

⓫ 弗聲，令賊知汝也！」〔　〕________

第 12 課

老是常出現的「而」—— 談文言連詞

「輕而易舉」、「一蹴而就」、「不約而同」、「樂而忘返」都是大家耳熟能詳的成語，可是大家知道當中「而」字的詞性和意思嗎？

「輕**而**易舉」就是「輕巧**而且**容易舉起」；「一蹴**而**就」就是「踏出一步**就**邁向成功」；「不約**而**同」就是「沒有約定**卻**做同一件事」；「樂**而**忘返」就是「感到快樂**因而**忘記歸去」。

原來「而」這個虛詞在絕大多數情況下，都用作連詞，而且在不同的語境下，能夠表達出不同的複句關係。今課我們根據不同的複句關係，認識一些常見的文言連詞。

一 何謂連詞？

連詞，顧名思義就是用來**連接兩個句子的詞語，從而表達出不同的複句關係**。譬如：

吾為其無用而掊之。（《逍遙遊》）

例句看似只有一個句子，實際上，它是一個複句，由「吾為其無用」和「掊之」兩個單句組成，並用連詞「而」連接起來。

「吾為其無用」是指惠子（吾）覺得（為）大葫蘆瓜（其）沒有（無）用處（用）；「掊之」是指惠子打碎（掊）大葫蘆瓜（之）。**兩個單句彼此有着因果關係，「吾為其無用」是「掊之」的原因，反過來說，「掊之」就是「吾為其無用」的結果。**為了把兩個單句連接起來，文章於是用上表示因果關係的連詞「而」連接起來，意思相當於「因此」、「因而」。因此，語譯時，我們可以這些寫：「我覺得大葫蘆瓜沒有用處，**因此**打碎了它。」

二 常見文言連詞

根據前、後句的關係，複句可以分為以下十類：**（1）並列**；**（2）承接**；**（3）遞進**；**（4）因果**；**（5）轉折**；**（6）假設**；**（7）讓步**；**（8）選擇**；**（9）取捨**；**（10）目的**。

1 並列複句

這類複句的前、後句意思和地位是相等的，**句子之間沒有主次之分**，一般會用上以下連詞：

A 而　原句：嘑爾而與之。（《魚我所欲也》）

譯文：呼喝並把食物給予他。

解釋：「嘑」和「與」同時進行。

B 且　原句：外犬見而喜且怒。（《三戒．臨江之麋》）

譯文：外面的狗看到麋鹿，因而感到高興又憤怒。

解釋：「喜」和「怒」是同時出現的情緒。

天寒既至，霜露既降，吾是以知松柏之茂也。（《莊子．讓王》）

C　既……且　原句：既清且明，予實備之。（《全鏡文》）

譯文：既清澈，又光明，我的確兼備。

解釋：「清」和「明」是鏡神同時擁有的特質。

D　且……且　原句：且號且抓。（《聊齋志異．牧童逮狼》）

譯文：狼一邊嚎叫，一邊用爪抓樹。

解釋：「號」和「抓」同時進行。

2　承接複句

這類複句的前、後句帶有先後次序，**後句的事情緊接前句的事情發生**，一般會用上以下連詞：

A　而　原句：華捉而擲去之。（劉義慶《世說新語．德行》）

譯文：華歆拿起金子，然後拋擲它。

解釋：「擲去」是緊接「捉」這個動作出現的。

- 海報中的「而」是連詞，解作「就」，意指消防處可以無需事先警告，「就」檢控違法者。

B　乃　原句：秦王齋五日後，乃設九賓禮於廷。（《廉頗藺相如列傳》）

譯文：秦王齋戒五天後，就在朝廷裏設置九賓之禮。

解釋：「設九賓禮」在「齋」後發生。

C　遂　原句：市罷，遂不得履。（《韓非子．外儲說左上》）

譯文：市集結束，鄭人結果買不到新鞋子。

解釋：「不得履」是「市罷」的結果。

大寒已經來到，霜露已經降臨，正因為這樣，我才知道松樹、柏樹依然茂盛。

D 則 原句：以智求之則得之。(《命解》)

譯文：憑着智慧去求取，就會得到財富和地位。

解釋：「得之」是「以智求之」的結果。

3 遞進複句

在這類複句中，**後句內容的程度、重要性比前句的高**，一般會用上以下連詞：

A 而 原句：君子博學而日參省乎己。(《勸學》)

譯文：君子廣泛學習，而且每天多次反省自己。

解釋：「參省乎己」比「博學」更重要。

B 而 原句：非徒無益，而又害之。(《孟子·公孫丑上》)

譯文：不但沒有益處，反而會弄死農作物。

解釋：「沒有益處」也就罷了，「害之」才是重點。

C 且 原句：示趙弱且怯也。(《廉頗藺相如列傳》)

譯文：只會顯得趙國不但弱小，而且膽怯。

解釋：輸人（弱）不輸陣（怯）！(「怯」比「弱」更難看。)

D 且 原句：猿子且知有母，不愛其身。況人也耶？(宋濂《猿說》)

譯文：小猴子尚且知道孝順母親，不吝嗇自己的身體，更何況是人類呢？

解釋：如果用於帶有反問語氣的遞進複句，「且」需要譯作「尚且」。

E　尚　原句：臣以為布衣之交尚不相欺，況大國乎！（《廉頗藺相如列傳》）

譯文：微臣認為平民交往尚且不會互相欺騙，何況是泱泱大國呢？

解釋：國家領導人應該比平民更講誠信。

F　況　原句：寄書長不達，況乃未休兵！（《月夜憶舍弟》）

譯文：寄往洛陽的家書長年不能送到，何況現在戰事還未平息呢！

解釋：打仗期間想寄信，簡直是夢中之夢！

4　因果複句

在這類複句中，**前句是事情的原因，後句是結果**，一般會用上以下連詞：

A　以　原句：我以依人而處，故飆風得所障，凍雨得所蔽。（《海鷗》）

譯文：我因為依靠人類居住，所以吹狂風、下大雨時，能夠有遮蔽的地方。

解釋：「依人而處」是讓燕子能夠遮風擋雨的原因。

B　而　原句：賂秦而力虧。（《六國論》）

譯文：用土地賄賂秦國，因而導致國力大減。

解釋：「賂秦」是「力虧」的主因。

C　乃　原句：鄰人患之，乃畜貓。（姚瑩《捕鼠說》）

譯文：鄰居害怕老鼠，因此畜養花貓。

解釋：擔心鼠患是養貓的原因。

少年吃苦耐勞，是影響一輩子的事情，因此不要向時間偷懶。

D 故 原句：夫子之道至大也，故天下莫能容夫子。（《史記・孔子世家》）

譯文：老師您的道是最宏大的，所以天下都容不下老師您。

解釋：「道最宏大」是天下人不接納孔子的原因。

E 是故 原句：燕、趙之君……能守其土……是故燕雖小國而後亡。（《六國論》）

譯文：燕、趙兩國君主……能夠堅守自己的土地……因此燕國雖然弱小卻能較後滅亡。

解釋：本作「故是」。「故」解作「因為」，「是」解作「這原因」，「故是」就是「因為這原因」，後來出現了倒裝，成為固定詞「是故」，解作「因此」。

F 是以 原句：眾人皆醉而我獨醒，是以見放。（《史記・屈原賈生列傳》）

譯文：天下人都迷糊，卻只有我清醒，所以被流放。

解釋：本作「以是」。「以」解作「因為」，「是」解作「這原因」，「以是」就是「因為這原因」，後來出現了倒裝，成為固定詞「是以」，解作「因此」。

5 轉折複句

在這類複句中，**前後句的內容是相反的，後句的結果往往與前句所期待的有所不同**，一般會用上以下連詞：

A 雖 原句：回雖不敏，請事斯語矣。（《論語・顏淵》）

譯文：我雖然不聰敏，但也請我實踐這句說話。

解釋：顏回不聰敏，照道理不能實踐仁道，可是他依然想這樣做。

B　則　原句：過則勿憚改。(《論語．學而》)

譯文：(雖然) 犯了錯，可是不要害怕改正。

解釋：有些人犯錯了，就處處逃避，可是君子不會這樣做。

C　然　原句：犬……與之俯仰甚善，然時啖其舌。(《三戒．臨江之麋》)

譯文：狗……跟麋鹿玩耍時十分開心，可是偶爾會舔舔舌頭。

解釋：哪有不吃鹿的狗？說沒有，是假的。

D　而　原句：物薄而情厚。(《訓儉示康》)

譯文：禮物不貴重，可是友情十分深厚。

解釋：物輕情意重嘛！禮物不貴重，不代表感情深厚。

E　然而　原句：夫市之無虎明矣，然而三人言而成虎。(《戰國策．魏策二》)

譯文：市集很明顯沒有老虎，可是三個人說有，老虎就會成真。

解釋：「市集無虎」是真，「三人成虎」是假，兩者截然相反。

6　假設複句

在這類複句中，**後句的內容是基於前句的假設而出現的結果**，一般會用上以下連詞：

A　如　原句：如孫叔敖之為楚相……，楚王得以霸。(《史記．滑稽列傳》)

譯文：如果孫叔敖成為楚國宰相……，楚王就可以稱霸。

解釋：孫叔敖一日還未成為宰相，稱霸還只是個夢。

年輕時不努力讀書，到老後只能白白後悔、悲歎。

B　若　原句：若有作姦犯科及為忠善者，宜付有司。(《出師表》)

譯文：假若有作惡犯法和盡忠行善的官員，應該交給有關部門處理。

解釋：要有關部門處理，前設是有作惡或行善的官員。

C　茍　原句：茍或不然，人爭非之。(《訓儉示康》)

譯文：如果有人不這樣做（鋪張設宴），別人就會爭相指責他。

解釋：受千夫所指的前設是不肯鋪張設宴。

D　即　原句：蕭相國即死，令誰代之？(《史記．高祖本紀》)

譯文：相國蕭何一旦過身，會任用誰人來代替他？

解釋：這一刻蕭何還是在生的。

E　而　原句：人而無信，不知其可也。(《論語．為政》)

譯文：人如果不講信用，不知道他可以做出甚麼來。

解釋：人都是講信用的，不守信是一個假設。

F　使　原句：使汝異日得為時用，其殉國死義乎？(《岳飛之少年時代》)

譯文：假使你日後能因時勢而被重用，大概會為國家和道義而犧牲吧？

解釋：岳飛當時只是少年，還未被重用。

G　向使　原句：向使三國各愛其地……(《六國論》)

譯文：假如韓、魏、楚三國都珍惜自己的土地……

解釋：歷史是沒有假如的……

H 則 原句：三十日不還，則請立太子為王。（《廉頗藺相如列傳》）

譯文：大王如果三十天不回來，就請讓我們扶立太子成為新王。

解釋：「則」與之前的連詞不同，用於後句，表示在前句假設下出現的結果。

7 讓步複句

在這類複句中，**前句是一個假設，後句是與之相反的情形或讓步。**一般會用上以下連詞：

A 雖 原句：雖一飲之細也，猶不可受。（《命解》）

譯文：即使是一杯水那麼小，也不可以接受。

解釋：一杯水理應接受，但作者作出讓步，決定不接受。

B 雖然 原句：雖然，夫子推而行之。（《史記・孔子世家》）

譯文：即使是這樣，老師您依然傳揚並實踐「道」。

解釋：天下人不接納「道」，按理孔子應該死心，可是孔子卻依然「推而行之」。「然」在這裏不作「可是」解，而是用作指示代詞，相當於「這樣」。

C 即 原句：即捕得三兩頭，又劣弱不中於款。（《聊齋誌異・促織》）

譯文：即使捉到三兩隻蟋蟀，卻又小又弱，款式並不符合。

解釋：「捉到蟋蟀」是假設，後句是與前句相反的結果。

D 縱 原句：縱江東父兄憐而王我，我何面目見之？（《史記・項羽本紀》）

譯文：縱使江東父老可憐我、推舉我為王，我又有何面目見他們？

解釋：「被推舉為王」是假設，「不肯接受推舉」是與前句相反的結果。

文章和詩歌應當為時事而創作，以反映現實。

E 便 原句：便縱有、千種風情，更與何人說？（柳永《雨霖鈴》）

譯文：即便眼前有千種美景，我又可以跟誰人分享？

解釋：「千種風情」是假設，「不能跟別人分享」是前句相反的結果。

8 選擇複句

在這類複句中，**前句和後句都是選項**，一般會用上以下連詞：

A 抑 原句：有取乎？抑其無取乎？（柳宗元《答韋中立論師道書》）

譯文：這些文章值得參考嗎？還是不值得參考？

解釋：柳宗元先表示自己參考古人的文章寫作，然後拋出問題給韋中立，讓他思考。

B 或 原句：乘物以逞，或依勢以干非其類。（《三戒．序》）

譯文：倚仗外部勢力來逞強，或者倚仗強勢來侵犯異己。

解釋：兩種人都是柳宗元要諷刺的對象。

C 若 原句：願取吳王若將軍頭，以報父之仇。（《史記．魏其武安侯列傳》）

譯文：決心取得吳王或潁陰侯的人頭，來為父親報仇。

解釋：吳王謀反，潁陰侯強迫灌孟出兵平亂。灌孟結果戰死，他的兒子灌夫自然要找吳王或潁陰侯其中一個來報仇。

D 其 原句：天與？其人與？（《莊子．養生主》）

譯文：是天生的？還是後天的？

解釋：宋國有一位官員只有一隻腳，因此當公文軒看到他時，就想知道這是先天，還是後天造成的。

E　孰與　原句：我孰與城北徐公美？(《戰國策．齊策一》)

譯文：是我還是城北徐公比較英俊？

解釋：兩個只能活一個！

9　取捨複句

這類複句源於選擇複句，但**並非提供選擇，而是已經有了決定**，一般會用上以下連詞：

A　寧　原句：寧信度，無自信也。(《韓非子．外儲說左上》)

譯文：寧願相信量度出來的尺碼，也不相信自己的腳。

解釋：鄭人死都要用拿着尺碼（前一個選項）去買鞋。

B　與……寧　原句：與人刃我，寧自刃。(《史記．魯仲連鄒陽列傳》)

譯文：與其被別人殺死，我寧可先自行了斷。

解釋：燕國將軍決定死得體面一點（後一個選項）。

C　與其……寧　原句：與其不遜也，寧固。(《訓儉示康》)

譯文：與其變得驕狂，我寧可寒酸一點。

解釋：孔子說過「奢侈會令人驕狂，節儉會讓人寒酸」，司馬光最終選擇節儉（後一個選項）。

10　目的複句

在這類複句中，**前句是所做的事情，後句做這件事的目的**，一般會用上以下連詞：

太陽出來，就要工作；太陽下山，就要休息。作息要定時，生活要有規律。

A　以　原句：卑身而伏，以候敖者。(《逍遙遊》)

譯文：彎下身子，然後埋伏，來等待出遊的獵物。

解釋：獵物就是野貓和黃鼠狼的目標。

通告

閉路電視

本場地已裝設閉路電視系統以加強保安。
所有攝錄資料只供消防處獲授權人員查閱。

- 通告中的「以」是常見的文言連詞，說明了「本場地已裝設閉路電視」這件事情的目的，是「加強保安」。

三　容易混淆的文言連詞

要學習十類文言複句，並非難事，卻難在同一單字擁有多種複句關係，例如一開首所提及的「而」字。下表羅列了具備兩種或以上複句關係的連詞，好讓大家記住：

連詞	複句關係							
	並列	承接	遞進	因果	轉折	假設	讓步	選擇
而	★	★	★	★	★	★		
則		★			★	★		
且	★		★					
乃		★		★				
雖					★		★	
即						★	★	
若						★		★

根據上表，我們可以發現榮膺「連詞之王」，非「而」莫屬，一共佔了六類，「則」也佔了三類。由此，要語譯文言連詞、甚至是整個複句時，我們要先清楚了解前、後句的內容，分析它們的複句關係，這樣才能將連詞恰當地譯出來。

課後小測試

判別以下各個複句的類型，並寫出着色連詞的字義。

❶ 遂依而截之。（邯鄲淳《笑林・截竿入城》）

複句類型：（遞進／承接）　連詞字義：＿＿＿＿＿＿＿＿

❷ 今若斷斯織也，則捐失成功。（《後漢書・列女傳》）

複句類型：（假設／轉折）　連詞字義：＿＿＿＿＿＿＿＿

❸ 其真無馬邪，其真不知馬也？（《馬說》）

複句類型：（選擇／取捨）　連詞字義：＿＿＿＿＿＿＿＿

❹ 得之心而寓之酒也。（《醉翁亭記》）

複句類型：（遞進／並列）　連詞字義：＿＿＿＿＿＿＿＿

❺ 欲速，則不達。（《論語・子路》）

複句類型：（轉折／承接）　連詞字義：＿＿＿＿＿＿＿＿

❻ 飲食縱有不堪，仍強為進。（謝肇淛《五雜俎》）

複句類型：（轉折／讓步）　連詞字義：＿＿＿＿＿＿＿＿

❼ 雖一飲之細也，猶不可受。況富貴之大耶？（《命解》）

複句類型：（轉折／遞進）　連詞字義：＿＿＿＿＿＿＿＿

❽ 與其使我先死也，無寧汝先吾而死。（林覺民《與妻訣別書》）

複句類型：（取捨／轉折）　連詞字義：＿＿＿＿＿＿＿＿

第 13 課

「主於民、出於民，而又為民」—— 談文言介詞

「Of the people（屬於人民）, by the people（源自人民）, for the people（為了人民）」是美國總統林肯在 1863 年一場演講中的名言。民國著名學者胡適曾經把這句話翻譯為文言文：「**主於民、出於民，而又為民。**」

在短短十個字裏，文言介詞就已經出現了三次——「於」和「為」。到底這三句話是甚麼意思呢？

第一個「於」是表示被動的介詞，相當於「被」，「主於民」可以理解為「被人民主宰」，也就是指「政府是屬於（of）人民的」。

第二個介詞「於」則表示來源，相當於「從」，「出於民」可以理解為「從人民裏選出」，也就是說「政府是被（by）人民選出的」。

介詞「為」（讀【胃 wai6】）則表示對象，相當於「為了」，「為民」可以理解為「為了人民利益」，就是說「政府是為（for）人民着想的」。

由此可以看到，同一個文言介詞（例如「於」）在不同的語境會有着不同的功能和意思，如果沒有看清楚上文下理，就會很容易造成誤會。因此，本課將會給大家介紹七個常見的文言介詞。

介詞的概念跟英語的「preposition」（前置詞）一樣，**用於名詞、代詞的前面，用來說明句中事物、事情的性質**，包括：地點、時間、對象、原因、憑藉、根據等等。我們先看看下列表格：

常見文言介詞一覽表

介詞	表示……											
	地點	來源	方向	時間	範疇	原因	對象	比較	被動	根據	憑藉	條件
於＊	★	★	★	★	★	★	★	★	★			
于＊	★	★	★	★	★	★	★	★	★			
以＊	★			★		★	★			★	★	
乎＊	★			★			★	★				
為＊						★	★		★			
因＊						★					★	★
與＊							★	★				
由	★			★		★	★				★	
從	★			★			★					
自	★			★								
當	★			★								
及	★			★								
臨	★			★								
用						★					★	
坐						★						
依										★	★	
乘											★	
比								★				
被									★			
見									★			

＊重點文言介詞

從前表可見，常見的文言介詞多達20個，不過，本書只會講解以下七個：**於**（**于**）、**以**、**乎**、**為**、**因**、**與**，這是因為這七個介詞所具備的意思較多，容易混淆，相反，其餘十二個介詞比較容易理解，則不再贅述了。

一 介詞「於」

作為虛詞，「於」（有些古籍寫作「于」）只有一個語法功能，就是用作介詞，能夠表示事物的（1）地點；（2）來源；（3）方向；（4）時間；（5）範疇；（6）原因；（7）對象；（8）比較；（9）被動。

1 表示地點，相當於「在」。

例　句：死於罔罟。（《逍遙遊》）

譯　文：狸狌在網中死去。

（說明了狸狌死去的地點）

• 告示中的介詞「於」說明了「嚴禁騎踏單車」的地點——屋邨內。

2　表示來源，相當於「自」、「從」、「由」。

例　句：青，取之於藍。（《勸學》）

譯　文：青色，從藍草提煉而成。

（說明了青色的來源）

3　表示方向，相當於「到」、「至」、「向」。

例　句：見巢墜於地。（《鳥說》）

譯　文：看見鳥巢向地面墜下。

（說明了鳥巢墜下的方向）

4　表示時間，相當於「在」。

例　句：將軍向寵……試用於昔日。（《出師表》）

譯　文：將軍向寵在舊時（得到先帝）試用。

（說明了向寵得到試用的時間）

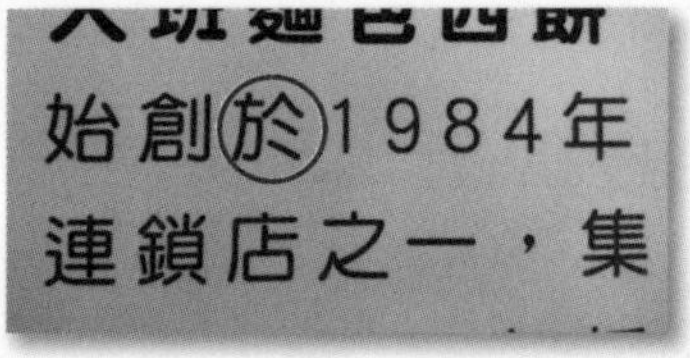

- 同是介詞「於」，廣告中的「於」說明了西餅店的「始創」時間——1984 年。

5　表示範疇，相當於「在……之間」。

例　句：以勇氣聞於諸侯。（《廉頗藺相如列傳》）

譯　文：廉頗憑藉勇氣，在諸侯之間得到名氣。

（說明了廉頗躋身的領域）

6 表示原因，相當於「由於」、「因為」。

例　句：業精於勤，荒於嬉。（《進學解》）

譯　文：學業因為勤學而精進，因為嬉戲而荒廢。

（說明了學業精進及荒廢的原因）

7 表示對象，相當於「向」、「對」。

例句 A：臣之客欲有求於臣。（《戰國策·齊策一》）

譯　文：微臣的客人對微臣有所請求。

（說明了客人請求的對象）

例句 B：鑒於水者，見其容也。（《全鏡文》）

譯　文：對着清水照看，就可以看到容貌。

（說明了照看容貌的對象）

8 表示比較，相當於「比」、粵語中的「過」。

例　句：諸侯相親，賢於兄弟。（《戰國策·秦策一》）

譯　文：諸侯國互相示好，比親兄弟還友善。

（說明了兄弟是諸侯的比較對象）

說　明：如果用粵語來語譯，「賢於兄弟」就是「友善（賢）過（於）親兄弟」，可見粵語在某程度上保留了文言語序。

9 表示被動句中的施行者，相當於「被」、「受」、「給」。

例　句：此非孟德之困於周郎者乎？（《前赤壁賦》）

譯　文：這裏不就是曹操被周瑜圍困的地方嗎？

（說明了是誰把曹操圍困）

說　明：用法跟英語被動句裏的「by」一樣，後面必須是事情的施行者。

玉石不經過琢磨，就不會成為玉器；人不經過學習，就不會掌握道理。

二 介詞「以」

介詞「以」的用途也很多，能夠表示事物的（1）地點；（2）時間；（3）原因；（4）對象；（5）根據；（6）憑藉和方法。

1 表示地點、方位，但不用語譯，直接保留原詞即可。

例　句：嶺以南多鼠。（《捕鼠說》）

譯　文：五嶺以南地區，有許多老鼠。

（說明了老鼠出沒的地方，是五嶺的哪一個方位）

說　明：這用法今天依然沿用，譬如「南澳以南」、「汕尾以南」。

2 表示時間，相當於「在」。

例　句：賞以春夏而刑以秋冬。（柳宗元《斷刑論》）

譯　文：在春夏兩季行賞，在秋冬兩季行刑。

（說明了行賞和行刑的時間）

說　明：這種用法較為少見。

3 表示原因，相當於「因為」、「為了」。

例句 A：不以物喜，不以己悲。（《岳陽樓記》）

譯　文：不會因為外物和己身而開心或傷心。

（說明了「喜」和「悲」的原因）

例句 B：以一璧之故逆彊秦之驩。（《廉頗藺相如列傳》）

譯　文：為了一塊和氏璧的原故而忤逆強秦的歡心。

（說明了忤逆強秦歡心的原因）

例句 C：見其生，不忍見其死；聞其聲，不忍食其肉。

是以君子遠庖廚也。（《孟子‧梁惠王上》）

譯　文：看見動物活着，不忍心看見牠們被殺；聽見動物鳴叫，不忍心吞下牠們的肉。

因為這樣，君子才會遠離廚房。

（說明了君主遠離廚房的原因）

說　明：「是以」是倒裝了的固定詞，本作「以是」，意指「因為這樣」。

4　表示對象，相當於「將」、「把」。

例句 A：世世以洴澼絖為事。（《逍遙遊》）

譯　文：宋人生生世世將洗衣服作為事業。

（說明了宋人的工作對象）

例句 B：虎見之，龐然大物也，以為神。（《三戒‧黔之驢》）

譯　文：老虎看見驢子，發現驢子是體型龐大的東西，因此把牠視為神靈。

（說明了老虎視作神靈的對象）

說　明：「以為」並非今天的「誤以為」，應當理解作「把……視為……」。

5　表示根據，相當於「根據」、「按照」。

例　句：生事之以禮。（《論仁、論孝、論君子》）

譯　文：父母在生時，根據禮法侍奉他們。

（說明了侍奉父母的理據）

6　表示憑藉、方法，相當於「憑藉」、「用」。

例句 A：以勇氣聞於諸侯。（《廉頗藺相如列傳》）

譯　文：廉頗憑藉勇氣而在諸侯之間得到名氣。

（說明了廉頗得到名氣的憑據）

例句 B：以智求之則得之。（《命解》）

譯　文：用智慧求取富貴，就能夠得到。

（說明了求取富貴的方法）

三　介詞「乎」

介詞「乎」能夠表示事物的（1）地點；（2）時間；（3）對象；（4）比較。

1　表示地點，相當於「在」。

例句 A：何不慮以為大樽而浮乎江湖？（《逍遙遊》）

譯　文：為甚麼不將葫蘆瓜視作腰舟，在江河湖泊上暢泳？

（說明了暢泳的地點）

例句 B：文史星曆，近乎卜祝之間。（《報任少卿書》）

譯　文：主管文獻、歷史、星象、曆法的史官，地位就在卜官、巫師、祭師附近。

（說明了史官所處的地位）

2　表示時間，相當於「在」。

例　句：生乎吾前……生乎吾後。（《師說》）

譯　文：在我之前出生……在我之後出生。

（說明了老師出生的時間）

3　表示對象，相當於「對」、「向」。

例　句：不臣乎天子，不友乎諸侯。（《呂氏春秋．士節》）

譯　文：北郭騷不向天子稱臣，不向諸侯示好。

（說明了不稱臣、不示好的對象）

4　表示比較，相當於「比」、粵語中的「過」。

例　句：其聞道也，固先乎吾。（《師說》）

譯　文：他們學習道理，本來就比我早。

（說明了「我」是「他們」的比較對象）

說　明：如果用粵語來語譯，「先乎吾」就是「早（先）過（乎）我（吾）」，同樣可見粵語在某程度上保留了文言語序。

四　介詞「因」

介詞「因」能夠表示事物的（1）原因；（2）憑藉；（3）條件。

1　表示原因，相當於「因為」。

例　句：無因喜以謬賞。（《諫太宗十思疏》）

譯　文：不要因為一時高興就胡亂獎賞大臣。

（說明了獎賞大臣的原因）

2　表示憑藉、方法，相當於「借助」、「憑藉」。

例　句：因人之力而敝之，不仁。（《左傳・僖公三十年》）

譯　文：借助別人的力量反過來傷害他，是沒有仁德的做法。

（說明了傷害別人的方法）

3　表示條件，相當於「經由」、「通過」、「趁着」。

例　句：因賓客至藺相如門謝罪。（《廉頗藺相如列傳》）

譯　文：廉頗通過賓客，到了藺相如的門外謝罪道歉。

（說明了賓客是促成廉頗道歉的中間人）

五　介詞「為」

「為」有兩個讀音，但都可以用作介詞，能夠表示事物的（1）原因；（2）對象；（3）被動。

1　讀【胃 wai6】，表示原因，相當於「因為」、「為了」。

例　句：今為妻妾之奉為之。（《魚我所欲也》）

譯　文：如今為了妻子妾侍的侍奉，就接受不義的俸祿。

（說明了接受不義俸祿的原因）

2　讀【胃 wai6】，表示對象，相當於「給」、「替」、「跟」。

例句 A：秦王為趙王擊缻。（《廉頗藺相如列傳》）

譯　文：秦王給趙王敲擊缻。

（說明了秦王擊缻的對象）

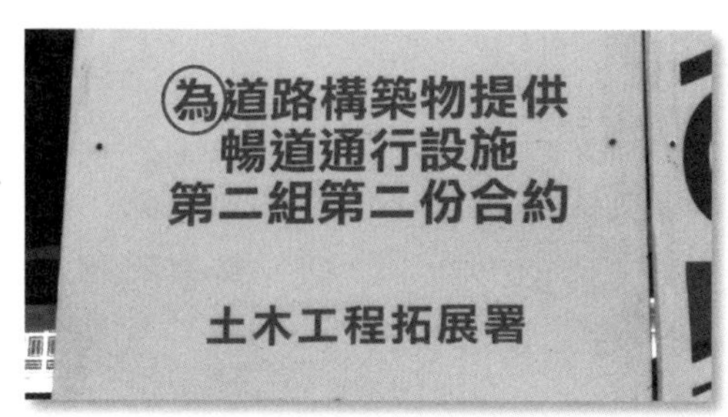

- 文首的「為」是介詞，說明了土木工程拓展署「提供暢道通行設施」的對象，是「道路構築物」。

例句 B：雨止為母訪之。（《杜環小傳》）

譯　文：大雨停後，就替伯母您尋訪兒子。

（說明了杜環幫忙的對象）

例句 C：不足為外人道也。（《桃花源記》）

譯　文：不用跟外面的人提起桃花源。

（說明了談及桃花源的對象）

3　讀【圍 wai4】，表示被動句中的施行者，相當於「被」、「給」、「受」。

例　句：數十年竟為秦所滅。（《史記・屈原賈生列傳》）

譯　文：幾十年後，楚國最終被秦國破滅。

（說明了是誰把楚國破滅）

說　明：用法跟英語被動句裏的「by」一樣，後面必須是事情的施行者。

六 介詞「與」

「與」是多音字，可是用作介詞時，則只讀【宇 jyu5】，能夠表示事物的（1）對象；（2）比較。

1 表示對象，相當於「給」、「向」、「替」、「跟」。

例句 A：與狐謀其皮。（《太平御覽・職官部六》）

譯　文：向狐狸謀取毛皮。

（說明了謀取毛皮的對象）

• 港鐵車廂裏有一則這樣的告示。根據英文版本「to anyone in need」，「予有需要人士」就是「給有需要人士」。「予」字並不用作介詞，實際上應當寫作「與」。

例句 B：漢王與義帝發喪。（《漢書・高帝紀》）

譯　文：漢王劉邦替楚義帝辦理喪事。

（說明了劉邦辦理喪事的對象）

例句 C：冬與越人水戰。（《逍遙遊》）

譯　文：冬天時，吳軍跟越國士兵進行水戰。

（說明了吳軍開戰的對象）

2 表示比較，相當於「跟……（相比）」。

例句 A：吾與徐公孰美？（《戰國策．齊策一》）

譯　文：我跟徐公（相比），哪一個較為英俊？

（說明了「我」跟「徐公」是互相比較的對象）

說　明：一般要跟疑問代詞「孰」（解作「哪一個」）搭配使用。

例句 B：公之視廉將軍孰與秦王？（《廉頗藺相如列傳》）

譯　文：大家認為廉將軍跟秦王（相比），哪一個更厲害？

（說明了「廉頗」跟「秦王」是互相比較的對象）

說　明：「孰與」是固定詞，同樣用於比較。

課後小測試

判別以下着色介詞的功能，把答案圈起來，並寫出其解釋。

❶ 王處仲常荒恣於色，體為之弊。（《世說新語・豪爽》）

功能：表示（對象／原因）　　解釋：________

❷ 祇辱於奴隸人之手。（《馬說》）

功能：表示（地點／被動）　　解釋：________

❸ 此天之亡楚之時也，不如因其機而遂取之。（《史記・項羽本紀》）

功能：表示（原因／條件）　　解釋：________

❹ 幽獨處乎山中。（《楚辭・涉江》）

功能：表示（地點／時間）　　解釋：________

❺ 僧澄波善弈，余命霞裳與之對枰。（袁枚《峽江寺飛泉亭記》）

功能：表示（比較／對象）　　解釋：________

❻ 洎牧以讒誅。（《六國論》）

功能：表示（憑藉／原因）　　解釋：________

❼ 人生受命於天乎？（《史記・孟嘗君列傳》）

功能：表示（來源／時間）　　解釋：________

❽ 斧斤以時入山林。（《孟子・梁惠王上》）

功能：表示（根據／方法）　　解釋：________

句式如花・千變萬化

此乃私人屋苑範圍
嚴禁吸煙

• 「此乃……」是現今香港經常看到的文言句式。

上一章我們學習過不同種類的文言虛詞。之所以要花大量篇幅去學習，一來虛詞對於理解句子的內容和意思有莫大的幫助，二來**許多文言句式都包含了一些固定的標誌詞，當中有不少都是虛詞。掌握好虛詞，就能有助掌握各種文言句式。**

正由於包含不少固定詞，這些句式因而得以流傳下來，繼續在現今社會中使用。譬如「……乃……」是文言肯定句的常見句式，一般用來説明事物的性質。

「此」是近指指示代詞，相當於「這」；「乃」原本是連詞，在文言肯定句中卻成為標誌詞，用作動詞，解作「是」。「此乃」相當於「這是」。「此乃私人屋苑範圍」，就是解作「這裏是私人屋苑的範圍」，行文既典雅，用字不艱澀。

其實，文言詞彙、虛詞，甚至是句式，並沒有消失殆盡，更並非一無是處。文言一直遺留在我們的日常生活之中，卻不是坊間所説的「死語言」。

本章只有一節，會為大家**化解第四個閱讀古詩文時遇到的難點——句式如花．千變萬化**。筆者會集中講解六種常見的文言基本句型，包括：肯定句、否定句、疑問句、反問句、感歎句、被動句，並羅列例子，講解這些句型的格式、標誌詞和用法。

第 14 課

打者愛也——談六種基本的文言句型

香港人愛打邊爐，寒冬固然愛打，就算是炎夏，只要安坐在冷氣房裏，邊爐照打可也。早幾年西環有一家火鍋店，叫做「打者愛也」，大概是專為喜「愛」「打」邊爐的老饕而設吧。

• 已經結業的「打者愛也」火鍋專門店，其店名是最常見的文言肯定句句式。（圖片來源：「打者愛也」Facebook 專頁）

說起「打者愛也」，原本是情侶、夫妻之間打情罵俏的用語：偶然的互相戲謔（打）就是愛的表現。「打」是要說明、介紹的事物，「愛」是要描述的內容，至於「……者……也」，就是最常見的文言肯定句句式，為「打」下定義，說明「愛」是「打」的性質、特點。這種句式將會在下文詳細探討。

除了**（一）肯定句**，文言文的基本句型還包括有：**（二）否定句**；**（三）疑問句**；**（四）反問句**；**（五）感歎句**；**（六）被動句**。

一 肯定句

屬於陳述句中「判斷句」的一種，**主要對人、事或物作出客觀的肯定，多數有着說明或下定義的功能**。相當於白話文中的「……是……」的句式，形式卻豐富得多。

1 「……者，……也」句式

最常見的肯定句句式，分為兩個分句。**前一個分句是句子的主語，是要說明、介紹的事物，末尾會用上語氣助詞「者」**，用來舒緩語氣和表示暫停。「者」在這裏屬於句中語氣助詞，詳情可以參考第 9 課的《談文言語氣助詞》。

後句是句子的謂語，也就是描述主語性質、特點的內容，句末則用上語氣助詞「也」，以加強肯定的語氣。

由於「者」和「也」都只表示語氣，沒有實際意思，因此語譯時可以刪除不譯，卻要**在前、後句之間，補上表示判斷的詞語「是」**。常見的例子包括：

A　原文：亞父者，范增也。（《史記・項羽本紀》）
　　譯文：亞父，就是范增。
　　解釋：後句「范增」說明了前句「亞父」的身份。

B　原文：藺相如者，趙人也。（《廉頗藺相如列傳》）
　　譯文：藺相如，是趙國人。
　　解釋：後句「趙人」說明了前句「藺相如」的國籍。

2 「……，……也」句式

是「……者，……也」句式的變種，主要省略了前句的語氣助詞「者」。例子有：

A　原文：魚，我所欲也。(《魚我所欲也》)

譯文：魚，是我想得到的。

解釋：「魚」依然是句子的主語，只是沒有了語氣助詞「者」。

B　原文：奪項王天下者，必沛公也。(《史記・項羽本紀》)

譯文：奪取項王天下的人，一定是沛公。

解釋：例句說明奪取項羽天下的人是劉邦，看似屬「……者，……也」句式，其實不然。「者」在這裏不是語氣助詞，而是代詞，相當於「……的人」。「奪項王天下者」解作「奪取項王天下的人」，是句子要說明的對象。

3 「……者，……」句式

是「……者，……也」句式的另一變種，主要省略了後句的語氣助詞「也」。例子有：

A　原文：夫聖人者，能與世推移。(《史記・屈原賈生列傳》)

譯文：聖人，是能夠與時代並進的。

解釋：這種句式省略了後句的語氣助詞「也」，但無損句子的結構和意思。至於句子開首的「夫」，讀【符 fu4】，是句首語氣助詞，沒有實際意思，詳見第 9 課的《談文言語氣助詞》。

4 「……也」句式

是濃縮得最厲害的變種，不但省略了前句的語氣助詞「者」，更省略了前、後句之間的逗號。例子有：

A　原文：夫子之道至大也。(《史記・孔子世家》)

譯文：老師的「道」是最偉大的。

做得壞事多，一定會自取滅亡。

解釋：這種句式跟「……，……也」句式相似，卻把前、後句合二為一，因此比較難辨認出來。

5 「……是 / 為……」句式

部分肯定句直接用上「是」、「為」（粵音讀【圍 wai4】）等表示肯定的詞語，來判斷事物的性質，意思相當於「是」。例如：

A 原文：本是同根生。（曹植《七步詩》）

譯文：本來是同一條豆根所生的。

解釋：例句中的「是」與今日的「是」同義，語譯時直接保留即可。

B 原文：藺相如者……為趙宦者令繆賢舍人。（《廉頗藺相如列傳》）

譯文：藺相如……是趙國宦官首領繆賢的門客。

解釋：當解作「是」時，「為」應讀【圍 wai4】。

值得留意的是，「是」在很多時候（尤其是先秦兩漢時期）不用作判斷詞，而是用作代詞，相當於「這」。譬如李翱《命解》中有這句：

是皆陷人於不善之言也。

句中的「是」指代前文的「二者之言」，應該語譯作「這」；至於「皆」，本是副詞，解作「都」，在這裏應譯作「都是」。這種用法，即將會為大家解說。

6 「……皆 / 本 / 蓋 / 誠 / 乃 / 則……」句式

除了副詞「皆」，部分肯定句會用上「本」、「蓋」、「誠」、「乃」、「則」等字詞來充當「是」，表示判斷。例如：

A　原文：臣本布衣。（《出師表》）

譯文：微臣本來是一介平民。

解釋：副詞「本」解作「本來」，在句中卻被用作動詞，相當於「本來是」。

B　原文：前狼假寐，蓋以誘敵。（《聊齋誌異．狼三則》）

譯文：前面的狼假裝睡覺，大概是用來誘惑敵人。

解釋：副詞「蓋」解作「大抵」，在句中卻被用作動詞，相當於「大概是」。

C　原文：此誠危急存亡之秋也。（《出師表》）

譯文：這真是（國家）生死存亡的時刻。

解釋：副詞「誠」解作「真的」，在句中卻被用作動詞，相當於「真的是」或「真是」。

D　原文：呂公女乃呂后也。（《史記．高祖本紀》）

譯文：呂公的女兒呂雉是（漢高祖的）呂后。

解釋：連詞「乃」解作「就」，在句中卻被用作動詞，相當於「就是」，或可以直接譯作「是」。

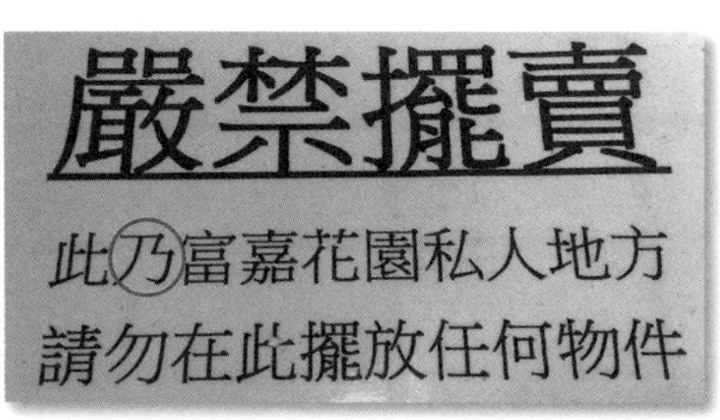

• 告示中「此乃富嘉花園私人地方」是典型的肯定句，當中使用了連詞「乃」來充當動詞「是」。

E 原文：此則岳陽樓之大觀也。（《岳陽樓記》）

譯文：這就是岳陽樓（一帶）的大致景觀。

解釋：「則」解作「就」，是連詞，在句中卻被用作動詞，相當於「就是」，或可以直接譯作「是」。

7 不使用任何標誌詞語

這種判斷句句式相對自由，卻也是最難辨認的，因為句子把「者」、「也」、「是」、「為」等標誌詞語都略去。跟其他肯定句式一樣，語譯時都要補回動詞「是」。這種句式的例子有：

A 原文：死亦我所惡。（《魚我所欲也》）

譯文：死亡是我厭惡的事情。

解釋：句子的主語是「死」，謂語「我所惡」說明了「我」對「死」的態度。「亦」在這裏並無實際意思，語譯時可以刪除，但同時要補回「是」。

二 否定句

和肯定句恰好相反，**否定句主要對人、事或物作出客觀的否定**。這種句式的最大特點，就是將表示否定的副詞，譬如「非」、「匪」等，當作動詞使用，意思相當於「不是」。關於這些否定副詞的用法，可以參考第 11 課的《談文言副詞》。以下是文言否定句的例子：

A 原文：富貴非吾願。（《歸去來辭》）

譯文：富有和高貴不是我的願望。

B　原文：我心匪石，不可轉也。（《詩經．邶風．柏舟》）

譯文：我的心不是（河中的）石頭，不可以（隨流水）轉動。

三 疑問句

就是**表示疑問語氣的句型**。文言疑問句的最大表徵，是使用（1）疑問代詞；（2）語氣助詞；（3）固定詞語。現詳列如下：

1　使用疑問代詞

疑問代詞是用來指代要問及的事物，包括有：人物、事物、地點、數量、原因、方法。詳情可以參考第7課的《談文言人稱代詞及疑問代詞》。部分例子如下：

A　原文：孰為汝多知乎？（《列子．湯問》）

譯文：誰人說你知識廣博呢？（問人物）

B　原文：夫子推而行之，不容何病？（《史記．孔子世家》）

譯文：老師您推廣並實踐儒道，不被（世人）接納（有）甚麼問題？（問事物）

C　原文：胡為乎遑遑欲何之？（《歸去來辭》）

譯文：為甚麼（這樣）心神不定？想去哪裏？（問地點）

D　原文：而子不禁，何也？（《吾廬記》）

譯文：可是您不阻止（季子），為甚麼呢？（問原因）

2　使用語氣助詞

疑問句的最大表徵是句末的語氣助詞，譬如：不、乎、焉、也、耶、邪、矣、歟、與、哉。有關語氣助詞的使用，可以參考第 9 課的《談文言語氣助詞》。部分例子如下：

A　原文：然則何時而樂耶？（《岳陽樓記》）

譯文：如果這樣，那麼在甚麼時候才會快樂呢？

B　原文：王信之乎？（《戰國策．龐蔥與太子質於邯鄲》）

譯文：大王您相信這說法嗎？

3　使用固定詞語

這種句式比較特別，會用上「奈何」、「何如」、「奈……何」、「如……何」等詞語或句式，相當於「為甚麼」、「怎麼樣」、「怎麼辦」等。例子如下：

A　原文：不予我城，奈何？（《廉頗藺相如列傳》）

譯文：（如果秦國）不給我們城池，（那）怎麼辦？

B　原文：奈何飲於酒肆？（《訓儉示康》）

譯文：為甚麼在酒家裏飲酒？

C　原文：今日之事何如？（《史記．項羽本紀》）

譯文：今天（與項王會面）的事怎麼樣？

D　原文：奈地壞何？（《列子．天瑞》）

譯文：（如果）土地崩塌（的話），（那）怎麼辦？

E　原文：如太形、王屋何？（《列子．湯問》）

譯文：那太形（太行）、王屋兩座山怎麼辦？

四　反問句

就是**帶有反詰語氣的句型**，一般用上「豈」、「寧」、「獨」、「庸」、「得」等文言副詞，相當於「難道」、「哪需要」，詳見第 11 課《談文言副詞》的解說。以下是部分例子：

A　原文：寧獨予乎？（《全鏡文》）

譯文：難道只有我嗎？

B　原文：獨畏廉將軍哉？（《廉頗藺相如列傳》）

譯文：難道會懼怕廉頗將軍嗎？

C　原文：夫庸知其年之先後生於吾乎？（《師說》）

譯文：哪需要知道他出生比我早還是遲？

五 感歎句

就是**帶有高興、傷感、憤怒等強烈語氣的句型**，主要通過所用的語氣助詞、副詞，還有歎詞來分辨這種句型。

1 使用語氣助詞

夫、乎、為、焉、也、矣、歟、哉等帶有強烈情感的語氣助詞，都是文言感歎句的一大表徵，詳見第 9 課的《談文言語氣助詞》。以下是部分例子：

A 原文：寡人之過一至此乎！（《史記‧滑稽列傳》）
譯文：寡人的過錯竟然去到這地步啊！

B 原文：其可怪也歟！（《師說》）
譯文：他們真是讓人感到奇怪呢！

C 原文：是又在六國下矣！（《六國論》）
譯文：這比六國更差了！

2 使用語氣副詞

部分副詞能表示強烈的語氣，譬如：何、一，相當於「多麼」、「竟然」。例子如下：

A 原文：子何見之謬也！（《全鏡文》）
譯文：您的看法是多麼荒謬啊！

B　原文：寡人之過一至此乎！（《史記‧滑稽列傳》）

譯文：寡人的過錯竟然去到這地步啊！

3　使用歎詞

跟白話文一樣，**文言歎詞既可獨立使用，也可表達強烈情感**，然而有一處非常不同的地方，就是文言歎詞大都帶有慨歎的語氣，相當於「唉」。常見的文言歎詞有嗟、噫（讀【依 ji1】）、嗚呼、烏乎、嘻（讀【希 hei1】）等等。

A　原文：嗟乎！師道之不傳也久矣！（《師說》）

譯文：唉！從師問道風氣不流傳已經很久了！

B　原文：嗟夫！予嘗求古仁人之心。（《岳陽樓記》）

譯文：唉！我曾經尋求古仁人的想法。

解釋：「嗟」很少單獨使用，一般會跟語氣助詞「乎」、「夫」（讀【符 fu4】）連用。

C　原文：噫！微斯人，吾誰與歸！（《岳陽樓記》）

譯文：唉！沒有這個人，誰會跟我一起歸去！

D　原文：嗚呼！其真無馬邪，其真不知馬也？（《馬說》）

譯文：唉！是真的沒有馬？還是真的不認識馬？

E　原文：烏乎！安得使予多暇日，又多閒田……（《病梅館記》）

譯文：唉！怎樣才可以讓我多點空閒時間，又多點空置田地……

F　原文：噫！亡一羊何追者之眾？（《列子‧說符》）

譯文：唉！丟失了一隻羊（而已），為甚麼追尋的人卻那麼多？

G 原文：嘻！善哉！(《庖丁解牛》)

譯文：啊！很好啊！

解釋：「嘻」這個歎詞比較特別，既可以抒發無奈、傷感的語氣（唉），又能抒發讚歎的語氣（啊），因此要根據上、下文內容，理解正確情感和意思。

六 被動句

這種句型**表達了被動者和主動者之間的關係**。文言被動句一般會用上表示被動的介詞，包括：見、受、為，而且句式較多。解說如下：

1「被動者＋為＋主動者＋動詞」句式

「為」(讀【圍 wai4】) 是介詞，緊隨其後的必須是主動者及其行為，句式跟白話被動句最接近，語譯時最為簡單直接。例子如下：

A 原文：使汝（被動者）異日得為時（主動者）用（動作）。(《岳飛之少年時代》)

譯文：假使你日後能夠被時勢重用。

B 原文：君子（被動者）…… 不能為容（動作）。(《史記・孔子世家》)

譯文：君子 …… 不能夠被接納。

解釋：例句 A 和 B 的句式是一樣的，只是例句 B 的主動者並沒有出現。

C　原文：為秦人積威（主動者）之所劫（動作）。（《六國論》）

譯文：被秦國人累積的威勢騎劫。

解釋：有時，結構助詞「所」會放在主動者和動詞之間，卻無實際意義，語譯時可以刪掉不理。有關「所」在被動句中的用法，詳見第 10 課的《談文言結構助詞》。

2 「被動者＋見 / 受＋動詞」句式

介詞「見」和「受」表示被動，相當於「被」，只用在被動者和動詞之間。由於這類被動句不會出現主動者，因此要依靠上文下理，才能知道主動者是誰。例子如下：

A　原文：吾以不見愛，故不見憎。（《海鷗》）

譯文：我因為不被喜愛，所以不會被憎厭。

解釋：句中「吾」是被動者，也就是海鷗。「愛」和「憎」都是動詞。那麼海鷗沒有被誰喜愛和憎厭呢？句子本身不會給予線索，要依靠閱讀上、下文才能知道。原來不喜愛、憎厭海鷗的，是文中的「人」，也就是人類。

B　原文：徒見欺（動作）。（《廉頗藺相如列傳》）

譯文：（趙國）白白被欺騙。

解釋：趙國被誰欺騙呢？「徒見欺」本句沒有提示，要根據前文，才可以知道欺騙趙國的人是秦王。

3 「被動者＋見 / 受＋動詞＋於＋主動者」句式

跟句式 2 相似，而介詞「於」則是用來強調句中的主動者，猶如英語被動句裏的前置詞「by……」。這種句式屬倒裝句，語譯時，要將動詞和主動者對調位置。例子如下：

A 原文：晏子（被動者）見疑（動作）於齊君（主動者）。（《呂氏春秋·士節》）

譯文：晏子被齊國君主懷疑。

解釋：句中的「晏子」是被動者；在介詞「於」後面的，就是主動者「齊君」。語譯時，要先把「於」刪去，然後將動詞「疑」及主動者「齊君」對調。

B 原文：臣（被動者）誠恐見欺（動作）於王（主動者）。（《廉頗藺相如列傳》）

譯文：微臣真的恐怕被大王欺騙。

解釋：句中的「臣」是被動者；在介詞「於」後面的，就是主動者「王」。語譯時，要先把介詞「於」刪去，然後將動詞「欺」和主動者「王」對調。

4 「被動者＋動詞＋於＋主動者」句式

跟句式3相似，只是介詞「見／受」消失了，可是句意沒有受到影響。語譯時，要先補回介詞「被」，然後刪去「於」，再對調動詞和主動者。例子如下：

A 原文：不拘（動作）於時（主動者）。（《師說》）

譯文：（李蟠）不受時勢束縛。

解釋：語譯時，既要補回被動者「李蟠」，也要補回介詞「受」。然後把「於」刪去，再將動詞（拘）及主動者（時）對調。

課後小測試

細閱下列各段落，辨別各着色句子的句型，並語譯為通順的白話句子。

❶ 陳勝者，陽城人也，字涉。陳涉少時，嘗與人傭耕，輟耕之壟上，悵恨久之，曰：「苟富貴，無相忘。」傭者笑而應曰：「若為傭耕，❷ 何富貴也？」陳涉太息曰：「❸ 嗟乎！❹ 燕雀安知鴻鵠之志哉？」

（《史記・陳涉世家》）

❶ 句型：________句

譯文：____

❷ 句型：________句

譯文：____

❸ 句型：________句

譯文：____

❹ 句型：________句

譯文：____

（孫）權勃然曰：「吾不能舉全吳之地，❺ 十萬之眾，受制於人。❻ 吾計決矣！非劉豫州莫可以當曹操者；然豫州新敗之後，❼ 安能抗此難乎？」

（《資治通鑑・漢紀五十七》）

❺ 句型：________句

譯文：____

❻ 句型：________句

譯文：____

❼ 句型：________句

譯文：____

字詞省略·語序跳躍

舊式公屋每層的電梯大堂空間都較大，因而成為鄰家小孩的室內球場。因此，房屋署都會在大堂的當眼位置，張貼或噴上「禁止打球．違者必究」的告示。可是，明明是「房屋署必究違者」，為甚麼要寫成「違者必究」？原來，為了遷就標語的字數（每句四字），有關人士於是省略了主語「房屋署」；同時，為了與上句的「球」（讀【kau4】）押韻，於是把「必究違者」寫作「違者必究（讀【gau3】）」。

「房屋署必究違者」的主語「房屋署」被省略了，變成「必究違者」，繼而對調謂語和賓語，成為「違者必究」，是很典型的省略句和倒裝句。

• 「禁止打球．違者必究」是很典型的省略句和倒裝句。

文言世界一樣有「省略句」和「倒裝句」，一樣牽涉到句子成分的變動。所謂「句子成分」，就是指組成一個完整句子的詞語或詞組。句子成分可以分為六種，我們先來重溫一下，然後以《廉頗藺相如列傳》作為例子：

主語：句子要描述的主體事物。

謂語：句子中描述主語的內容，能夠説明主語的性質或狀態。

賓語：句子中涉及主語動作的事物。

定語：用作修飾句中的名詞或代詞。

狀語：用作修飾句中的動詞、形容詞或部分副詞。

補語：用在謂語中的動詞、形容詞之後，來補充事物的程度、效果等，在文言文中並不常見。

燕	王	私	握	臣	手	。
定語	定語中心語	狀語	狀語中心語	定語	定語中心語	
主語		謂語		賓語		

上述句子的**主語是「燕王」**，是句子要描述的主體事物。「私握臣手」是謂語，描述了主語正在做甚麼。該謂語可以細分為**謂語「私握」**和**賓語「臣手」**，來表示主語的動作（私握）和動作牽涉的事物（臣手）。

謂語中的動作「私握」，可以再細分為「私」和「握」。**「私」是狀語**，用來描述燕王握手時的情態（私下）；至於動詞**「握」則稱為「中心語」**，由於被狀語（私）修飾，因此又叫做「狀語中心語」。

接着是賓語。燕王握的是甚麼？是「臣手」。**「臣」是「定語」**，在句中是繆賢的自稱，用來表示「手」的主人；至於名詞**「手」則稱為「中心語」**，由於被定語（臣）修飾，因此又叫做「定語中心語」。

至於主語「燕王」，有人説它是專有名詞，不能再細分；亦有人説「燕」是用來描述「王」這身份的國籍，因此「燕王」可以再細分為「定語」（燕）和「定語中心語」（王）。

「燕王私握臣手」是典型的「主謂賓句」，除補語外，各種句子成分（主、謂、賓、定、狀）都齊全，而且次序合理，因此不難閱讀和理解。不過，「省略句」和「倒裝句」卻不是這樣，因此，**本章將會跟大家一起化解第五個閱讀文言文的難點——字詞省略・語序跳躍**，認識各種「省略句」和「倒裝句」的語法特點、句子結構、語譯要點。

第 15 課

「買一送一」的啟示 —— 談文言省略句

每逢週末，超級市場都會推出各種各樣的優惠，包括：限時折扣、現金回贈，還有貨品贈送。譬如這間超市正推廣某品牌的面紙，於是進行「買 1 送 1」的優惠活動。

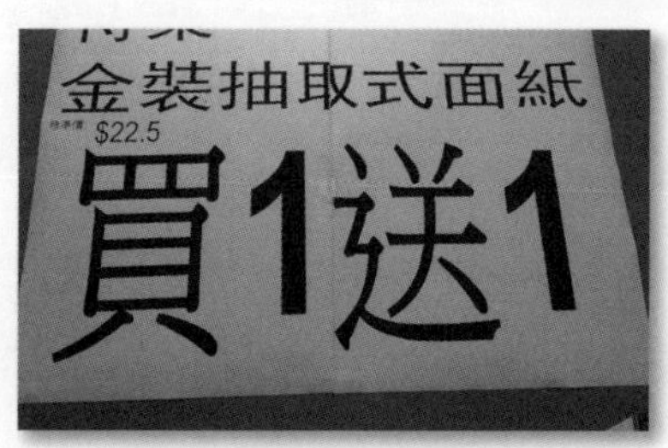

• 盛載面紙的事物是甚麼？

所謂「買一送一」，是常見的量詞省略句。由於推廣的貨品是面紙，應該是以「盒」計的，因此「買一送一」就是說「買一盒，送一盒」。之所以要省略量詞，大抵是因為「盒」是大家所共識的包裝單位，而且「買一送一」只有四個字，讀起來簡單明快，顧客也容易入腦。

文言世界也有「省略」現象。部分成分被省略的句子，就稱為「省略句」。文言省略句一般有以下五種：**（一）主語省略句**、**（二）賓語省略句**、**（三）謂語省略句**、**（四）介詞省略句**和**（五）量詞省略句**。

一　主語省略句

句子中的主語之所以被省略，是因為該主語要麼在前文出現過，要麼即將在後文出現，因而不作贅述。主語省略句可以分為以下三種：

1　承前省

因為**某主語在前文已經出現過**，因此在後文會被省略。譬如：

A （子孫）今日割五城，明日割十城，然後得一夕安寢。(《六國論》)

B （無心公）怒甚，執鏡而將毀焉。(《全鏡文》)

C （臣）受命以來，夙夜憂歎，恐託付不效，以傷先帝之明。(《出師表》)

例句 A 原文欠缺主語，因此不知道到底是誰割城。我們可以根據前文來找出主語：「**子孫**視之不甚惜，舉以予人，如棄草芥。」諸侯的子孫毫不珍惜國家土地，「舉以予人」，這跟後文「今日割五城，明日割十城」的做法是一致的。由此可以知道例句 A 的主語就是「子孫」。

例句 B 原文同樣出現主語省略。到底是誰「怒甚」？我們可以看看前文內容：「**無心公**疑之，窺鏡而觀，則傫然者，非人狀也。」無心公在鏡子中看到自己蓬頭垢面，不似人形，可以推測他因而感到生氣。因此，例句 B 的主語就是「無心公」。

例句 A 和 B 的主語，都是跟前文相同的。那麼例句 C 又是否這樣？看看前文內容：「先帝知臣謹慎，故臨崩寄臣以大事也。」根據例句 A 和 B 的邏輯，例句 C 的主語應該是「先帝」，可是，先帝又怎可能「受命」呢？事實上，是先帝將大事交託給「**臣**」（諸葛亮）的，「受命」的應該是「**臣**」。故此，例句 C 的主語是「臣」。

君子的友誼像水一樣純淨，但能長久；小人的友誼像酒一樣甘甜，但很短暫。

2 蒙後省

句子中的主語，一般都是因為在前文出現過，才會被省略的，可是凡事總有例外。有時，我們**要根據後文內容，來推論句子的主語**。例如：

A 沛公謂張良曰：「（公）度我至軍中，公乃入。」（《史記．項羽本紀》）

B 花間一壺酒，（我）獨酌無相親。（我）舉杯邀明月，對影成三人。（《月下獨酌（其一）》）

《史記．項羽本紀》講述劉邦與項羽在鴻門會面，後來劉邦見勢色不對，於是借尿遁，急忙回營。臨走前，劉邦請張良估計自己回營的時間，待到自己安全回營後，才走入營中，向項羽交代。「度我至軍中」省略了主語，可以根據後句「**公**乃入」尋找線索。「公」在文中解作「您」，是劉邦對張良的尊稱，因此「度我至軍中」的主語正是「公」。

例句B是《月下獨酌》的首四句，卻沒有提及誰「獨酌」、「舉杯」，因此只好在後文找尋主語。後文「影徒隨**我**身」和「**我**歌月徘徊，**我**舞影零亂」都提及了「我」，反映了「我」跟月、影的關係，由此可知「獨酌」、「舉杯」、「邀明月」的人是「我」——也就是被省略了的的主語。

3 對話省

還有一種主語省略句，是**根據對話中的發言次序，來省略說話者（主語）的**。譬如：

A 燕謂鷗曰：「我至子所，而子不至我所，何也？」

B （鷗）曰：「吾性傲以野，不樂依人焉，故也。」

C （燕）曰：「我以依人而處……」

D （鷗）曰：「吾病而有不病者存……」

E （燕）曰：「我之得以依人者，以人不之憎且愛之也。」

F （鷗）曰：「子謂人之於我，愛乎，憎乎？」

G （燕）曰：「皆無之。」

H （鷗）曰：「吾以傲野自適……」

上述八組句子出自劉熙載的《海鷗》。**例句 A 的主語是燕**。燕子在屋簷下築巢，也經常到海鷗居住的地方，可是海鷗從來都不去燕子窩。燕子對此覺得很奇怪，於是主動問海鷗原因。

例句 B 的主語是海鷗。海鷗回應前文燕子的提問，説自己因為生性高傲、不受拘束，不喜歡依靠人類，所以從來都沒有到過燕子的住處。

例句 C、D、E、F、G、H 的主語都被省略。由於**只有燕子和海鷗，對話應該是梅花間竹地進行的**，因此例句 C、E、G 的主語就是燕子，而 D、F、H 的主語，就是海鷗了。

二 賓語省略句

句子中的賓語也經常被省略，同樣是因為前文已經提及過，或者在後文將會被提及，因此，賓語省略句同樣可以分為「承前省」和「蒙後省」兩種：

1 承前省

由於**前文已經提及過相關賓語**，後文無需再提及，因而被省略。例如：

A 匠者不顧（樗）。（《逍遙遊》）

B 欲予秦（和氏璧），秦城恐不可得，徒見欺；欲勿予（和氏璧），即患秦兵之來。（《廉頗藺相如列傳》）

例句 A 出現了賓語省略。句中的「顧」解作「回頭看」。工匠不回頭看甚麼呢？答案就是前文「立**之**塗」中的「之」。那麼，這個豎立在路（塗）上的「之」，又是甚麼呢？我們再往前瀏覽，終於找到「吾有大樹，人謂之樗」這句。原來，被豎立於路上的是一棵樗，所以工匠不回頭看的，也就是「樗」或「大樹」。

例句 B 講述了趙王給（予）和不給（勿予）的後果，可是到底要把甚麼交給秦國呢？這裏同樣出現了賓語省略，我們同樣要根據前文來判斷：「秦昭王聞之，使人遺趙王書，願以十五城請易**璧**。」原來秦昭王希望趙王交出和氏璧。由此可以知道，例句省略了的賓語正是「和氏璧」。

2 蒙後省

部分賓語省略句**需要根據後文內容**，才可以知道賓語是甚麼。例如：

A 廉頗送（王）至境，與王訣曰。（《廉頗藺相如列傳》）

趙王應秦王之邀，在藺相如的陪同下，出席澠池之會。「廉頗送至境」一句，欠缺了賓語：到底廉頗是送趙王還是藺相如到邊境呢？幸好後文提供了線索。「與**王**訣曰」一句説明了廉頗所護送的正是趙王，也就是句子所欠缺的賓語。

三 謂語省略句

謂語是句子裏重要的成分，一般都不能省略，否則就不知道主語的特點或狀態。可是在特定的語境下，文言文偶爾會出現「謂語省略」的情況。例如：

A　一鼓作氣，再（鼓）而衰，三（鼓）而竭。（《左傳．莊公十年》）

B　（手執）羽扇（頭戴）綸巾。（《念奴嬌．赤壁懷古》）

例句A是一個排比句，三個分句的結構是一致的。第一句的「**一鼓**」，指「第一次擊鼓」，由此可以推論後文「再」和「三」是指第二次和第三次，因此謂語「鼓」也不需要再出現。

詩詞等韻文作品講求用字簡練，因此很多時候句子的主語、賓語，甚至是謂語都會被省略。譬如《念奴嬌．赤壁懷古》的下闋講述周瑜與曹操對戰時的情況。「羽扇綸巾」既省略了主語，也省略了謂語。根據前文「遙想**公瑾**當年」，可以推論句子的主語是周瑜；至於謂語，可以通過**扇子和頭巾的使用特點**，推想出周瑜是把綸巾戴在頭上、把羽扇握在手中的，因此省略了的謂語就是「手執」和「頭戴」。

四　介詞省略句

介詞是虛詞，與名詞、代詞等結合時，就能表示事情的地點、比較、方法等等。文言語法中的「介詞省略」是常見現象，通常以「於」和「以」被省略的情況最為普遍。例子如下：

A　立之（於）塗。（《逍遙遊》）

B　趙王以為賢（於）大夫……拜相如為上大夫。（《廉頗藺相如列傳》）

C　三月得千里馬，馬已死，買其首（以）五百金。（《戰國策．燕策一》）

前文提到工匠不肯回頭看的，是被豎立在路上的樗樹。例句 A「立之塗」中的「立」是豎立，「之」是指樗樹，「塗」就是道路，卻**省略了表示地點的介詞「於」**，因此句子原本應作「立之於塗」。

例句 B 中的「上大夫」是官階較高的大夫。「趙王以為賢大夫」既省略了賓語「藺相如」，也**省略了表示比較的介詞「於」**，原文應作「趙王以**藺相如**為賢**於**大夫」。所謂「賢於大夫」是指藺相如優秀（賢）過（於）一般大夫，因此才拜他為「上大夫」。

例句 C 出自「千金市骨」的故事。宮中的「涓人」（清潔工）為君王到市集購買千里馬，可是千里馬早已死去，涓人竟然用五百兩黃金買下馬頭，君王知道後生氣不已。由於涓人是**用了五百兩黃金**來購買馬頭的，因此「買其首五百金」正是**省略了表示方法的介詞「以」**。

五 量詞省略句

除了超市，某些交通工具也會推廣優惠。譬如兩個人、三個人、四個人一起乘坐機場快線到機場的話，就會有不同程度的優惠。當中「二人行」、「三人行」、「四人行」出現了量詞省略，被省略的量詞正是「個」。

「面紙」、「人」的量詞被省略，是因為這些事物的量詞不言而喻，面紙是不會一「個」的，人不會一「盒」的，即使省略了也不會出現歧義。文言世界中的量詞省略，道理也是如此。我們看看以下例子：

A　且以一（塊）璧之故逆彊秦之驩。（《廉頗藺相如列傳》）

B　所解數千（隻）牛矣。（《莊子・養生主》）

C　三（次）顧臣於草廬之中。（《出師表》）

例句 A 和 B 所省略的都是物量詞。所謂「物量詞」，就是用來描述物件的量詞。例句 A 中的「璧」是指璧玉（和氏璧），是一種扁身的環狀玉器，因此應當用上物量詞「塊」，故此「一璧」就是「一塊璧玉」。例句 B 的「牛」是動物，應當用上描述牛的物量詞「隻」或「頭」。

至於例句 C 所省略的是動量詞，也就是描述動作的量詞。句中的「顧」是指「探訪」，應當用上動量詞「次」，「三顧」也就是「三次探訪」。

課後小測試

辨別下列句子被省略了的句子成分，在需要補回的地方加上「 ˆ 」，並在橫線上填上正確答案。

例：自繆公以來二十餘ˆ君。
i.（ 量詞 ）省略　　ii. 補回：___位___

❶ 永州之野產異蛇，黑質而白章。
i.（　　）省略　　ii. 補回：________

❷ 戰城南，死郭北。
i.（　　）省略　　ii. 補回：________

❸ 空山新雨後。
i.（　　）省略　　ii. 補回：________

❹ 疾在腠理，湯熨之所及也；
在肌膚，針石之所及也。
i.（　　）省略　　ii. 補回：________

❺ 百工之人，君子不齒，
今其智乃反不能及。
i.（　　）省略　　ii. 補回：________

❻ 優孟曰：「請以人君禮葬之。」
王曰：「何如？」
對曰：「臣請以彫玉為棺。」
i.（　　）省略　　ii. 補回：________

第 16 課

「甩咗嗰你啲袋！」── 談文言倒裝句（上）

話説在某美食博覽會舉行期間，有參展商以 1 元作招徠：顧客只需要在三十秒內，用特製的夾子夾起龍蝦，並放進尼龍袋中，就可以用 1 元把夾好的海鮮帶回家。

其間有一位女士，不但用手直接拿起龍蝦，放進袋中，還投訴參展商提供的尼龍袋不穩固，因而脱落，導致夾好的海鮮散落一地。當時，這位女士説了這句話：「**甩咗嗰**你啲袋！」她，就是「龍蝦姐」。

甩咗嗰／你啲袋！

一般句子的語序，都是「主語＋謂語」或「主語＋謂語＋賓語」。「龍蝦姐」原本想説「你啲袋甩咗嗰」，其語序是「主語（你啲袋）＋謂語（甩咗嗰）」。可是為了強調「脱落」，「龍蝦姐」因而説出「甩咗嗰你啲袋」這句話，其語序正是「謂語＋主語」，剛好對調了。

這種成分出現對調現象的句子，稱為「倒裝句」。所有語言都會出現「倒裝」現象，粵語既是如此，文言文也不例外。根據不同句子成分的對調情況，文言倒裝句可以分為四種：**（一）謂語前置**；**（二）賓語前置**；**（三）定語後置**；**（四）狀語後置**。今課我們先認識謂語前置和賓語前置。

一 謂語前置

所謂「謂語前置」，是指**將原本「主語＋謂語」的語序，調換成「謂語＋主語」，以強調謂語的內容**。前文「甩咗嗰你啲袋」是現代例子，文言文的例子也不少，譬如：

A 甚矣，汝之不惠！（《列子．湯問》）

例句A出自「愚公移山」的故事，原作「汝之不惠甚矣」，主語是「汝之不惠」，謂語是「甚矣」。我們先看看下圖的語序變化：

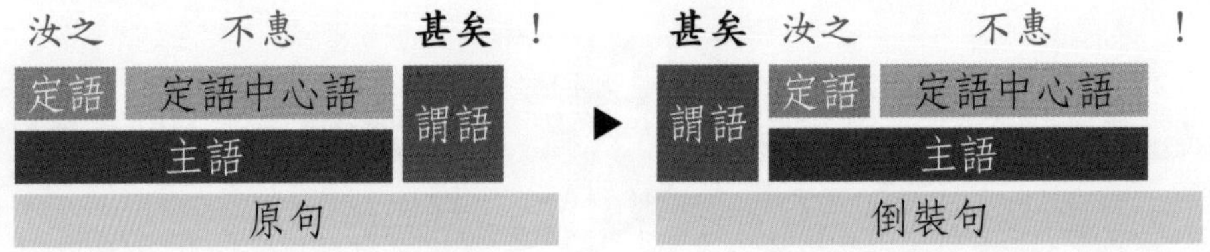

根據字面意思，「汝之不惠甚矣」是説「你的愚蠢太嚴重了」，當然這種譯法太突兀，因此可以理解為「你太不聰明了」。**為了強調智叟的愚蠢程度**，愚公於是將謂語「甚矣」前置到主語「汝之不惠」之前。

B 竹喧歸浣女，蓮動下漁舟。（《山居秋暝》）

有時，為了遷就詩詞的格律，詩人也會將句子的謂語前置。例句B是《山居秋暝》的頸聯，原句應作「浣女歸竹喧，漁舟下蓮動」，我們先看看下圖的語序變化：

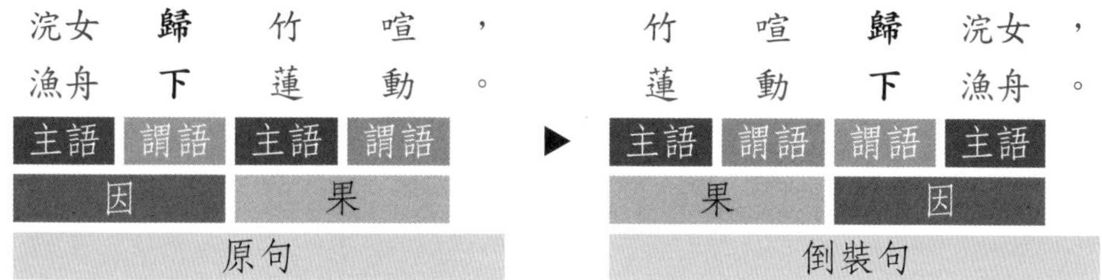

原句的意思是講述，洗衣女歸家途中有説有笑，因此竹林間非常熱鬧；漁舟順流而下，因此觸動了河上的蓮葉。原句的平仄是這樣的：

仄仄平仄平　平平仄平仄

浣女歸竹喧，漁舟下蓮動

可是，原句既不符合五言律詩頸聯「平平平仄仄，仄仄仄平平」的格律，而且句末的「動」（讀【dung6】）字與「秋」（讀【cau1】）、「流」（讀【lau4】）、「留」（讀【lau4】）三字不押韻。因此，王維在創作頸聯時，**一方面將句子的因果對調，另一方面更將「浣女歸」和「漁舟下」的主語和謂語對調**，讓「舟」（讀【zau1】）字成為韻腳，提升了詩歌的意境。

二　賓語前置

「賓語」只會依附在「謂語」之後，因而出現「謂語＋賓語」的語序。可是以下四種情況，卻會**導致賓語前置到謂語的前面**，這包括有：

1 否定句

「幻覺嚟嘅啫，嚇我唔倒嘅！」是網絡金句，出自 1996 年的周星馳經典電影《食神》。電影尾段講述「史提芬周」（周星馳飾）與「唐牛」（谷德昭飾）對決。對決期間，觀音大士顯靈，讓「史提芬周」回復「食神」的真身，「唐牛」卻強裝淡定，然後說：「幻覺嚟嘅啫，嚇我唔倒嘅！」

「嚇我唔倒嘅」是一個否定句，意指「嚇不了我的」。句子同時出現了「賓語前置」現象。原句應作「嚇唔倒我嘅」，當中「嚇唔倒」是謂語，「我」是賓語。可是**為了強調「我」**，「唐牛」於是大膽地將「我」從後面向前遷移，因而創出了「嚇我唔倒嘅」這句經典對白。

其實，文言否定句出現「賓語前置」的現象比起「嚇我唔倒嘅」來得更早，例子也更多。現在介紹如下：

A 莫我肯顧。（《詩經・魏風・碩鼠》）

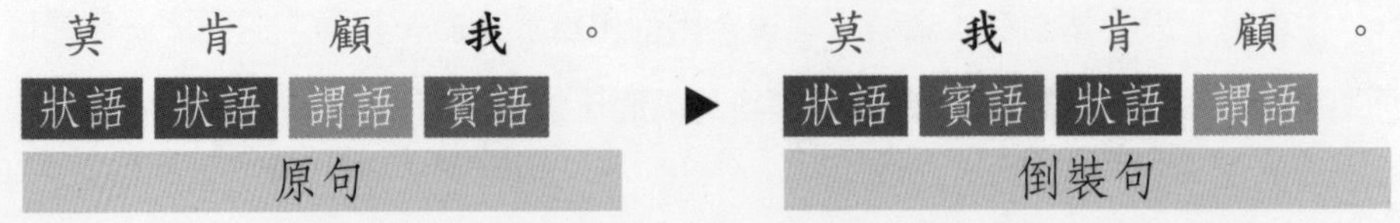

例句 A 原作「莫肯顧我」。農民多年來將農作物奉獻給碩鼠，可是貪婪的碩鼠卻不（莫）肯顧念農民（我）的苦況，依舊搶去他們努力的成果。**為了強調自己的苦況**，詩人於是將賓語「我」前置到狀語「肯」的前面。當然，賓語前置後的句子以「顧」作結，就能夠與詩中其餘韻腳「鼠」、「黍」、「土」、「所」押韻，這也是詩人將賓語前置的原因。

B　不病人之不己知也。（《論仁、論孝、論君子》）

我們集中看原句後半部分「人之不己知也」的語序變化：

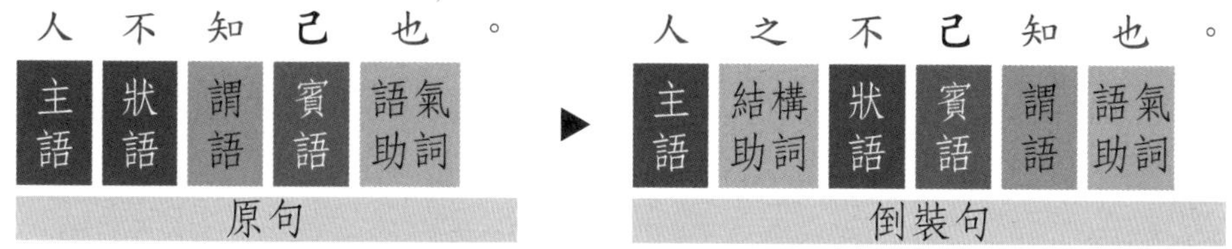

原句作「人不知己」，就是「別人不了解（知）自己」，可是**由於句子屬否定句，同時為了強調「自己」**，因此孔子將賓語「己」前置到謂語「知」的前面，將「不知己」寫作「不己知」。

2　疑問句

在部分**附帶疑問代詞的疑問句**中，賓語會前置到謂語的前面。例如：

A　何謂也？（《論仁、論孝、論君子》）

君子做事，一開始就很謹慎，因為即使是小差錯，也可以引發極大問題。

孔子跟車夫樊遲提到，孟孫曾經跟自己請教孝道，而他就以「無違」作為答案。樊遲於是問：「是指甚麼呢？」原句中的「謂」是謂語，相當於「是指」；疑問代詞「何」是賓語，相當於「甚麼」，也就是樊遲提出疑問的核心部分，因此樊遲將「何」前置到「謂」的前面，以**強調自己的提問內容**。

B　何異秦皇之焚書以愚百姓乎？（《全鏡文》）

鏡子反映了無心公蓬頭垢面的樣貌，無心公因而想打碎鏡子。可是鏡神從鏡子中走出來，告訴無心公這樣做，跟秦始皇焚書坑儒沒有分別。鏡神以反問的形式說：「何異秦皇之焚書以愚百姓乎？」我們先看看句子的語序變化：

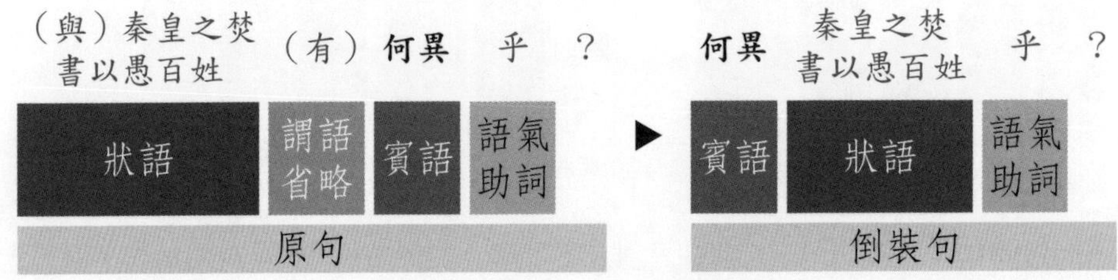

正因為鏡神認為打碎鏡子與焚書坑儒沒有分別，於是他一方面運用反問形式，加強語氣，一方面將賓語「何異」（甚麼分別）從謂語「有」的後面前置到句子開首，藉此質問無心公兩者**有甚麼分別**。

C　樂夫天命復奚疑？（《歸去來辭》）

「奚」也是疑問代詞，在例句 C 中解作「甚麼」。原文是這樣的：「聊乘化以歸盡，樂夫天命復奚疑？」意指姑且順應天命，自然走到生命的盡頭，樂天知命，又（復）需要猶疑（疑）甚麼（奚）呢？我們集中句子後半部分的「復奚疑」，看看它的語序變化：

「復疑奚」的潛台詞，就是陶潛認為對於人生沒有需要猶疑的地方。因此，**為了強調「沒有需要」**，陶潛運用反問句式，以提升語氣，同時將賓語「奚」從謂語「疑」的後面前置到前面。此外，陶潛之所以要將「復疑奚」寫成「復奚疑」，是為了與前文「臨清流而賦詩」押韻，同樣是為了遷就韻腳的位置。

3　包含標誌詞「之」、「是」、「為」的句子

除了否定句、疑問句，部分陳述句有時會出現「賓語前置」的情況。**這些倒裝句一般會出現「是」、「之」、「為」（讀【圍 wai4】）等表示倒裝的結構助詞——也稱為「標誌詞」**（詳見第 10 課《談文言結構助詞》）。閱讀這些句子時，一旦發現語序上有不妥的地方，就可以知道句子出現了「賓語前置」。譬如：

A　句讀之不知，惑之不解。（《師說》）

「句讀之不知，惑之不解」的原句是「不知句讀，不解惑」，意指「不認識句讀，不解決困惑」。我們先看看下圖，了解例句的語序變化：

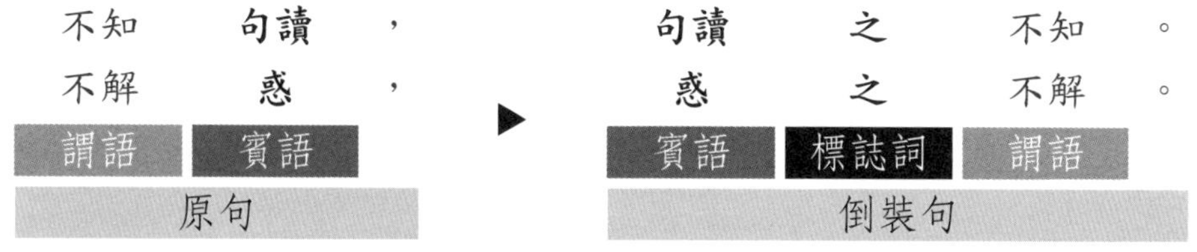

為了強調「句讀」和「惑」，韓愈於是將兩句的賓語「句讀」和「惑」，分別前置到謂語「不知」、「不解」之前，**並在兩者之間加入表示倒裝的結構助詞（標**

誌詞）——之。這就是最常見的倒裝句格式。

B　惟弈秋之為聽。（《孟子．告子上》）

例句 B 出自「二子學弈」的故事。故事講述國家級棋手弈秋教導兩位學生下棋，其中一個專心致志，一心只聽弈秋的教誨。「惟弈秋之為聽」的原意是「惟聽弈秋」。我們先看看下圖有關例句的語序變化：

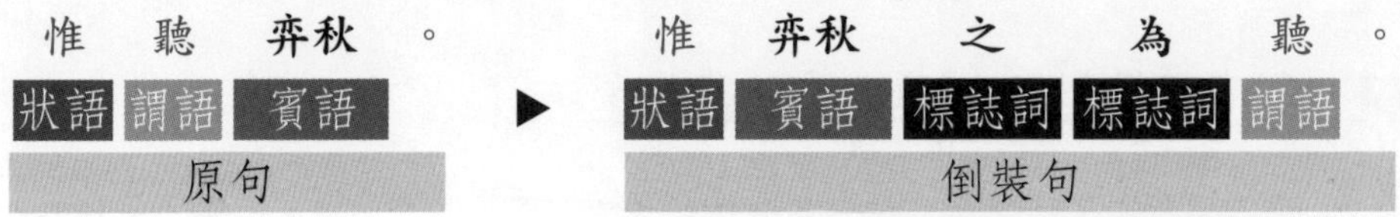

為了強調該學生只聽弈秋的話，孟子於是將「惟聽弈秋」中的賓語「弈秋」前置到謂語「聽」之前，並加上「之」和「為」這兩個表示倒裝的標誌詞。

C　何命之有焉？……何智之有焉？（《命解》）

在《命解》中，李翺只相信君子的正道，卻不相信「命」和「智」。於是以反問形式，來強調人生並沒有「命運」和「智慧」可言。我們先看看例句的語序變化：

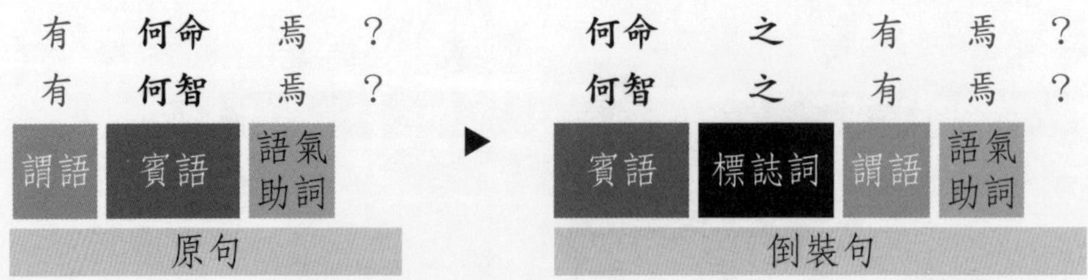

為了強調「命」和「智」，李翺將這兩個反問句中的賓語「命」和「智」，分

別前置到謂語「有」之前，並**加上表示倒裝的標誌詞「之」**。

4　包含介賓短語的句子

所謂「介賓短語」，就是由介詞與賓語結合而成，例如「浮於江湖」(《逍遙遊》)中的「**於江湖**」、「以十五城請易寡人之璧」(《廉頗藺相如列傳》)中的「**以十五城**」都是介賓短語，由介詞「於」、「以」與賓語「江湖」、「十五城」結合而成，來表示動作「浮」的位置、「易寡人之璧」的條件。

在部分句子中，介賓短語會**從「介詞＋賓語」結構倒裝成「賓語＋介詞」**結構。例子如下：

A　吾誰與歸！(《岳陽樓記》)

范仲淹一直渴望古仁人的出現，並與自己同行，一起治理天下，因此文章以「微斯人，吾誰與歸！」一句作結，意指「沒有了這位古仁人，我可以和誰走在一起！」。我們先看看句子的語序變化：

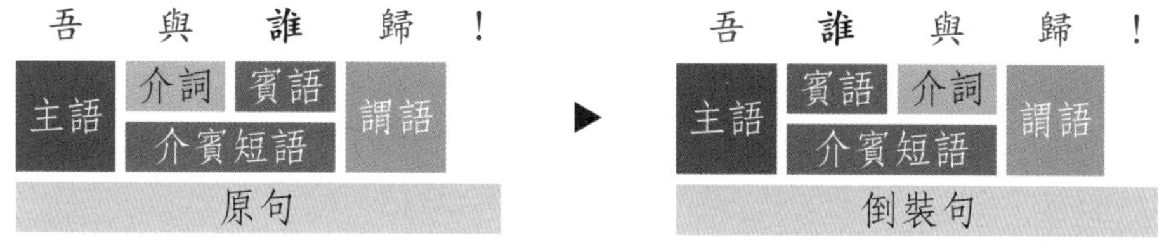

可以看到，原句和倒裝句中的主語、謂語並沒有變動，唯獨介賓短語中的介詞「與」和賓語「誰」對調了，**以強調「誰人」**。

B　君何以知燕王？(《廉頗藺相如列傳》)

宦者令繆賢因為犯了法，打算逃亡到燕國，投靠燕王。舍人藺相如於是問他：「君何以知燕王？」這個句子的原意是「君以何知燕王？」，我們先看看例句的語序變化：

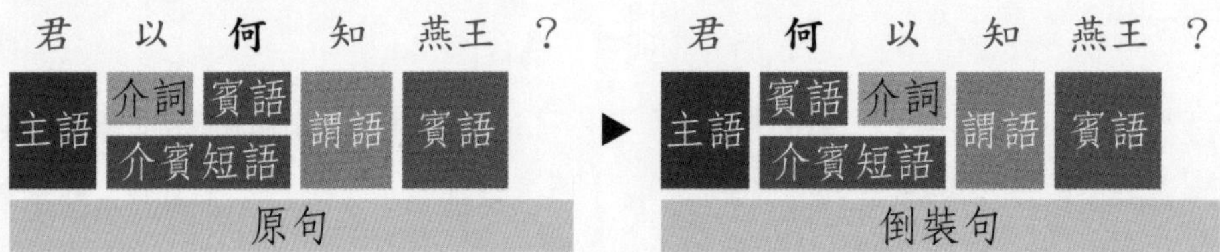

「君以何知燕王」的意思是「您是憑甚麼認識燕王的」，也就是「你是怎樣認識燕王的」。可是**為了強調認識燕王的方法**，藺相如因此將介賓短語「以何」調換為「何以」。

值得一提的是，**「何以」這種賓語前置的倒裝方式，後來更發展成固定詞語**，例如：「何以別乎！」(《論仁、論孝、論君子》)、「何以天下國家為？」(劉蓉《習慣說》)、「不為者與不能者之形何以異？」(《孟子．梁惠王上》) 等等。

下一課，我們將會介紹其餘兩種倒裝句：(三) 定語後置；(四) 狀語後置。

第 17 課

「握扶手・企定定」──談文言倒裝句（下）

還記得本書一開始提及過的港鐵海報嗎？這張呼籲乘客緊握扶手的海報，還附帶了一句口號：「握扶手・企定定」。當中「企定定」意指「安穩地站好」，原本作「定定企」，「企」是動詞，「定定」是修飾「企」這個動作的狀語。可是為了強調「定定」，口號設計者於是將它遷移到「企」的後面，好讓乘客記住。

將狀語從動詞的前面遷移到後面，這種情況就是「狀語後置」現象。此外，本來位處名詞之前的「定語」，也會因為某些原因，遷移到名詞的後面，稱為「定語後置」。今課，我們將會介紹（三）**定語後置**和（四）**狀語後置**。

三 定語後置

定語用來修飾名詞、代詞或詞組，一般位於名詞的前面。可是在某些情況下，「定語」會後置到名詞後面，從而出現「名詞＋定語」的倒裝語序。我們看看以下例句：

A　求人可使報秦者。(《廉頗藺相如列傳》)

趙王一時還未決定到應否把和氏璧送給秦王，但為了安撫秦王，趙王打算派遣使者到秦國，於是想尋求一個可以出使和回覆秦國的人。例句 A 原本作「求可使報秦之人」，我們先來看看例句的語序變化：

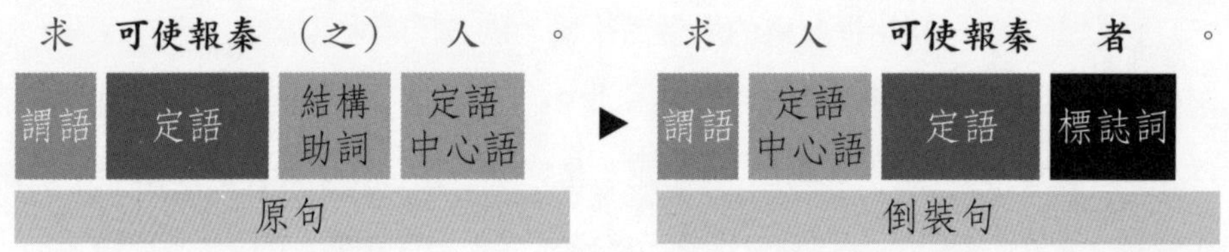

為了強調使者的條件，司馬遷於是將位於中心語「人」之前的定語「可使報秦」，遷移到後面，並在後面**加上表示定語後置的結構助詞（標誌詞）「者」**。我們來看看另一個例子。

B　以為凡是州之山有異態者。(《始得西山宴遊記》)

我們集中到「山有異態者」上看。「山有異態者」的原意是「有異態之山」，就是指「有着獨特形態（有異態）的山」。我們先看看例句的語序變化：

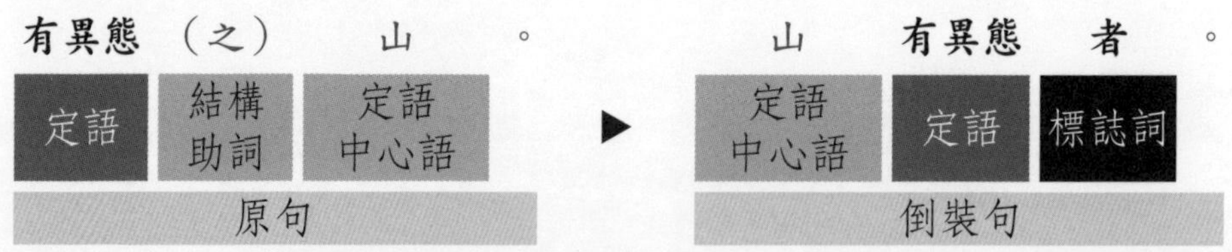

同樣，**為了強調「有異態」這一特點**，柳宗元於是將本來位於中心語「山」前面的定語「有異態」，遷移到「山」的後面，並在後面**加上表示定語後置的標誌詞「者」**。

可見，結構助詞「者」就是定語後置倒裝句的標誌詞（詳情可參考第 10 課《談文言結構助詞》）。閱讀古詩文時，如果發現**定語與名詞的前、後位置對調，同時句子以「者」字結尾的話，那麼句子很有可能出現了定語後置**。

四 狀語後置

狀語專門修飾動詞、形容詞，一般位於動詞、形容詞的前面。可是在某些情況下，文言句子中的狀語會後置到中心語的後面，一般有以下形式：

1 動詞前的介賓短語後置

上一節介紹過「介賓短語」。介賓短語由介詞與名詞（賓語）組成，多用作狀語，用來修飾動詞發生的地點、時間、程度、方法等等。在特定情況下，整個介賓短語會後置到動詞、形容詞之後。例如：

A　生事之以禮，死葬之以禮。（《論仁、論孝、論君子》）

「以禮」是介賓短語，由介詞「以」和賓語「禮」組成，意思相當於「根據禮法」。原句應作「生以禮事之，死以禮葬之」。我們先看看例句的語序變化：

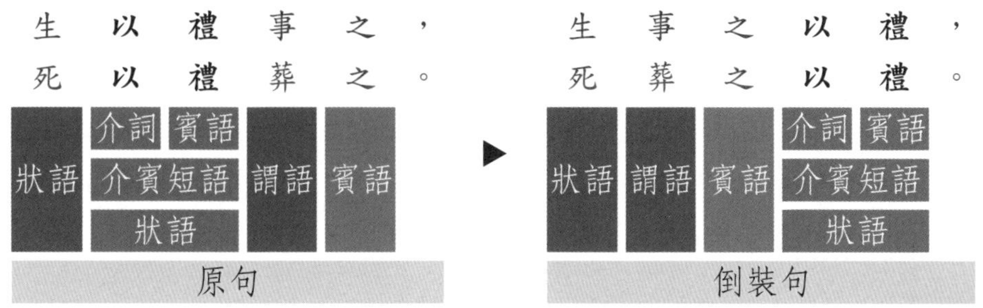

句子出現了兩個狀語，包括「生」、「死」和「以禮」。「生」、「死」說明了父母在生或死後的情況，「以禮」則說明了「事之」和「葬之」的根據。句子的原意是：父母在生時，根據禮法服侍他們；父母死去後，根據禮法埋葬他們。孔子**為了強調「根據禮法」**，於是把介賓短語「以禮」，從謂語「事」、「葬」的前面，遷移到後面。

B　固先乎吾。（韓愈《師說》）

韓愈認為，在自己之前出生的人，他們學習知識，本就比自己早。「固先乎吾」是狀語後置了的倒裝句，原句應作「固乎吾先」。先看看語序的變化：

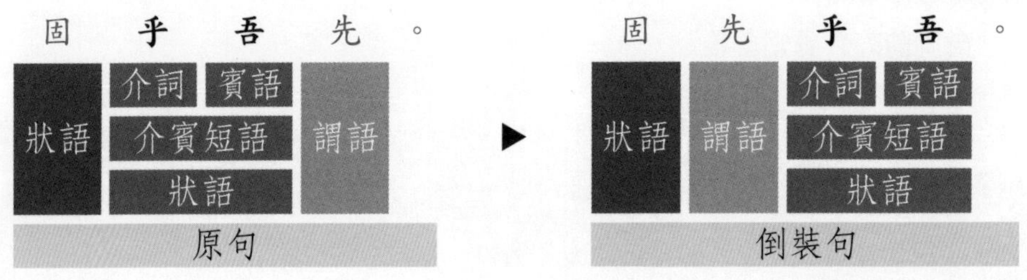

「乎」是介詞，在這裏表示比較，相當於「比」。「固乎吾先」意指「本來（故）比（乎）我（吾）早（先）」，可是**為了強調與自己比較**，韓愈將介賓短語「乎吾」，從謂語「先」的前面，遷移到後面。

值得一提的是，**大部分表示比較的介賓短語，在文言文和粵語中，都在謂語的後面**。譬如剛才的「固先乎吾」，用粵語來演繹的話，可以寫成「本來（固）早（先）過（乎）我（吾）」，當中「……過我」就是「……乎吾」。

又例如《勸學》中的「青**於藍**」一句，是將青色與藍草的鮮豔度（青）作比較，如果以粵語理解的話，「青於藍」可以寫作「鮮豔**過藍草**」。可是，測驗和考試時，由於都必須以語體文（白話）作答，因此只能將「於藍」這介賓短語調回「青」的前面，語譯為「**比藍草**鮮豔」了。

2　形容詞前的狀語後置

有時，用來描述事物程度的狀語「甚」（相當於「非常」），會後置到形容詞的後面。譬如：

A　君美甚！（《戰國策・齊策一》）

例句 A 出自「鄒忌諷齊王納諫」的故事。故事主角鄒忌想知道是自己，還是城北徐公較為英俊，於是主動問自己的妻子。妻子這樣回答：「君美甚！」原句的意思是「君甚美」，意指「您非常英俊」。我們先看看語序的變化：

為了強調「非常」，鄒忌的妻子於是將狀語「甚」遷移到「美」的後面。

文言文是一種很獨特的語言，尤其是在語序方面：它跟語體文幾乎一樣，有時又跟我們粵語非常相似，可是亦會因應不同的語境，而出現省略、倒裝等情況。因此，如果大家能夠掌握文言句子中的各項成分或標誌詞，就能知道句子有沒有出現省略、倒裝，從而更清楚句子意思，甚至可以順暢無誤地語譯句子，完成測驗和考試的題目了。

課後小測試

下列句子都出現句子成分前置或後置現象，請寫出原句句子。

例：死於罔罟。（《逍遙遊》）

於罔罟死＿＿＿＿＿＿＿＿＿＿＿＿＿＿＿＿＿＿。

❶ 而今安在哉？（《前赤壁賦》）

而＿＿＿＿＿＿＿＿＿＿＿＿＿＿＿＿＿＿＿＿＿？

❷ 而易之以羊也。（《孟子・梁惠王上》）

而＿＿＿＿＿＿＿＿＿＿＿＿＿＿＿＿＿＿＿＿＿。

❸ 沛公北向坐，張良西向侍。（《史記・項羽本紀》）

沛公＿＿＿＿＿＿＿＿＿＿＿＿＿＿＿＿＿＿＿＿。

❹ 賢哉回也！（《論語・雍也》）

＿＿＿＿＿＿＿＿＿＿＿＿＿＿＿＿＿＿＿＿＿＿！

❺ 酒酤於市。（《訓儉示康》）

酒＿＿＿＿＿＿＿＿＿＿＿＿＿＿＿＿＿＿＿＿＿。

❻ 鳥雌一雄一。（《鳥說》）

鳥＿＿＿＿＿＿＿＿＿＿＿＿＿＿＿＿＿＿＿＿＿。

❼ 無自信也。（《韓非子・外儲說左上》）

無＿＿＿＿＿＿＿＿＿＿＿＿＿＿＿＿＿＿＿＿＿。

❽ 客有過主人者。（《漢書・霍光金日磾傳》）

＿＿＿＿＿＿＿＿＿＿＿＿＿＿＿＿＿＿＿＿＿＿。

解字無方・語譯驚惶

舊式的中文交通告示，比較簡短、典雅，用語更接近文言文，就好像上圖的「前往此區者．不在此限」。「前往此區者」，就是「前往這一區域的人士」，當中「此」和「者」都是文言指示代詞，都不難理解。

至於下面的「不在此限」就比較難理解了。告示牌上的英文詞彙「Except」固然說明了「不在此限」的大概意思就是「除外」。可是，「不在此限」中每個字的實際意思又是甚麼？有人說：「不在這裏（受到）限制。」

「不」、「在」這兩個字的基本字義（「否定」、「位於」）都與告示牌的意思對應，不會產生歧義，因此可以保留下來，不作改動；「限」含有「限制」的意思，不過我們已經很少單用一個「限」字來表達，因此要把它延伸成兩字詞「限制」；至於「此」，就要改換作「這裏」，因為今天很少人用「此」來表達這個意思。此外，還需要補充一些字眼（「受到」），才可以使句子圓滿，讓駕駛人士清楚理解。

原文：	不	在	此		限
譯文：	不	在	這裏	受到	限制
	保留	保留	改換	補充	延伸

要將短短四個字的告示翻譯成我們認識的語言，既要「保留」、又要「延伸」，甚至要「改換」、「補充」，當中的學問尚且那麼多，何況要把試卷中動

輒數百字的古詩文譯成語體文？

文憑試中文科卷一的文言課外篇章，都設有「字詞釋義」及「文句語譯」題目，是作答其他類型題目的基礎。句子由字詞組成，如果連句中的字詞也解釋不了，那麼怎能夠通順地語譯句子？篇章由句子組成，如果句子也語譯不好，那麼怎可以透徹了解篇章？

故此，**本章將會跟大家化解閱讀文言文的另一個難點——解字無方．語譯驚惶**。筆者會介紹十二種解釋單字和語譯文句的方法：「解字六法」和「語譯六法」，以免大家在語譯時出錯。

第 18 課

「嵁」也算是「山」── 談解字六法：形、音、義

• 為了實地考察柳宗元《永州八記》所寫的景物，筆者曾經到永州一趟。圖中就是《小石潭記》中的小石潭。雖然經歷了上千年，可是水潭猶存，而且依然有着「坻」、「嶼」、「嵁」、「岩」等特殊地貌。

前幾天，收到補習學生的測驗卷。當中有一道語譯題，要求學生將柳宗元《小石潭記》中的這一句語譯成語體文：

泉石以為底，近岸，卷石底以出，為坻，為嶼，為嵁，為岩。

《小石潭記》是補習學生的校內課文，可是由於學生沒有好好記住內容，因此語譯的答案出了錯漏。句子前半部分語譯得還可以，不過後半部分的「坻」和「嵁」，學生就沒有寫出答案，導致被扣了 2 分。

我問：「你語譯得尚算不錯，為甚麼沒有語譯『坻』和『嵁』這兩個字呢？」

學生回答：「我一時忘記了⋯⋯」

我於是說：「其實你可以**通過文字的部首**，來推敲文字的意思嘛！」

學生突然抬頭，茫然一片的看着我。

我解釋說：「就以『嵁』為例。『嵁』的部首是『山』。凡是從『山』部的字，大多數都與山體有關，因此你可以初步推敲，『嵁』應該是指山之類的事物。」

接着，我叫學生翻查字典，結果學生找到了「嵁」字的解釋：高低不平的山岩。

我補充說：「『嵁』就是高低不平的山岩，也就是高低不平的巨大山石。你就算不記得這個字義，也可以根據它的部首，寫上『山』字嘛！」

學生說：「可是，也許老師只會給我 0.5 分呢！」

我哭笑不得地說：「0.5 分也是分啊！」

上課時有老師講解，在家中可以用字典翻查，可是在測驗考試期間，遇上難字時，有甚麼方法可以推敲難字的意思，從而理解篇章內容？相信「解字六法」可以幫到大家。

解字六法，是六種用來幫助推敲難字意思的方法，包括了：**（一）形**；**（二）音**；**（三）義**；**（四）句**；**（五）性**；**（六）位**。當中「形」、「音」、「義」是從文字本身出發，去推敲該字的詞性、意思；至於「句」、「性」、「位」則是通過上文下理，來推敲該字的詞性、意思。

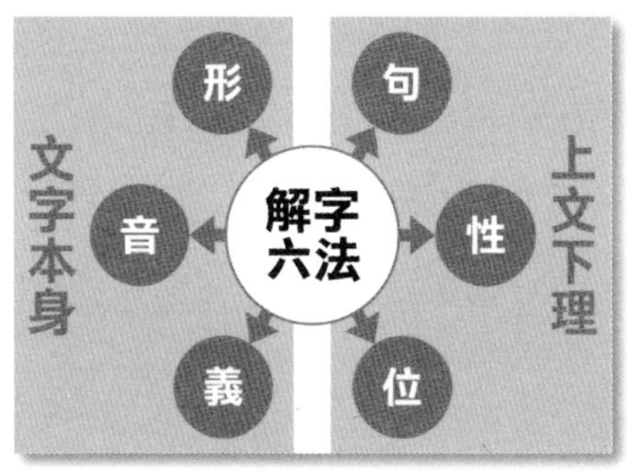

• 「解字六法」結構圖

為了讓大家易於理解，「解字六法」將會分開兩課來介紹。今課先講解「形」、「音」和「義」。

一　形

就是**通過文字的部首和部件，來推敲難字的意思。**在成千上萬的漢字中，會意字和形聲字就已佔了 90% 以上。換言之，我們大抵可以通過它們的部首、部件，來作初步的推敲。我們再看看以下例子：

A　驅車瘴癩之鄉。(《吾廬記》)

B　窺鏡而觀，則傫然者。(《全鏡文》)

例句 A 的「瘴癩」，粵音讀【障賴 zoeng3 laai6】，也許大家不知道其詞義，可是通過它們的部首——「疒」(粵音讀【廠 cong2】)，就可以初步推測**「瘴癩」應該與疾病有關**。換言之，《吾廬記》中的季子禮遊歷四方時，曾經乘車到疫症爆發的地區。

事實上，「瘴癩」分別指兩種事物。**「瘴」是指南方山林間濕熱蒸鬱的毒氣**，人吸入了，很容易發病；至於**「癩」就是「痲瘋病」**，是一種極具傳染性的疾病。如果運用「形」這種方法來理解「瘴癩」，就已經猜對了一半。

例句 B 的「傫」是一個會意字。「傫」的部首是「人」，右邊的部件是「累」，合起來就是説「人很疲累」。那麼，我們可以初步推敲，無心公照鏡子時，是從鏡子裏**發現一個疲累(累)不堪的自己(人)**。翻查字典，「傫」的本字是「儽」，《康熙字典》這樣解釋：「一曰懶懈也。」就是疲累、頹喪的樣子，跟我們推敲的非常接近！

不過，「形」這種解字方法並非萬試萬靈，這是因為文字經歷了不斷演變，字形和字義都出現了變化。有時單憑部首、部件是不能推敲文字意思的。

譬如《岳陽樓記》中有「銜遠山」一句。「銜」就是「包含」，可是單從部件「行」、「金」，就很難想像這個字跟「包含」有甚麼關係。

原來「銜」的本義是用金屬製成的馬嚼子，放在馬口內，用來勒馬。由於馬嚼子是給馬匹含在口內的，因此「銜」慢慢從名詞演化成動詞，解作「含着」、「包含」了。

故此，「形」只是解字六法中最基本的一環，總不能單靠這方法來望文生義，還需要其他解字方法來配合。

二 音

就是通過**通假字的讀音，來推測出與之相同或相近的本字。**我們曾在第 2 課《談通假字及古今字》裏說過，古人跟我們一樣，也會經常寫出讀音相同或相近的錯別字，久而久之，錯別字成為了常用字，甚至成為後世研究的對象——通假字。因此，閱讀文言文時，假若遇上一些不能通過部首來推敲解釋的文字，這個很有可能是通假字。此時，我們可以通過「音」這方法，找出與它同音或近音的本字，從而知道其實際字義。譬如：

A　其大本擁腫而不中繩墨。(《逍遙遊》)

「腫」很容易理解，就是解作「腫脹」，可是「擁」呢？如果運用「形」來推敲，「擁」從「手」部，解作「擁抱」，與「腫脹」的意思不合呢！

這時，我們可以試試運用「音」這方法。「擁」粵音讀【湧 jung2】，有哪個字的讀音與之相同或相似、且與「腫」的意思搭配呢？是「臃」啊！**原來「擁」是「臃」的通假字，因為彼此的讀音相同，而且字形相近（擁有相同的部件「雍」）。**「臃腫」就是指事物肥大、腫脹，由此，我們可以推敲出「擁」在句中的字義，就是「腫脹」。

B　是説夫子之義也。（《呂氏春秋・士節》）

單看句子內容，相信大家都覺得「説」就是「説話」，意指正在「討論」夫子的道義，事實並非如此。文章提及戰國時代齊國有一位叫「北郭騷」的賢人，他從不跟天子、諸侯打交道，可是為了奉養年老的母親，於是請求宰相晏子伸出援手。晏子的僕人認為，北郭騷是因為「仰慕」晏子的道義，才破例向他求援。

原來例句 B 的「説」是「悦」的通假字，因為**兩者的讀音相近，前者讀【雪 syut3】，後者讀【月 jyut6】，韻母都是【-yut】，而且擁有共同的部件「兑」**，因此互相通假。「悦」本解作「開心」，在這裏作動詞用，表示「喜歡」。不過，對於一個人的道義，我們很少用「喜歡」來搭配，因此，我們可以稍為動動腦筋，把「喜歡」改為「仰慕」，這樣就更為貼切了。

C　形容枯槁，面目犁黑，狀有歸色。（《戰國策・秦策一》）

例句來自「蘇秦約縱」的故事，講述蘇秦到了秦國，遊説秦王接納他的計謀，卻不成功，加上盤川用盡，惟有潦倒還鄉。當時蘇秦身體瘦削、樣貌憔悴，而且「狀有歸色」——咦？雖然有説「歸心似箭」，可是蘇秦如此落魄，歸家之心怎會表露無遺？我們可以再一次運用「音」這方法：

「歸」讀【龜 gwai1】，到底有哪一個字的讀音與之相同或相似，而且能切合蘇秦當時的心態呢？⋯⋯會不會是「愧」呢？第一，**「歸」和「愧」的讀音相近，前者讀【龜 gwai1】，後者讀【kwai3 / kwai5】，韻母【-ai】相同，聲母【gw-、kw-】相近**；第二，「愧」解作「慚愧」，切合蘇秦無面目回家的心境；第三，「面有愧色」是我們常用的成語，跟原文中「狀有歸色」結構相似。由此，我們可以推論，「歸」是「愧」的通假字，解作「慚愧」。

三 義

在第 1 課《談多義字及多音字》裏，我們提及過每個文字起初只有一個本義，後來據此不斷衍生出引申義。義，就是**從多義字、多音字的某一字義出發，不斷推敲出相關字義，直至找出切合文意的字義**。譬如：

A 家人聞之，益憂恐，而季子竟至燕。（《吾廬記》）

季子禮四處遊歷，又前往疫區、戰場，的確讓家人極為擔心，因此許多同學都認為「益」就是解作「很」、「十分」。大抵因為「益」解作「好處」，考生望文生義，將「益憂恐」理解為「好憂恐」、「很憂恐」、「十分憂恐」。「益」是一個多義字，不過除了「益處」、「好處」，還有着很多意思。

「益」是「溢」的本字。「益」字上部從水，下部從皿，意指水從器皿中溢出，因此「益」的本義就是「溢出」、「滿瀉」。有水從器皿溢出，換言之水有很多。古代水資源匱乏，擁有豐富的水源自然是好事，因此「益」就從本義引申出「益處」、「好處」這新字義。**好處無人嫌多，而且「越」多「越」好，因而「益」從「益處」再引申出「越」、「更加」等新字義。**「憂恐」是形容詞，因此只有將「益」解作副詞「更加」，才能與句意搭配。

• 水多則「益」，而且越多越好。

B　客過之。(《全鏡文》)

考評局以「表現欠理想」(見考評局《香港中學文憑考試．中國語文．2017 試題專輯》，頁 101)來評論考生在這一題上的表現。不少考生都答錯了這一題，他們都以「經過」作為答案。

「過」的本義是「度」，也即是「度過」；從甲點走到戊點，中途會「經過」乙點、丙點、丁點，因此「經過」是從「度過」引申出來的新字義。

將「經過」這個字義套用在例句 B 是解不通的。第一，句中的「之」是指無心公，無心公不是一個地點，不能「經過」；第二，即使「經過」這個字義講得通，可是句中的「客」不是一個普通的路人，不會在無心公身邊走過就算。由此我們可以**根據「經過某地」這個字義，推敲出「過」在句中的意思：路過府上，拜訪主人**。

事實上，「過」的其中一個字義就是「拜訪」，符合了「客」在文中的身份和行動，拜訪主人無心公。我們再看更多例子：

C　循其方，由其道。(《命解》)

D　賊於道者多。(《命解》)

「道」的金文由「行」、「止」、「首」三個部件組成。「行」字起初像十字路口，解作「道路」。「止」是腳趾，「首」是人頭，所指的就是人。一個人站在路上，舉頭望遠，就是要找尋道路。因此，「道」的本義就是「道路」。

人找尋道路，是為了能夠前往目的地；那麼要解決問題，那需要甚麼呢？那就是好的方法。「道」由「道路」引申出新字義——方法。例句 C 中的「道」，就是解作「方法」。所謂「循其方，由其道」，就是指李翱不依靠命運或智慧，而是依循道義——這正確的「方法」來求取俸祿，加上前文的「循其方」，我們可以肯定「道」在這裏就是解作「方法」。

出門遠行需要「道路」，做事解難需要「方法」，為人處世需要「道義」。有許多人為求達到目的，因而不擇手段，這就是不講道義、破壞規矩的表現，也就是例句 D 中的「賊於道」。故此，例句 D 中的「道」既非「道路」，亦非「方法」，而是解作「道義」。

E　有陰德者。（《孫叔敖殺兩頭蛇》）

「陰」和「陽」的部首都是「阜」（粵音讀【埠 fau6】），「阜」是指土山。原來「陰」、「陽」二字，起初是與「山」有關的。《説文解字》説：「陰……水之南、山之北也。」《玉篇》説：「陽，山南水北也。」一個水南山北，一個山南水北，那是怎樣的概念呢？

• 山坡有分「陰」、「陽」，環境如是，行事亦如是。

地球的地軸是傾斜的，華夏位處北半球，山的南坡受陽光照射會比北坡的多。因此，古人將山的南面、河的北面、接受陽光較多的土地稱為「陽」，將**山的北面、河的南面、接受陽光較少的地方稱為「陰」；「陰坡」受太陽照射少，環境會變得陰暗；在陰暗的環境裏行事，一般都不會被人察覺。**這裏解釋了「陰」字的字義從地理、環境，到行事上的變化，而「陰德」的「陰」屬於第三項字義——暗地裏。

「陰德」是指「暗地裏做的好事」。孫叔敖見兩頭蛇，沒有想太多，就馬上把它殺死並埋葬，以免兩頭蛇遺害人間。可見，孫叔敖殺兩頭蛇正是「暗地裏做的好事」。

從上述各例可見，運用「義」這方法來找出確切的字義，是需要一點點文字學的根基，也就是明白文字的構成、字義，這對有志於在國文科發展的同學來說是很重要的。當然，這方面知識也不用太多，因為同學們更需要的，是懂得推敲字義的智慧，還有能夠瞻前顧後的冷靜——要顧及前、後文的內容，不能望文生義。只有擁有這三點，才可以順利找出與原句意思搭配的正確字義。

課後小測試

嘗試不用字典，推測下列着色文字在句中的意思，把答案填在橫線上，並圈出所用的解字方法。（方法可多於一個）

客有 例.過主人者，見其 ❶ 灶直突，傍有積 ❷ 薪，客謂主人，更為曲突，遠徙其薪，不者且有火患。主人嘿然不應。俄而家果失火，鄰里共救之，幸而得 ❸ 息。於是殺牛置酒，謝其鄰人，灼爛者在於上行，餘各以功次坐，而不 ❹ 錄言曲突者。人謂主人曰：「鄉使聽客之言，不費牛酒，終 ❺ 亡火患。今論功而請賓，『曲突徙薪亡恩澤，燋頭爛額為上客』耶？」主人乃 ❻ 寤而請之。

（《漢書・霍光金日磾傳》）

例：i. 解釋：___拜訪___ ii. 解字方法：形／音／(義)

❶ i. 解釋：________ ii. 解字方法：形／音／義

❷ i. 解釋：________ ii. 解字方法：形／音／義

❸ i. 解釋：________ ii. 解字方法：形／音／義

❹ i. 解釋：________ ii. 解字方法：形／音／義

❺ i. 解釋：________ ii. 解字方法：形／音／義

❻ i. 解釋：________ ii. 解字方法：形／音／義

第 19 課

辨別「焉」的正確讀音——談解字六法：句、性、位

還記得在第 9 課裏，我們提及過「善莫大焉」中「焉」字的讀音嗎？

「焉」是多音字，既讀【煙 jin1】，亦讀【言 jin4】。「焉」作為疑問代詞，只可以讀【煙 jin1】；作為代詞、語氣助詞、連詞，只可以讀【言 jin4】。

「善莫大焉」中的「焉」位於句子結尾，肯定不是疑問代詞。事實上，「焉」在這裏是語氣助詞，能夠表達肯定的語氣，因此應該讀【言 jin4】。通過文字在句子中的位置來辨別其讀音、字義，這種解字方法，我們稱為「位」。

• 請問有關人員可否在事前多做一點資料搜集？

「位」是其中一種通過上文下理來推敲文字詞性和意思的解字方法；此外，「句」、「性」也是通過前、後文來推敲字義的。今課，我們講解其餘三種解字方法——「句」、「性」、「位」。

四 句

就是通過**觀察前、後文的內容，來推測難字、多義字、多音字的字義。**譬如：

A　獨身無所事事而之瓊海。（《吾廬記》）

考評局以「優良」（見考評局《香港中學文憑考試·中國語文·2016 試題專輯》，頁 97）來評價考生在這一題的表現。

在絕大部分的情形下，「之」都用作代詞、結構助詞，相當於「他」、「的」等等，因此考生能將題目中的「之」解作「去」、「到」等動詞，的確讓人喜出望外。那麼我們可以怎樣運用「句」這種方法，來找出「之」字在句中的意思？

首先，觀察題目句子本身。「獨身」、「無所事事」和「瓊海」，說明了季子禮在一時無聊下，一個人「前往」瓊海。如果同學還是不肯定，那可以追溯得遠一點，觀察題目句子前後的內容：

> 方季子之南遊也，驅車瘴癘之鄉，蹈不測之波，去朋友，獨身無所事事而之瓊海。至則颶風夜發屋，臥星露之下。

以上是題目句子所在的段落開首部分。段落一開始就提到「季子之南遊」。瓊海位於南方，換言之，季子禮並非紙上談兵，而是親自南下，「前往」這個地方。

此外，後文也有相關提示：「至則颶風夜發屋。」這是緊接題目句子出現的內容，講述季子禮到達海南島後就遇上颶風。只有「前往」，才會「到達」，同樣，季子禮只有「之」瓊海，才可以「至」瓊海。「之」的意思呼之欲出，就是「去」、「到」或「前往」了。

B　則儽然者。(《全鏡文》)

前一課，我們提到可以運用「形」這解字方法，來推敲「儽」的字義。其實，我們也可以運用「句」來推敲「儽」的字義。我們先看看原文：

無心公疑之，窺鏡而觀，則儽然者，非人狀也。

訪客一看到無心公就笑起來，無心公於是拿起鏡子看看，發現自己「非人狀」。「非人狀」就是今天所謂的「不似人形」，也就是粵語裏的「落曬形」。作者先以「儽然」來描述無心公當時的樣貌，繼而用「非人狀也」來補充。可見，「儽」的意思就是「非人狀」，而不只是「疲累」那麼簡單。事實上，「儽」是指人疲累、頹喪的樣子，當中「頹喪」正正符合「非人狀」的描述。

C　利於人者鮮。(《命解》)

「利於人者」解作「對別人有利的地方」。至於「鮮」，從「魚」、從「羊」——不就是新鮮嗎？然而，做好事也有品質期限？大家不要望文生義，一看到「鮮」就認定它就是解作「新鮮」。原來「鮮」是個多音字，既可以讀【仙 sin1】，也可以讀【癬 sin2】。那麼讀【癬 sin2】時，它解作甚麼？我們可以連同後句一起看：**而賊於道者多。**

如果忽略「而」字，「利於人者鮮，賊於道者多」很明顯是一組意思相反的對偶句。前句的「利」和後句的「賊」分別解作「有利」和「有害」，意思是相反的。再看看句末，後句的「多」就是數量大，那麼前句的「鮮」的字義應該與「多」相反，這組對偶句才能成立。原來，「鮮」破讀作【癬 sin2】時，是解作「數量少」。成語「屢見不鮮」指事物並不少有，而且經常看到，當中的「鮮」字就是要讀【癬 sin2】。「不鮮」就是「不少」。

五 性

詞性與詞性之間，是有一定排列次序的。如果我們掌握了指定單字附近詞語的詞性，就可以推敲出該單字的詞性、字義。「性」，正是**通過前、後文詞語的詞性，來推敲難字、多義字、多音字的意思**。我們再一次看看這個例子：

A　獨身無所事事而之瓊海。(《吾廬記》)

題目中的「無所事事」是形容詞，相當於「無聊」，「而」是結構助詞，相當於「地」。「地」一般用於形容詞和動詞之間，幫助形容詞去修飾動作的狀態。**「無所事事」是形容詞，「地」是結構助詞，那麼「之」在這裏無可能是代詞或助詞，它應該是動詞。**那麼「之」應該是指哪一個動作呢？只要運用剛才「句」這方法，就可以推論出答案——「去」、「到」或「前往」了。

B　有善否，無愛憎。(《全鏡文》)

「善」是形容詞，表示「美好」，譬如「善政」就是「良善的政令」；「否」是副詞，相當於「不」，譬如「否決」就是「不承認」。二字詞性不同，意思也不同，實在難以恰當地解釋。此刻，我們可以看看後文「無愛憎」的內容。

「愛」是動詞，即「喜歡」；「憎」也是動詞，即「討厭」，兩者是相反的。「有善否，無愛憎」是對偶句，按理句子結構是一樣。由此，我們可以初步推論出「善」和「否」在句中應該都是動詞，而且意思相反。

當推敲出「善」和「否」的詞性後，我們就可以運用「義」這解字方法來解釋它們的字義。「美善」的事物都是值得人們稱讚、喜歡的，因此「善」可以理解為「稱讚」或「喜歡」；至於「否」，原來它是一個多音字，破讀為【鄙 pei2】時，

過去的事情不可以挽回，未來的事情還可以趕上。

一般作形容詞用，意指「醜惡」、「不好」，正好與「善」相反。「醜惡」的事物自然會被人貶斥，由此我們可以推論出「否」在句中就是解作「貶斥」。

C　雖祿之以千乘之富。（《命解》）

有很多考生一看到「祿」，就馬上把它理解作名詞「俸祿」，即官員的薪酬，可是這是錯誤的。我們先來看看句中各詞語的詞性：「雖」是連詞，相當於「即使」；「之」在這裏是代詞，指代前文的「爾」，也就是「你們」；「以」是介詞，相當於「用」；「千乘之富」是名詞詞組，指豐厚的財富。

原文：	雖	祿	之	以	千乘之富	。
譯文：	即使	**聘用**	你們	用	豐厚的財富	。
	連詞	本作名詞 轉為動詞	代詞	介詞	名詞詞組	
				介賓短語（狀語後置）		

一般來說，連詞後面的應該是動詞，句中「雖」字後面的「祿」卻偏偏是名詞。我們可以作大膽的推論：「祿」在這裏不是名詞，應當作動詞解。**這是因為「祿」的詞性在句中被活用，根據「官員薪酬」這基本字義，臨時變為動詞，表示「給官員薪酬」。**那麼，哪一個動詞具備了這個意思？答案就是「聘用」、「聘請」。

五　位

有些文言虛詞，在句中不同位置就有不同的解釋。而「位」就是**通過觀察文字在句子中的不同位置，確定該文字是否虛詞，並找出其正確字義**。我們就以「焉」再作例子：

A　夫子將焉適？（《呂氏春秋．士節》）

B　積土成山，風雨興焉。（《勸學》）

C　萬鍾於我何加焉？（《魚我所欲也》）

D　焉得為孝乎！（《孝經．諫諍章》）

E　猶且從師而問焉。（《師說》）

F　復駕言兮焉求？（《歸去來辭》）

例句A的「焉」讀【煙 jin1】，是指代「地點」的疑問代詞，相當於「哪裏」；例句B的「焉」讀【言 jin4】，是兼詞，由「於」和「此」組成，相當於「在這裏」；例句C的「焉」讀【言 jin4】，是表示疑問的語氣助詞，相當於「呢」；例句D的「焉」讀【煙 jin1】，是表示質問的語氣副詞，相當於「怎麼」；例句E的「焉」讀【言 jin4】，是表示肯定的語氣助詞，沒有實際意義，因此可以不譯；最後例句F的「焉」讀【煙 jin1】，是指代「事物」的疑問代詞，相當於「甚麼」。

至此，大家能夠找出分辨「焉」字讀音和字義的關鍵了嗎？是句子語氣？非也，是「焉」字在句中的位置呢！**「焉」讀【言 jin4】時，多用作語氣助詞，都在句子末尾，即例句B、C、E；讀【煙 jin1】時，多用作疑問代詞，都在句子的開首或中間，即例句A、D、F。**

「錯而能改，善莫大焉」是指知道自己錯誤而且能夠改正，這種善行是其他事情無法比擬的。當中的「焉」位於句末，是表示肯定的語氣助詞。由此可以知道，為甚麼筆者説王國把「善莫大焉」的「焉」讀錯了。我們再來看看幾個例子：

G　則反窒焉而不寧。（《習慣說》）

H　均之二策，寧許以負秦曲。（《廉頗藺相如列傳》）

I　寧獨予乎？（《全鏡文》）

「寧」的基本字義是安寧、舒適、平息。譬如例句G，作者劉蓉因為習慣被書房中的水窪絆倒，當水窪被填平後，劉蓉反而覺得平地窒礙了自己走路，因而感到不舒服（不寧）。

見於句子開首的「寧」，往往是虛詞，一般解作連詞「寧願」或副詞「難道」。譬如例句H，藺相如表示寧願把和氏璧送給秦國，因為一旦秦國反口，理虧也在秦國身上；至於例句I，鏡神說火和水都可以分辨出人的美醜，「難道只有我可以嗎」。

總結

過去兩課我們介紹「解字六法」的定義、適用對象及例子，我們先作一總結，以加深同學們的印象：

方法	方向	描述	適用對象
形	從文字自身出發	通過能夠表示字義的部首或部件	一般難字
音		通過通假字的讀音，找出本字及其字義	通假字
義		通過文字某一字義，推敲出確切的意思	多義字、多音字
句	通過觀察前後文	通過前後文內容，找出與之搭配的字義	難字、多義字、多音字
性		通過附近字詞的詞性，推敲詞性及字義	難字、多義字、多音字
位		通過文字在句中位置，推敲出是否虛詞	虛詞

「解字六法」各有特色，都能夠獨當一面，但同時亦可以混合使用，藉此準確找出字義。譬如運用「位」，我們只能知道「焉得為孝乎」中的「焉」屬於虛詞，還需要運用「句」，通過前後文的內容，找出它的確切字義——怎麼。

課後小測試

嘗試不用字典，推測下列着色文字在句中的意思，把答案填在橫線上，並圈出所用的解字方法。（方法可多於一個）

李士衡為館職，使高麗，一武人為副。高麗禮幣贈 ❶ 遺之物，士衡皆不關意。一切委於副使。❷ 時船底疏漏，副使者以士衡所得 ❸ 縑帛 ❹ 藉船底，然後實己物，以避漏濕。至海中，遇大風，船欲傾覆，舟人 ❺ 大恐，請盡棄所載，不爾，船重必反。副使 ❻ 倉惶，悉取船中之物投之海中，更不暇揀擇。約投及半，風息船定。既而點檢所投，皆副使之物。士衡所得在船底。一無所失。

（沈括《夢溪筆談．人事一》）

❶ i. 解釋：＿＿＿＿＿＿ ii. 解字方法：形／音／義／句／性／位

❷ i. 解釋：＿＿＿＿＿＿ ii. 解字方法：形／音／義／句／性／位

❸ i. 解釋：＿＿＿＿＿＿ ii. 解字方法：形／音／義／句／性／位

❹ i. 解釋：＿＿＿＿＿＿ ii. 解字方法：形／音／義／句／性／位

❺ i. 解釋：＿＿＿＿＿＿ ii. 解字方法：形／音／義／句／性／位

❻ i. 解釋：＿＿＿＿＿＿ ii. 解字方法：形／音／義／句／性／位

第 20 課

保留句子語序——談語譯六法：留、組、換

學過「解字六法」後，相信大家對於理解古詩文中的字詞，已經有一定的把握。然而，即使已經清楚理解字詞的意思，那還是不足夠的，因為文言文與語體文大有不同，尤其是前者的語序經常出現調動，而且古人寫文總會省略，賦詩總愛留白，如果不清楚譯寫出所欠缺的內容，那麼讀者就會看得一頭霧水。

因此，接下來的兩課，就是給大家講解「語譯六法」——六種把文言句子通順無誤地語譯成語體文的方法，好讓大家幫助自己透徹理解內容，同時藉此提升作答語譯題的能力。

「解字六法」包括有：**（一）留**；**（二）組**；**（三）換**；**（四）刪**；**（五）調**；**（六）補**。當中「留」、「組」、「換」集中於句中字詞的譯法，要麼保留叫法、要麼改換字眼，但都不會影響語序的排列。至於「刪」、「調」、「補」則恰好相反，是通過改動句子語序，來使譯文更為通順，通常針對省略句、倒裝句和一些譯無可譯的文言虛詞。

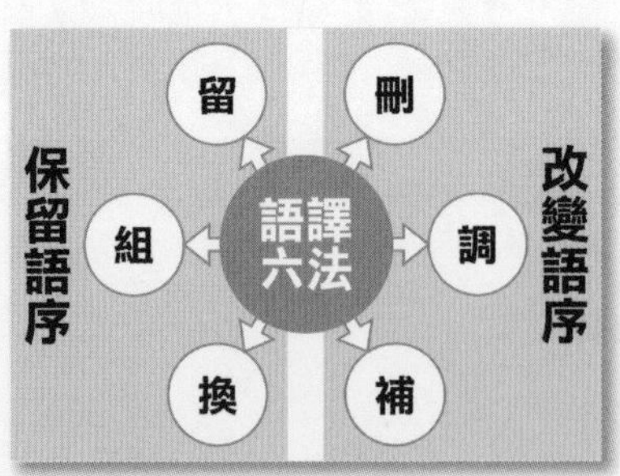

•「語譯六法」結構圖

今課會先講解首三種比較容易的譯法——「留」、「組」和「換」。

知不足，然後能自反也；知困，然後能自強也。（《禮記・學記》）

一 留

閱讀古詩文時，會遇上許多專有名詞，包括人名、地名、朝代名、國家名、官職名、器物名、度量衡單位等等，除非有特殊情況，否則語譯時**要把這些名詞保留，不作改動**，譬如以下《廉頗藺相如列傳》及《杜環小傳》的例子：

A　原文：趙惠文王　　　　　時　，得　楚　　　　和氏璧。

　　譯文：趙惠文王（在位的）時候，得到楚國（的）和氏璧。

B　原文：杜環，字　叔循。其　先　　　　盧陵人。

　　譯文：杜環，表字叔循。他的祖先（是）盧陵人。

在例句 A 中，**「趙惠文王」是後世對戰國時代趙國君主趙何的稱呼，是專有名詞**，因此不能改易其叫法，既不能用上原名「趙何」，也不能用上別稱「趙文王」。至於「和氏璧」是傳世珍寶，雖然有「和氏之璧」、「荊玉」、「荊璧」等別稱，**可是為了忠於原文，語譯時同樣要保留「和氏璧」一詞**。

例句 B 中的「杜環」是故事主角的姓名，「叔循」是他的表字，**都是人名**，不能改易。至於「廬陵」則位於今天的江西省，是地方名稱，雖然早在民國時期已經改稱「吉安」，不過同樣**為了忠於原著，「廬陵」一詞在語譯時同樣不能改動**。

除了專有名詞，古代有許多事物的叫法及詞義，直到今天都沒有改變，譬如：人、狗、花、山等等。語譯時遇上這類字詞，可以直接保留，而不用另行用上新的叫法。譬如：

C　原文：今　南方已　定　。(《出師表》)

　　譯文：如今南方已經平定。

D 原文：家人聞之。（《吾廬記》）

譯文：家人得知這些事情。

在例句 C 中，**「南方」一詞與我們今日所理解的並無分別**，詞義沒有出現變化，因此語譯時可以直接保留。至於例句 D 的「家人」，有些同學會仔細地寫作「家裏的親人」，這固然無不可，不過「家人」一詞從古到今一般都指「家裏的親人」，詞義沒有出現變化，因此保留「家人」一詞也是可以的。

給一條題目大家思考一下：《孫叔敖殺兩頭蛇》中有這樣的一句：「今日吾見**兩頭蛇**。」不論在古代還是現在，「今日」的意思都是一樣的，語譯時當然可以保留。那麼「兩頭蛇」應當照樣寫作「兩頭蛇」，還是寫作「兩個頭的蛇」比較好？

二 組

又稱為「對」，是一種將**文中單字詞擴充成兩字詞（甚至是三字詞）的語譯方法**，目的在於使單字詞所指的事物更為清晰。遇上以下四種情況，都可以運用「組」這種方法：

1 量詞被省略

文言文中的量詞往往會被省略，只剩下數詞和名詞連在一起（詳情可參考第 15 課《談文言省略句》）。譬如剛才的「兩頭蛇」，固然可以保留原詞，其實也可把「兩」字擴充——寫作「兩個」。我們看看以下例子：

A 原文：傍 害 其 黨四五 人 焉。（《列子・說符》）

譯文：連帶殺害他的 四五個同伴（黨）。

例句 A 屬「量詞省略句」，因此語譯時應當將「四五」擴充為「四五個」，才可以使句子變得通順。

2　事物名稱被簡略

此外，古詩文還經常出現不少簡稱，例如人名、地名等，少一點歷史或地理知識，也不能明白作者寫的是甚麼。因此語譯時，要**將這些簡稱擴充為全稱**，這樣讀者才會清楚理解，譬如以下《全鏡文》的例子：

B　原文：堯　、舜　、禹　、湯　　　　，　　　君　　之鏡　也；
　　譯文：堯帝、舜帝、夏禹、商湯　　　，（是）君主　的鏡子　；

　　原文：稷　、契　、伊　、周　　　　，　　　臣　　之鏡　也；
　　譯文：后稷、子契、伊尹、周公旦　　，（是）臣子　的鏡子　；

　　原文：孔　、孟　、程　、　　　朱　，　　　士　　之鏡　也。
　　譯文：孔子、孟子、程顥、程頤、朱熹，（是）讀書人的鏡子　。

例句 B 一共出現了十三位歷史人物，包括了君王、臣子和讀書人，可是**全都是簡稱**，歷史根基不深厚的讀者有可能不知道所指是誰。因此語譯時，大家需要花一點工夫，利用字典、網絡等工具，找出這十三位人物的全名。

3　一字包含多個意思

古詩文裏有着許多多義字，一個單字有着多個意思，為了讓讀者清楚明白，語譯時**要將單字擴充成兩字詞，使字義更為確切**。譬如剛才例句 B 中的「君」字，可以指「君主」、「夫君」，甚至是人稱代詞「您」，因此要為「君」字找出確切的字義——「君主」或「君王」。又例如：

C　原文：為趙　宦　者令　繆賢　　　舍人。（《廉頗藺相如列傳》）

譯文：是趙國宦官　頭目繆賢（的）門客。

例句中的「趙」是簡稱，語譯時需要擴充為「趙國」（當然不是「趙朝」）。此外，**「宦」既可以指官吏，如「官宦」，又可以指「宦官」**，因此語譯時要寫清楚，將「宦」擴充為「宦官」。

4　單字詞不能獨用

文言文以單字詞為主，語體文以兩字詞為主。**部分文言單字詞已經很少單獨使用，因此語譯時需要擴充成兩字詞**。當中有兩種方法，第一就是**擴充成「近義複合詞」**，譬如以下《出師表》和《念奴嬌．赤壁懷古》的例子：

D　原文：親　賢　　　　臣　。

譯文：親近賢良（的）臣子。

E　原文：江　　　　山　如　　　　　畫　。

譯文：江河（和）山岳猶如（一幅）圖畫。

例句 D 中的「親」和「賢」已經難以在語體文中單獨使用，因此需要擴充成兩字詞。「親」可以加上近義詞「近」，組成近義複合詞「親近」；「賢」可以加上近義詞「良」，組成近義複合詞「賢良」。

例句 E 中的「江山」有多個意思，其中一個是純粹指「江」和「山」，也就是詞中的意思。因此語譯時，可以將「江」、「山」分別擴充成「江河」、「山岳」。「如」可以擴充成「猶如」，同樣道理，「圖」和「畫」是近義詞，從而組成「圖畫」這個近義複合詞。

此外，還可以**為單字詞加上「詞綴」**。「詞綴」在語體文中很普遍，一般依附在單字詞的前面或後面，成為完整的兩字詞。依附在詞語前面的詞綴，叫做「前綴」或「詞頭」，如「阿～」、「老～」等；依附在詞語後面的詞綴，就叫做「後綴」或「詞尾」，如「～子」、「～兒」等。

譬如例句 B「臣之鏡也」，「臣」和「鏡」都是單字詞，在語體文已經難以單獨使用，因此語譯時都需要加上後綴「～子」，寫作「臣子」、「鏡子」。又例如：

F　原文：今　兩　虎　共　鬥　。（《廉頗藺相如列傳》）

　　譯文：如今兩隻老虎互相搏鬥。

例句 F 中的「今」既可以寫成今日的用語「現在」，也可以擴充成文雅一點的「如今」；「鬥」和「虎」在語體文很少單獨使用，因此需要為「鬥」加上近義詞「搏」，擴充成兩字詞「搏鬥」，同時為「虎」加上前綴「老」，擴充成「老虎」。

三　換

就是將**原文的詞語（以單字詞為主）換成新的詞語**。遇上以下兩種情況，可以用上「換」這種語譯方法：

1　不再使用的字詞

隨着時間的推移，有些文言字詞到今日**已經成為生僻詞，不能繼續使用**。要語譯這些字詞，我們惟有換上適用於今天的詞語。譬如：

A　原文：驀　然回首　。（《青玉案・元夕》）

　　譯文：突然　回頭（一望）。

「驀」這個字很古雅，可是**今天已經幾乎不再使用**，因此只好換作適用於今天的詞語——「突然」或「忽然」。「首」就是「頭」，今天我們甚少單用一個「首」字來表示「頭」，只好以「頭」換「首」。

2 遇上通假字、古字

雖然通假字與本字、古字和今字的讀音相同（或相近），但畢竟不是原來的字，因此必須**把文句中的通假字或古字換回本字或今字，然後語譯出適當的字詞**，譬如以下《始得西山宴遊記》及《勸學》的例子：

B 原文：緣 染溪 。

譯文：沿着染溪（前行）。

C 原文：君子博 學 而 日 參 省 乎己。

譯文：君子廣泛學習，並且每天多次自我（己）反省 。

例句 B 的「緣」與「沿」讀音相同，因此成為了**「沿」的通假字**，解作「沿着」。可是「緣」本身沒有「沿着」的意思，因此要把通假字「緣」改回本字「沿」，並語譯作「沿着」。

例句 C 中，「參」是**「叁」的通假字**，一方面字形相近，一方面讀音相近，前者讀【攙 caam1】，後者讀【三 saam1】。「叁」在句中的意思是指「多次」，可是「參」本身並沒有這個字義，因此語譯時，要先將通假字「參」改回本字「叁」，然後語譯作「多次」。

課後小測試

以下文字出自《世說新語．雅量》。請根據文意，語譯以下句子，並在方格內填寫所運用的語譯方法：「留」、「組」或「換」。

❶

原文：	王戎	七	歲		，	嘗	與	諸	小兒	遊	。
譯文：				的時候	，			一羣			。
				補				換			

❷

原文：		看	道	邊		李樹		多	子	。
譯文：	大家				的		長有			。
	補				補		補		組	

❸

原文：	諸	兒		競	走			取	之	。
譯文：			於是			，	想			。
			補				補			

❹

原文：	唯	戎	不	動	。	人	問	之		，
譯文：					。				原因	，
	換		換						補	

❺

原文：		答	曰	：「	樹	在	道邊	而		多	子	，
譯文：				：「		就在			有			，
	補				組			換	補	組		

❻ 原文：

此	必		苦		李	。」
						。」
	組	補	組	補		

譯文：　。」

❼ 原文：

		取	之		，	信		然	。
別人	於是				，		是		。
補	補			補			補		

譯文：別人 於是，是。

第 21 課

改變句子語序——談語譯六法：刪、調、補

「刪」、「調」、「補」這三種語譯方法都牽涉到句子語序的調動，或去除、或調轉、或補充，學習之初會有點吃力，可是一旦掌握好了，就有助應付考試測驗等語譯題目。

四 刪

語譯時，如果遇上以下兩種情況，我們就可以**運用「刪」，把句子中的字詞刪掉不理**。

1 譯無可譯的文言虛詞

虛詞雖然有着「虛」之名，卻能夠幫助句子表達內容，例如事物特質、語氣情感、複句關係等等，因此都可以把它們語譯出來。不過，**有些虛詞只屬某些特別句式的標誌詞，沒有實際意義，譯無可譯**，因此，語譯時把這些虛詞直接刪掉即可。例如：

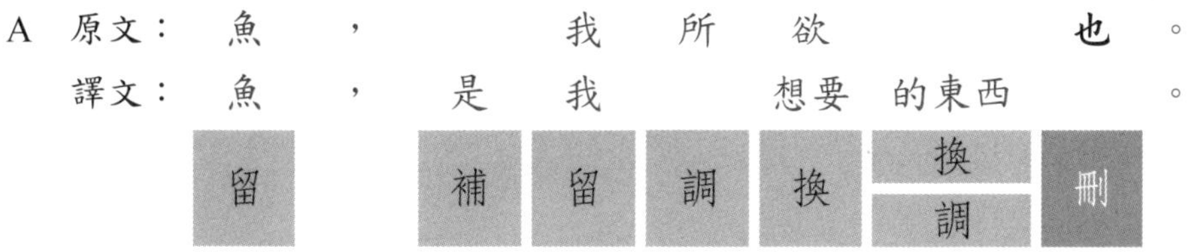

例句 A 出自《魚我所欲也》。末尾的「也」是語氣助詞，表示肯定；可是在語體文中，**表示肯定的陳述句一般不需要用上語氣助詞**，因此，語譯時可以將「也」刪掉。

值得一提的是，「所」在這裏是代詞，可以譯作「……的人／物」，與後面的動詞「欲」搭配時，就需要寫作「想要的事物」。故此語譯時，不能把「所」字刪掉。

2 重複的詞句

這種情況多見於「互文」。互文，是古詩文中常見的修辭手法：上、下兩句看似在描述兩件事，實際上是互相呼應、互相補充，説的只是一件事。「互文」句的最明顯特徵，就是句子所用字詞的意思十分接近，甚至是重複的，譬如以下《出師表》的例子：

B 原文：受任於敗軍之際，奉命於危難之間。

譯文：在戰事失利、軍情險峻的時候，（我）接受（先帝）的任命。

許多同學第一次接觸「互文句」時，都會把兩個句子直接語譯出來。以例句 B 為例，他們會這樣語譯：「在戰事失利的時候，我被先帝委任為使者；在軍情險峻的時候，我接受先帝的任務。」看似通順無誤，實際上無需語譯得這麼複雜。

「敗軍」和「危難」，是指劉備在「長坂坡之戰」中戰敗，繼而逃亡，被曹操軍隊一路追擊。「受任」和「奉命」，就是指諸葛亮被劉備委任為使者，前往吳國商討聯合抗曹一事。至於「之際」和「之間」，在句中都解作「的時候」。因此無需分開兩句來語譯，直接合併為一句即可。

五 調

在第 16、17 課，我們學過四種倒裝句：謂語前置、賓語前置、定語後置、狀語後置。**由於文言倒裝句的語序跟語體文的大有不同，因此語譯時要將倒裝了的語序調回原本的位置**。例如：

A								
原文：	君		何		**以**	知	燕王	？
譯文：	您	**通過**	甚麼	途徑		認識	燕王	？
	換	調	換	補	調	換	留	

原文出自《廉頗藺相如列傳》，屬於「賓語前置」的倒裝句。**「何以」是文言文中常見的固定詞，原來寫法是「以何」，即「憑藉／通過甚麼」**。因此要運用「調」這種語譯方法，將「以」調回到「何」的前面，也就是「以何」，並根據文意補上「途徑」一詞。

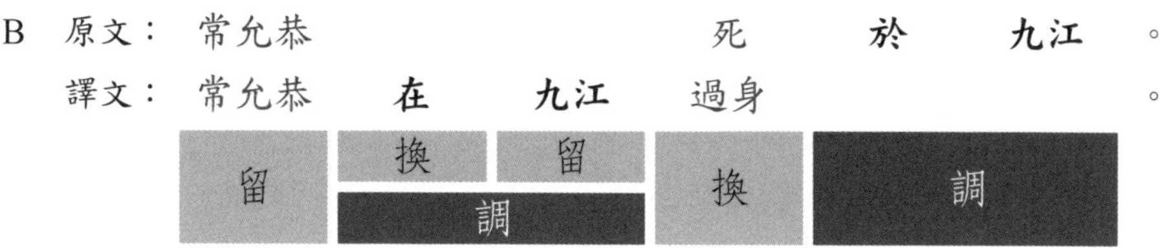

原文出自《杜環小傳》開首。「常允恭」是人名、「九江」是地名，語譯時都需要保留。雖然「死」在今天還依然使用，可是為了使句子變得文雅，我們可以換作「過身」；「於」在句中是表示地點的介詞，在今天已經很少使用，因此要換上適用於今天的介詞「在」。

「於九江」是介賓短語，也是**句中的狀語，用來描述常允恭過身的地點，本應位處謂語「死」的前面，現在卻寫在後面，顯然屬「狀語後置」的倒裝句**。因此語譯時，我們要將「於九江」調回「死」的前面。

原文出自《逍遙遊》。「龜」在這裏讀【軍 gwan1】，相當於「龜裂」、「皸裂」，也就是粵語的「爆瘵」。「龜」本是動詞，當與賓語「手」結合後，就出現了「使動」現象（詳見第 6 課《談詞語的動詞化現象》），「龜手」就是指「讓雙手龜裂」。因此，**要將「龜」擴充成「龜裂」，後移到「手」的後面，並加上「讓」**。「不龜手之藥」應該譯作「不讓雙手龜裂的藥物」。

六 補

在文言省略句中，主語、謂語、賓語、介詞、量詞都被省略，語譯時需要補回這些句子成分。另外，跟語體文比較，文言文較為精簡，要補上不同的詞句，才能通順地語譯出來。此外，古詩詞講求格律、精煉，一句短短的五個字、七個字，就蘊藏了複雜深厚的內容，語譯時也需要補上適當的字詞。以下就介紹需要用「補」這種語譯方法的情形：

1 句子成分出現省略

如果句中主語、謂語、賓語、介詞、量詞被省略，就需要補回有關的句子成分。例如：

A									
原文：		遂	揖		客	（揖）	而	謝	。
譯文：	**無心公**	於是		**向**	客人	拱手行禮	並	道謝	。
	補	換	調	補	組	換 調	換	組	

原文出自《全鏡文》，句中的主語被省略了。前文提到「無心公悔悟，於是理其首，滌其面，窺鏡而觀」，可見**本句的主語依然是無心公**，因此語譯時要在句子開首補回「無心公」。

「揖」是指「拱手行禮」，行禮需要對象，而無心公「揖」的對象正是「客」。**「揖客」就是「向客人拱手行禮」，明顯省略了表示對象的介詞**。語譯時，要在「客」的前面補回介詞「向」，更需要將「向客人」這個介賓短語調回「揖」的前面。

2 補回句中缺少了的字眼

文言文的最大特點是用字精簡，卻也成為理解的內容障礙，因此語譯時，我們要在適當的地方補回缺少了的字眼。譬如《孫叔敖殺兩頭蛇》有這兩句：

B														
原文：	其	母	問	其		故	，			泣	而	對	曰	。
譯文：	他的	母親	查問	他	**哭的**	原因	，	**他**	**邊**	哭泣	**邊**	回答	說	。
	換	組	組	換	補	換		補	補	組	補	換	換	

故事講述孫叔敖在外面看見兩頭蛇，於是馬上把兩頭蛇殺死，然後埋在泥土裏。可是孫叔敖想起一看到兩頭蛇就會命不久矣的傳説，因而感到恐懼，於是回家後大哭起來。他的母親感到奇怪，於是想了解原因。前句內容比較容易了解，我們**可以在「故」的前面，補上「哭的」兩字，使句意更為清晰**。

後句的主語被省略了，要留意哭泣的不是母親，而是孫叔敖。「泣而對」中「而」是連詞，表示「哭泣」和「回答」同時進行，因此我們**可以補上連詞「邊⋯⋯邊⋯⋯」，使孫叔敖的驚恐形象變得更具體**。

3　補充言而不盡的地方

詩詞貴乎精煉，而且有時古人故意將自己的情感留白，讓讀者猜想。如果不把這些留白的內容如實語譯出來，就不能反映古人的情感了。就好像李清照《聲聲慢．秋情》下闋的這一句：

梧桐更兼細雨，到黃昏、點點滴滴。

我們可以這樣語譯：

梧桐樹更帶着細雨，到黃昏的時候，雨點落在地上，發出滴滴答答的聲音。

由於詞句極為簡練，因此即使按照字面意思來語譯，我們也需要補上「雨點落在地上」一句，來説明「點點滴滴」的由來。

不過，這一句是通過描寫秋景來抒發李清照的孤單之情。在文學傳統上，雨點象徵哀愁、眼淚。由此，我們可以知道李清照不但是寫窗外的雨，更是寫自己的淚。語譯時，我們要這樣寫，才可以使句意更豐富，讓讀者窺見李清照的內心世界：

梧桐樹更帶着細雨，到黃昏的時候，雨點落在地上，發出滴滴答答的聲音，猶如離人的眼淚。

這樣，讀者就更明白李清照描寫雨點從梧桐樹落下的背後故事了。

倒裝句：考試語譯題常見題目

「留」、「組」、「換」、「刪」、「調」、「補」這六種語譯方法中，以「調」最難掌握，因為表示倒裝的標誌詞（如：之、為、是）很容易與一般虛詞混淆，從而讓同學不知道句子原來是倒裝句；二來倒裝句類型繁多，如果同學對倒裝句不熟悉的話，就會把句中字詞錯誤對調的了。

越是難掌握，越是考試的考核重點。2015 至 2019 連續五年，文憑試中文科卷一都以倒裝句作為語譯題，詳情如下：

年分	篇章名稱	語譯題題目	倒裝形式
2015	《杜環小傳》	雖古所稱義烈之士何以過！	賓語前置
2016	《吾廬記》	子之兄弟一身矣，又唯子言之從。	賓語前置
2017	《全鏡文》	子何見之謬也！	謂語前置
2018	《命解》	利於人者鮮。	狀語後置
2019	《岳陽樓記》	微斯人，吾誰與歸！	賓語前置

現在就以 2018 年的考試題目來作分析，告訴大家語譯倒裝句時要注意的地方。

首先，**解釋好句中各字詞**，不要急於語譯成句子。

原文：	利	於	人	者	鮮	。
譯文：	利益／有利	在／對／比	人／別人	的人／事／地方	少	。
	組	換	組	換	換	

大家可能會找到許多解釋，但不用擔心，可以**把這些解釋逐一搭配，看看哪個最為通順**。最後我們得出：

原文：	利	於	人	者	鮮	。
譯文：	有利	對	別人	的地方	少	。
	組	換	組	換	換	

不過讀起來有點突兀，那是因為譯文的語序出了問題。介賓短語「於人」是

句中狀語，用來描述「利」的對象，本應在「利」的前面，可是現在後置了，因此**需要調動句子語序**，把「於人」調回前面，並寫出正確答案：「對別人有利的地方少。」

原文：		利	於人	者	鮮	。
譯文：	對別人	有利		的地方	少	。
	調	組	調	換	換	

總結

在過去六章，我們通過日常生活中的各種例子，認識文言文在字義演化、詞性用法、句式結構上的特點，並提供十二種解釋難字、語譯文句的方法，目的是希望各位同學明白，文言文其實不是坊間所謂的「死語言」。它並沒有死，只是以另一種形式，滲透於我們的生活當中，尤其是我們的母語——粵語，它一直保留着不少文言字詞、用語和句式。只要我們在平日生活中多加留意，用心記住，並套用於學習的文言篇章中，自然能攻破文言語法的難點，掌握閱讀古詩文的方法，重拾閱讀古詩文的樂趣，更能在測驗考試中取得好成績。

課後小測試

王戎智慧過人，可是亦有缺點，就是過於節儉，對姪兒和女兒亦是如此。下列文字出自《世說新語・儉嗇》，都描述了王戎吝嗇的一面。請根據文意，語譯以下句子，並在方格內填寫所運用的語譯方法。

❶ 原文：王戎　　儉　，　　吝　。其　從子　婚　，

譯文：　　　，　　　。　　　，

	補			補				

❷ 原文：　　與　一　單　　衣　，

譯文：他　只　　　　　，

					補	

❸ 原文：　後　更　　責　之　。

譯文：　　　　　。

補			補		

❹ 原文：王戎　　女　適　裴頠　，　　貸　　錢　數萬　。

譯文：　　　　　，　　　　　。

			換		補				

❺											
原文：	女	歸			，	戎		色	不	說	，
譯文：				時	，						，
			補				補				

❻												
原文：	女		遽	還	錢	，		乃		釋	然	。
譯文：						，						。
		補		組	換				補			

文章標題・短小易遺

• 紅磡的「磡」字是指「海邊的岩石或堤岸」，所以該區不少公共設施，都位於海邊。

香港臨海，同時山多，因此造就了不少獨特的地形，這些獨特的地形都表現於不同的地名上。

譬如「磡」，是指海邊的岩石或堤岸，由此可以知道，今日廣廈千萬間的「紅磡」，在昔日應當是一個滿佈岩石的海灣。那麼「紅」字又跟這個地方有甚麼關係呢？據説，原來紅磡昔日滿佈紅色的岩石。換言之，「紅磡」起初就是岩石呈紅色的海灣。

前人起地名，都會先找出該地方的最大特色（紅色岩石），並結合其地理特點（磡），然後創造出一個個意味深長的地名。反過來説，我們只要根據「磡」這地理關鍵詞，就可以初步推敲該地方的地理格局，再根據餘下的名字「紅」，進一步推測該處的特色。

同樣，古人為詩文作品冠上標題時，都會寫出關鍵內容，並配以該體裁的名稱，譬如《廉頗藺相如列傳》就是一篇講述「廉頗」、「藺相如」等人事跡的「傳記」;《師説》就是一篇闡釋「師道」的「論説文」。

只要我們把握好文章標題的「體裁關鍵詞」和「內容關鍵詞」，就可以在正式閱讀前，初步推敲文章的體裁，運用恰當的閱讀策略。這樣閱讀就可以變得事半功倍。

文章無小事，標題再短小，也會隱藏內容關鍵。這一章，**會教大家改善並克服閱讀文章時經常犯上的弊病——文章標題・短小易遺**：先認識古代各種主要體裁、其寫作特點及閱讀策略；繼而學會分析標題的內容關鍵詞，初步掌握篇章內容。

第 22 課

談體裁關鍵詞（上）

根據性質和功能，古詩文可以粗略分為五大體裁類別：（一）**記敘文**；（二）**論說文**；（三）**實用文**；（四）**學術著作**；（五）**韻文作品**。接下來的兩課，筆者會為大家介紹每種類別下的常見體裁，並分析其寫作特點及閱讀策略。今課會先介紹「記敘文」和「論說文」。我們先來看一下這個《古代體裁元素表》：

主要內容	體裁類別					
	記敘	論說	實用	學術	韻文	
	不押韻				半押韻	押韻
人	傳、雜記	論			辭、賦	詩、歌、行、歌行、曲、吟（入樂與否）；子、令、慢（詞曲長短）
事	記、雜記	論	詔、奏、疏、議、箋、表		辭、賦	
情	雜記				辭、賦	
物	雜記				辭、賦	
理		說		經、子	辭、賦	

一 記敘文

就是**用以「記」述事情經過、「敘」說人物生平的文體**。在古代，具備記敘性質的常見體裁包括：**傳**、**記**、**雜記**、**序**。

1 傳

就是傳記，是**以記載歷史人物為主要內容**，始見於司馬遷的《史記》。因應歷史人物的身份地位不同，司馬遷將「傳」分為三類：

A 本紀

後來簡稱為「紀」，專門記載**皇帝或君主事跡**，譬如有分別記載秦始皇嬴政、西楚霸王項羽、漢高祖劉邦的《秦始皇本紀》、《項羽本紀》、《高祖本紀》。

B 世家

記載**歷代諸侯王，或在政治、學術等範疇貢獻甚巨的人物**，譬如《孔子世家》，就是記載了儒家創始人孔子一生事跡。

C 列傳

記載**一般將相官吏**的事跡，譬如《廉頗藺相如列傳》就是記載了戰國時代趙國廉頗、藺相如等多位文臣武將的事跡。

後來，「傳」發展出更多種類，譬如：

D 外傳

是正史以外、以遺聞軼事為主的傳記，如《趙飛燕外傳》、《高力士外傳》等；

E 小傳

以個人名義撰寫、記述人物生平事跡的傳記。譬如《杜環小傳》，就是宋濂以個人身份為杜環撰寫生平事跡的傳記。

閱讀「傳」這類體裁時，要**捉緊文中人物的生平事跡，把握某件事情所牽涉的人物，以及其起因、經過、結果**；也要留意文末就某人某事所**發表的議論**或**抒發的情感**。譬如在《杜環小傳》末段，宋濂藉杜環無條件收留常伯章母親一事，一方面發表「一死一生，乃知交情」的議論，認為人要到生死關頭，才能知道彼此交情是深是淺；同時亦極度欣賞杜環的義行，認為即使以「義烈之士」來讚許他，也不足為過。

由於「傳」以寫人為主，因此也要留意**作者怎樣通過外貌、語言、行為和心理去描寫人物**，使人物的性格特點躍然紙上，讓讀者真正了解到筆下這位人物。

2 記

就是**專門講述事情發生經過的文章**。譬如陶潛的《桃花源記》，就是記述武陵漁夫無意中發現桃花源的經過；柳宗元的《始得西山宴遊記》則屬「遊記」，記述柳宗元發現和遊歷西山的原因、經過和感受。

閱讀「記」這類體裁時，要特別**留意文中事情發生的時間和地點，牽涉的人物，事情的起因、經過和結果，也就是「記敍六要素」**。此外，古人在記述事情的同時，往往會**在文末借事抒發情感或發表議論**，這也是閱讀「記」時不可忽略的部分。

就以《始得西山宴遊記》為例，文章記述元和四年九月二十八日（時間），身處永州（地點）的柳宗元（人物）無意發現西山（起因），因而與同伴一起登山（經過），最終在山頂觀賞四周景色（結果）。文末，柳宗元更抒寫自己初登西山後「心凝形釋，與萬化冥合」，藉此說明自己終於走出恐懼的陰影。唯有這樣仔細分析，才可以得知文章的內容，並了解柳宗元心境的前後變化。

• 筆者曾到永州遊覽，並登上位於山腰的法華寺，隔江遠眺柳宗元筆下的西山。

3 雜記

之所以冠以「雜」之名，可從兩方面來解釋：第一，**雜記以記物為主，包括山川、草木、建築、器物等等**，題材廣泛，因此有着「雜」之名。第二，**雜記以記敘為主，兼備描寫、抒情、議論**，故此手法上也有着「雜」之名。

《岳陽樓記》、《醉翁亭記》、《核舟記》等，都是非常著名的雜記。例如《醉翁亭記》，與《岳陽樓記》一樣，同樣集記敘、描寫、抒情、議論於一身：先記述醉翁亭的來歷，繼而描寫滁州一帶的優美景物，同時記述自己在山林中與民宴飲，並抒發當中的樂趣，藉此一展自己願意「與民同樂」的政治抱負。

又例如《核舟記》是明代魏學洢所作，記述的對象是一「艘」用桃核雕成的小舟，故有「核舟記」之名。作者先簡單記述名匠王叔遠雕刻這艘小船的經過，然後以極大篇幅描寫、刻劃這艘核舟的大小、形狀特點，乃至於船上人物神態及題字內容，藉此讚歎王叔遠的鬼斧神工。

正由於記敘、描寫、抒情、議論俱備，因此閱讀雜記時，既要留意作者**如何描述的記敘對象**，也要掌握作者所**抒發的情感**，以及**對文中人物或事物所發表的議論**。

4 序

據明朝吳訥《文章辨體序說》所言：「凡序文籍，當序作者之意。」很明顯，

古代和今天的「序」都是指詩文、書籍開首的「序言」。

最著名的「序」文，當推司馬遷的《太史公自序》。雖然《太史公自序》是《史記》的最後一篇文章，並非寫於全書開首，卻無礙它作為「序」這種體裁的功能。在《太史公自序》中，司馬遷記述了自己的生平事跡，更娓娓道出撰寫《史記》的原因和經過，可見《太史公自序》不但是一篇自傳，更是研究司馬遷及《史記》的重要資料。

又例如陶潛在《歸去來辭》正文之前，也寫了一篇「序」，巨細無遺地交代撰寫《歸去來辭》的緣由。由於這篇序言一直依附於《歸去來辭》之前，未曾獨立成篇，因此後人往往把序言與正文相提並論，合稱「《歸去來辭》並序」。

閱讀「序」時，要掌握作者**撰寫詩文、書籍的目的和用意**，也要了解**作者創作的經過**，還有作者**從中的體會**，才能讀懂文章的內容和立意。

二　論說文

就是**具備議論和說理性質的文章**。在古代，常見的論說性質體裁包括有：**論**、**說**、**解**。

1　論

與後世的「議論文」相若，是一種**剖析事物、論述事理、發表意見、提出主張的文體**。「論」有兩類，一為「史論」，一般在人物傳記末尾，用以評價人物，譬如《史記》每篇後的「太史公曰」、《漢書》的「贊曰」等；二為「政論」，是就歷史事件進行評價，譬如蘇洵的《六國論》、歐陽修的《朋黨論》。

就「政論」而言，**「論」包含了論點、論據、論證這三大元素**，這是跟現代的議論文一樣的。以《六國論》為例，蘇洵在文首說：「六國破滅，非兵不利，戰不

靠近朱砂會變紅，靠近墨條會變黑。接近好人可以變好，接近壞人會變壞。

善，弊在賂秦。」這是文章的論點，説明了「以地賂秦」是六國破滅的原因。接着，蘇洵分説賂秦的「韓、魏、楚」和不賂秦的「齊、燕、趙」各自滅亡的原因。在提出論據的同時，蘇洵也運用到各種論證方法，譬如：比喻論證、引用論證、對比論證、假設論證等。比較特別的是，蘇洵在《六國論》結尾以古諷今，表面寫六國破滅，實為諷喻北宋的外交政策。

因此，閱讀「論」這類文章時，就像閱讀一般議論文一樣，既要捉緊**作者的觀點、論點**，也要了解作者**提出了哪些論據、運用了哪些論證方法，並分析運用這些方法的好處**；同時，可以留意文末**是純粹的文章總結，還是作者的弦外之音**。

2 說

與「論」相似，卻**側重於「說」明道理**。這類作品中，較為著名的有：韓愈的《師説》和《馬説》、周敦頤的《愛蓮説》、宋濂的《猿説》、劉蓉的《習慣説》。這些文章的共同點，都是通過某人、某事來訴説道理，闡釋自己的想法。

譬如在《習慣説》裏，劉蓉記述自己踏中書房裏的「水氹」，感到很不習慣，到後來習慣了，「水氹」卻被填平，作者再一次感到不習慣。作者藉着這段生活小故事説明道理：習慣影響人甚為深遠，因此做學問時，一定要堅守良好的學習態度，否則一旦習慣了錯誤的做法，就很難改正過來。

閱讀「説」這類體裁時，要理解**作者想說明的道理**，並不是每篇文章都像《師説》那樣，會在文首開門見山地説明道理，因此我們要**綜合作者所記述的人、事或物，初步推測作者想發表的道理**。譬如在《愛蓮説》開首，周敦頤就寫出蓮花的特點：出淤泥而不染、中通外直、不蔓不枝⋯⋯由此，我們可以推想，作者有可能以此比喻為品格崇高、安守本分的人——君子。

當然，也要**分辨文中所用到的論證方法，並分析其好處**。譬如《馬説》，就是通篇以「馬」為比喻，講述有識之士不但不被人賞識，反而慘遭投閒置散的實情，讓讀者深深體會到作者的感慨，引起共鳴。

3 解

是一種專門**解釋事物道理、釋除讀者疑慮的文體。**例如韓愈的《進學解》，當中「進學」是指勸學，「解」就是釋除學生對老師的種種疑惑。

文章假託「國子先生」之名，勸勉國子學裏的學生要努力學習。學生卻認為：學識淵博的「國子先生」仕途極為坎坷，那麼「學」還有甚麼意義呢？「國子先生」因而舉出種種例子，解答學生的疑惑，因此文章的標題定名為「進學解」，藉此抒發自己懷才不遇、嘲諷朝廷用人不當的不滿。

因為有疑慮，所以要解釋。因此，閱讀「解」這類體裁時，要了解**文章提出的疑慮、疑惑，更要知道作者所作的解釋及帶出的道理。**例如李翺《命解》有這一句：「或問曰：『二者之言，其孰是耶？』」人們不知道到底應該相信命運，還是相信智慧，這就是文中「疑」之所在。李翺隨後運用舉例、對比等論證方法，說明君子追求富貴時，既不能聽任命運，也不能巧用智慧，而應該「循其方，由其道」，這就是文中「解」之所在。

下一課，我們會講解餘下三種體裁類別：（三）實用文；（四）學術著作；（五）韻文作品。

第 23 課

談體裁關鍵詞（下）

今課會講解餘下三類體裁的關鍵詞：（三）實用文；（四）學術著作；（五）韻文作品。

三 實用文

就是**具備實際用途的文章。**經常讀到的古代實用文體，包括：**詔**、**表**、**書**。

1 詔

看古裝劇經常會看到，宦官宣讀皇命時，一開首都會說：「奉天承運，皇帝詔曰。」**詔，就是「王言之體」（《文章辨體序說》），也就是詔令。**在先秦時代，君主、天子公告天下的命令有多種形式，到秦始皇統一天下後，就一律改為「詔」，而且只有皇帝才可以使用。

當看到文字標題冠以「詔」字，一定可以知道，那是皇帝發出的命令，閱讀時，要理解**皇帝發出命令的原因及內容**。歷史上最著名的詔書是漢武帝的《輪台詔》。漢武帝在位期間，多次東征西討，虛耗了西漢累積多年的國力，導致國庫空虛、民不聊生。武帝因而下詔罪己，既否決大臣在西域輪台地區屯田的提議，也悔恨自己當初派遣李廣利出征匈奴，更提出「禁苛暴，止擅賦，力本農」的新國策。

2 奏、議、疏、牋、表

臣子上奏給皇帝的文書，種類繁多，譬如：奏、議、疏（讀【so3】）、牋（同「箋」，讀【煎 zin1】），統稱「奏疏」，都**以陳述政事為主**。

還有一種，卻比較特別，**不但可以陳述政事，更能抒發情懷，讓君主明白自己的心意，這種體裁就叫做「表」**。閱讀時，要**捉緊臣子向君主陳情述事的主線**，同時掌握臣子**向皇帝奏報之事及抒發之情**。

《出師表》的體裁是「表」，是諸葛亮在第一次北伐曹魏前夕寫給後主的。《出師表》的主線，是諸葛亮勸諫後主能夠好好治理蜀國。諸葛亮一方面從君臣的角度出發「述事」，勸諫後主要虛心納諫、任用賢臣、疏遠小人；另一方面從父子的角度出發「抒情」，通過記述自己追隨先帝、抒發對蜀國的忠貞不二之心，以感動後主，希望他能以先帝為榜樣，奮發圖強。

前人說：「讀諸葛亮《出師表》不流淚者不忠，讀李密《陳情表》不流淚者不孝。」晉武帝消滅蜀國後，為了籠絡人心，於是多次下詔，邀請蜀國遺臣李密到首都洛陽當官。可是當時李密要照顧年過九十的祖母劉氏，不能離開家鄉，因此以「聖朝以孝治天下」為理由，說明自己在「情」、「義」之間，只可以選擇照顧祖母，以答謝祖母多年來的養育之恩。武帝讀過這篇《陳情表》後，大為感動，不但再沒有下詔李密上京，更將婢女、僕人等賜給李密，好讓他照顧祖母。

3 書

書，就是書信。「詔」是下行的，「表」是上行的，而「書」一般都是平行的。**書信是古代朋友之間互相問候、分享的一種體裁，沒有固定的內容，因此閱讀書信時，要掌握發信者要告知收信者的內容和情感。**

《與宋元思書》是南朝梁文學家吳均寫給宋元思（或作朱元思）的一封信。現在已經看不到書信的全部內容，只可以窺探其中一段：吳均自桐廬出發，乘船沿富春江前往富陽，描繪了沿途的山光水色。文章雖然以駢文書寫，卻沒有用詞累贅、感情失真的弊端，反而給讀者清新自然的意境，使人讀後悠然神往，同時流露出作者對追求名利的蔑視，隱含避世退居的高潔之趣。

四　學術著作

古代諸子百家不用上大學，不用寫論文，卻可以自由著書立說，宣揚各家各派思想。古代的學術著作名目甚多，一般可以分為「經」和「子」兩大類。

1 「經」書

先解釋「經」這個字。「經」從「糸」部，從「巠」。「巠」中的「巛」，就像織布機上垂直的絲線，因此「經」的本義就是垂直的絲線。後來，「經」又指南北向的道路，繼而套用於人體內氣血運行的主要通路，也就是「經脈」。從主要通路出發，「經」又引申出「常道」、「常理」、「常法」等新字義，後來「經」字更用來**尊稱有特殊價值、被奉為典範的著作**。

在先秦時代，「經」早已經用於《詩經》、《尚書》、《禮經》、《樂經》、《易經》及《春秋》這六部儒家典籍，並稱為「六經」。除了儒家，道家的《道經》、墨家的《墨經》也被冠以「經」之名。**直到漢武帝獨尊儒術，才規定「經」只能用於儒家典籍上，其他學派的典籍只能稱為「子」**。自此，後人在「五經」（《樂經》在漢代早已失傳）的基礎上，不斷加入儒家典籍，最終在南宋成就「十三經」之名，包括：《易經》、《尚書》、《詩經》、《周禮》、《儀禮》、《禮記》（《禮經》）、《春秋左傳》、《春秋公羊傳》、《春秋穀梁傳》（合稱《春秋三傳》，是解釋《春秋》的經書）、《論語》、《孝經》、《爾雅》（字書之祖）、《孟子》。

但同時，**隨着時代的推移，非儒家學派，甚至是宗教典籍，都逐漸恢復被冠上「經」的稱號**。譬如道家最重要的典籍《道德經》，在先秦時代一度稱為《老子》，到漢文帝崇尚黃老學說，因而稱《老子》為經，到武帝時降格為《老子》，直到尊崇玄學的魏晉時期，才正式將《老子》尊稱為《道德經》。

到後來，佛教的《心經》、基督教的《聖經》、伊斯蘭教的《可蘭經》等，都不是儒家、更非中國本土宗教的典籍，但人們都將它們稱為「經」。可見「經」的字義，已經從儒家典籍，擴展到所有學術、宗教的經典著作了。

2 「子」書

剛才提及過，非儒家的典籍，其標題都被冠以「子」的名字，因而稱為「子書」，這包括諸子百家（「十三經」除外）的著作、佛道二教的典籍（雖然成為「經」，但依然屬「子書」）、小説，及有關於科學、技藝、軍事等範疇的作品。

《莊子》、《列子》、《荀子》、《韓非子》等，都是子書，分別宣揚道家（《莊子》、《列子》）、儒家（《荀子》，但也有人將他歸入法家）、法家（《韓非子》）的著作；至於《黃帝內經》同樣被冠以「經」這個名字，實際上它是一部關於中醫學的子書。

因此，不論是「經」書，還是「子」書，我們都可以知道其內容，多與學術、知識、教義有關。閱讀時，要多**留意文中的哲理、思想**。

五 韻文作品

很多同學一聽到「韻文」一詞，就聯想到詩詞，實際上韻文作品還有很多種類，體裁名稱也非常特別。

1 詩歌類：詩、歌、行、歌行、曲、吟

我們今天經常用上「詩歌」一詞來統稱韻文作品，實際上，「詩」、「歌」是同中有異的兩個概念。

A 詩、歌

在古代，**不入樂的韻文作品，稱為「詩」；反之，就稱為「歌」**。譬如曹植的《雜詩（其五）》的體裁就是「詩」。這首詩為五言古詩，共十二句，講述了曹植自己寧可南赴吳國殺敵，也不肯東歸藩地。

前面的車翻了，後面的車要引以為戒；以往的失敗，要拿來當作教訓。

可以入樂的韻文統稱「歌」，譬如白居易的《長恨歌》，是一首記述唐玄宗李隆基和楊貴妃從相愛到死別的敘事詩。據說，白居易有次跟友人王質夫談起唐玄宗和楊貴妃。王質夫認為，如果沒有人為唐玄宗和楊貴妃二人之事記下來，這段愛情故事就會淹沒於時間的洪流裏。他鼓勵白居易說：「樂天（白居易的表字）深於詩，多於情者也，試為歌之，何如？」也就是請白居易將這段情史用「歌」的形式寫下來，白居易於是寫下了這首長詩了。

B 歌、行、歌行

除了「歌」，還有「行」。**「歌」與「行」是同類的，只是節奏上有所不同。**明代人徐師曾在《文體明辨序說》指出「歌」的特點是「放情長言」，「行」的特點是「步驟馳騁」。漢代樂府詩《東門行》，正是以節奏明快的「行」，講述了一位平民在無衣無食的絕境中，決定拔劍而起，走上反抗道路的故事。**還有「歌行」，集合了「歌」和「行」這兩種體裁的特點**，譬如曹操的著名四言詩《短歌行》，末句「周公吐哺，天下歸心」正好抒發了他的政治抱負。

C 曲、吟

此外，**還有「曲」和「吟」，都是詩歌體裁，各有分工，但到已經一併作「詩歌」看待了。**譬如《明妃曲》是王安石的七言古詩作品，共有兩首，描寫了王昭君的樣貌、風度、情態之美，從而宣泄她遠嫁到胡地的內心悲苦之情。至於孟郊的《遊子吟》，則是一首歌頌母愛無私的五言古詩，更是歷代相傳至今。

2 詞曲類：子、令、慢

詞和曲的共同特點，就是**根據詞譜和曲譜的節奏、平仄、韻腳來填入適當的文字**。每首詞譜和曲譜都有其名稱，稱為「詞牌」和「曲牌」。詞牌和曲牌的名字來源甚廣，沒有固定格式，只有少數帶有「子」、「令」、「慢」等體裁關鍵詞，以辨別其篇幅長短。

A 子、令

帶有這些關鍵詞的詞牌或曲牌，**篇幅短小，一般在六十字以下**。例如辛棄疾的詞作《南鄉子‧登京口北固亭有懷》共有五十六字；李清照的詞作《如夢令‧昨夜雨疏風驟》更只有三十三個字；元代張可久的散曲《寨兒令‧鑒湖上尋梅》，共五十八字，這些作品都是詞牌和曲牌中的「小令」。

B 慢

帶有這些關鍵詞的詞牌或曲牌，**篇幅較長，一般在六十字以上，而且節奏相對緩慢**。例如李清照的詞作《聲聲慢‧秋情》，上、下闋合共九十七字；又例如南宋詞人姜夔的《揚州慢‧淮左名都》，上、下闋共有九十八字。

3 辭賦類：辭、賦

「辭」和「賦」這兩種體裁比較特別，「賦」是從「辭」衍生出來的，可是兩者又有所分別。

A 辭

比較接近詩歌，篇幅較長，句式相對整齊，一般用來抒發情感，因此會寫得華麗而細膩。例如東晉陶潛的《歸去來辭》的體裁就是「辭」。我們先看看其中一段的內容：

歸去來兮，請息交以絕遊。
世與我而相違，復駕言兮焉求？
悅親戚之情話，樂琴書以消憂。
農人告余以春及，將有事於西疇。

除了「歸去來兮」和「農人告余以春及」，其餘各句都是六言，句式相對整齊。「遊」、「求」、「憂」、「疇」四字都是押韻，符合了詩歌的要求。此外，詩句流露了陶潛對歸隱田園的渴望，情感細緻。這些都符合了「辭」這種體裁的特色。

B 賦

是**篇幅較長的韻文作品，不過句式長短不一，甚至出現對話，形式上比較接近散文**。由於以描繪事物為主要內容，因此會讀起來比較爽朗而通暢，譬如蘇軾的《前赤壁賦》：

客曰：「西望夏口，東望武昌，山川相繆，鬱乎蒼蒼，此非孟德之困於周郎者乎？方其破荊州，下江陵，順流而東也，舳艫千里，旌旗蔽空，釃酒臨江，橫槊賦詩，固一世之雄也，而今安在哉？況吾與子漁樵於江渚之上，侶魚蝦而友麋鹿，駕一葉之扁舟，舉匏樽以相屬。寄蜉蝣於天地，渺滄海之一粟。哀吾生之須臾，羨長江之無窮。挾飛仙以遨遊，抱明月而長終。知不可乎驟得，託遺響於悲風。」

上文節錄自客人跟蘇軾說的一段話。在形式上，句子長短不一，有三個字、四個字的，也有六個字、七個字，也有十一個字的，看起來像一篇文章。

可是仔細讀起來，卻發現有多組韻腳，譬如「昌、蒼」為一組，「東、空、雄」為一組，「鹿、屬（讀【祝 zuk1】）、粟」為一組，「窮、終、風」為一組。在行文上，上文記述了曹操領兵攻打周瑜的經過，描述細緻，讓人讀起來通順暢快，符合了「賦」這種體裁的特點。

雖然各種韻文體裁眾多，各有不同的特色，可是也有一些共同的特點，就是音律諧協、句式相對整齊、意境細膩。因此，當讀到上述體裁關鍵詞時，就要多加**留意作品的句式、韻腳，還有作者所抒發的情感**。

第 24 課

談內容關鍵詞

通過詩文、書籍標題中的體裁關鍵詞，我們可以預先知道作品的體裁，從而有效掌握閱讀策略和重點，可是這只是第一步而已，因為我們還不知道篇章的大致內容。因此，除了「體裁關鍵詞」，我們還需要把握「內容關鍵詞」，這樣才能避免漫無目的地閱讀，而一無所獲。

一 體裁及內容關鍵詞兼備

有些篇章的標題同時包含了「體裁關鍵詞」和「內容關鍵詞」，這樣，就可以預先知道體裁和內容大意。譬如 2011 年會考中文科卷一的課外篇章——《孝經．諫諍章》：

1 標題分析

首先是書名「孝經」。**「經」是「學術著作」的體裁關鍵詞**，閱讀內文時，要特別留意其思想、哲理、教義。至於「孝」，就是這本著作的「內容關鍵詞」。**「孝」是指子女盡心奉養、順從父母**，也就是「孝道」。由此，我們可以推論：**《孝經》是一本講述孝道的儒家典籍**。

接着就是「諫諍章」。**「章」是體裁關鍵詞，是指書中章節**，沒有甚麼閱讀策略可言，因此可以不理，重點應當放在「諫諍」這兩個內容關鍵詞上。

「諫」是指用言語或行動勸告他人改正錯誤，特別指臣子向君主給予規勸。可是這本書的主題是「孝」，由此，我們可以推想，這裏的**「諫」是指子女勸告父母改正錯誤**。至於「諍」，大家未必知道這個字的音義，我們可以再一次利用「形」、「句」這解字方法。「諍」從「言」、「爭」，初步推測，大概是指言語上的爭執；再配合前面「諫」字的意思，**「諍」應當是指子女在勸告父母改正錯誤時，與父母「爭」道理，希望父母能夠接納自己的勸諫**。事實上，「諍」粵音讀【睜 zaang3】，是指直言他人的過錯，勸告對方改正。

我們可以作這樣的推論：《孝經》旨在勸告子女要盡心奉養和順從父母，可是《諫諍章》暗示了子女不能愚孝，如果父母做錯了事，應該直接指出，並勸告他們改過。故此，**閱讀文章時，就要需要捉住文章的觀點——「勸告父母改過，不能愚孝」，以及當中的論據**。

2 標題與內容比對

我們現在就看看剛才所分析的，與文章原文內容有沒有差別：

曾子曰：「若夫慈愛、恭敬、安親、揚名，則聞命矣！敢問子從父之令，可謂孝乎？」子曰：「是何言歟！是何言歟！昔者天子有爭臣七人，雖無道，不失其天下；諸侯有爭臣五人，雖無道，不失其國；大夫有爭臣三人，雖無道，不失其家；士有諍友，則身不離於令名；父有諍子，則身不陷於不義。故當不義，則子不可以不諍於父，臣不可以不諍於君。故當不義則諍之。從父之令，又焉得為孝乎！」

魯國著名孝子曾子曾經請教孔子孝道，他想知道：**子女聽從父親的命令，是否就是「孝」**。孔子並不認同曾子的話，於是説明昔日的天子、諸侯、大夫，都有「爭臣」——也就是「諍臣」，負責直言自己的過失，提醒自己改過。在民間，士有「諍友」、父有「諍子」，都是為了時刻提醒自己改正錯處。因此孔子認為，**每當父親做了不正確的事，為人子女的，就不得不向父親犯顏直諫**，否則就會陷父親於不義。最後，孔子回應曾子一開始的提問：「**盲目聽從父親的命令，怎可以稱為『孝』呢？**」

足見《孝經．諫諍章》的標題分析和原文內容相差無幾。因此，能夠找出文章標題的「體裁關鍵詞」和「內容關鍵詞」，就能夠把握好文章的內容大意和閱讀策略，閱讀就會變得更有效。

二 只有內容關鍵詞

不少古詩文作品的標題都沒有「體裁關鍵詞」，我們只能依靠「內容關鍵詞」來初步理解內容大意。我們就以《訓儉示康》和《月下獨酌》為例：

1 《訓儉示康》

這是 2009 年會考中文科卷一的課外篇章，作者為北宋的司馬光。**「訓」就是「教誨」、「教訓」，「示」就是「展示」**，那麼司馬光想教誨甚麼？想給誰教誨呢？答案就在標題中的「儉」和「康」。**「儉」就是「節儉」**，文章開首司馬光說：「吾性不喜華靡。」正好說明了文章主題，的確是「節儉」。

至於教誨的對象，就是「康」。「康」到底是誰呢？其實在考試時，是不必深究的，不過閱讀篇章時仔細留意的話，文末司馬光這樣總結：「汝非徒身當服行，當以訓汝子孫，使知前輩之風俗云。」司馬光告訴「康」，不但要身體力行的做到事事節儉，更要將「節儉」的美德教導子孫，使他們知道祖先節儉的風尚。由此可以推論，**「康」應當與司馬光來自同一家族，也就是「司馬康」**。

原來，司馬康是司馬光大哥司馬旦的兒子。司馬光的另外兩個兒子——司馬童、司馬唐早夭，為保存血脈，司馬旦只好把司馬康過繼給司馬光為子。由此，**司馬光就是通過《訓儉示康》一文，以叔、父輩的身份，向繼子司馬康教導事事節儉的家訓**。

2 《月下獨酌》

A 標題字面分析

這首詩歌的標題，每個字都是一個內容關鍵詞，而且充分說明了「時」、「地」、「人」、「事」這四大記敘要素：

「月」就是「月亮」，必定是晚上出現的，由此，「月」告訴了我們李白喝酒的「時間」：一個晴朗、看得見月亮的晚上。「下」是指「月亮底下」，說明了李白喝酒的「地點」：不是在室內，而是在戶外，而且是在「花間」。「獨」就是「獨自」，說明了只有李白一個「人」在喝酒。「酌」就是「飲酒」，說明了李白正在做的「事情」。

故此，**「月下獨酌」這四個內容關鍵詞，就是說明了李白作這首詩的背景：在晴朗的月夜（月），於戶外（下）獨自（獨）飲酒（酌）。**

B 標題深層分析

事情當然不會這麼簡單。《月下獨酌》是一首詩，閱讀時，**要特別留意作品的句式、韻腳和情感**。我們可以通過這幾個內容關鍵詞，去進一步推測詩歌的情感和手法。

「獨」就是獨自，獨自飲酒，本來是很平常的事，不過在花前月下，只有一個人自斟自飲，未免浪費了如此良辰好景。加上李白在京師長安鬱鬱不得志，知己甚少，由此可以推測，詩歌標題中的**「獨」不但解作客觀的「獨自」，更暗示了主觀的「孤獨」**。

至於「酌」，大抵是指李白一邊喝酒，一邊作詩。有人酒後吐露真言，有人酒後胡言亂語，李白兼而有之。**酒醉了的他不但在詩中流露出「獨酌無相親」的心聲，更發揮驚為天人的想像，與月亮和身影喝酒歌舞、飛上雲漢**，足以反映李白的寂寞。

唯有這樣仔細分析，才可以領略到李白在《月下獨酌》中流露的情感，同時欣賞到他那能人所不能的豐富想像力。

課後小測試

找出下列詩文標題的關鍵詞，並綜合出該作品的內容大意。

例：《命解》（唐・李翱）

i. 體裁關鍵詞：____解____

ii. 內容關鍵詞：____命____

iii. 大　　意：李翱 就常人依靠命運行事的疑惑作出解釋________。

❶《求賢詔》（漢・劉邦）

i. 體裁關鍵詞：________

ii. 內容關鍵詞：________

iii. 大　　意：劉邦________________。

❷《遊褒禪山記》（北宋・王安石）

i. 體裁關鍵詞：________

ii. 內容關鍵詞：________

iii. 大　　意：王安石________________。

❸《諫太宗十思疏》（唐・魏徵）

i. 體裁關鍵詞：________

ii. 內容關鍵詞：________、________

iii. 大　　意：魏徵________________。

❹《藺相如完璧歸趙論》（明・王世貞）

i. 體裁關鍵詞：________

ii. 內容關鍵詞：________、________

iii. 大　　意：王世貞________________。

❺《賊平後送人北歸》（唐・司空曙）

i. 體　　裁：五言律詩

ii. 內容關鍵詞：＿＿＿＿＿＿、＿＿＿＿＿＿

iii. 大　　意：司空曙＿＿＿＿＿＿＿＿＿＿＿＿＿＿＿＿。

第25課

「修身、齊家、治國、平天下」—— 談古詩文主題

找出「體裁關鍵詞」，有助掌握篇章的閱讀策略；找出「內容關鍵詞」，則有助掌握篇章的主題內容。可是歷代古詩文何止千萬？其主題又何其繁雜？如果能夠梳理歷代古詩文的主題分類及其閱讀重點，那麼閱讀、理解、賞析時，就會變得事半功倍。

《禮記．大學》這樣說：「物格而後知至，知至而後意誠，意誠而後心正，心正而後身修，身修而後家齊，家齊而後國治，國治而後天下平。」後來衍生出「**格物、致知、誠意、正心、修身、齊家、治國、平天下**」這八大概念。

人對於天地宇宙的理解，正是始於對身邊一事一物的點滴認識，從中發現「物」與「我」之間的關係，因而建立情感、志向、原則、信念，繼而推廣到父母、家庭、宗族、社會、國家、天下。由此，筆者嘗試將歷代古詩文的主題，粗略分為以下四大類：**（一）萬物**、**（二）個人**、**（三）人倫**及**（四）國家**。每個分類下都有若干主題，並舉出相關篇章例子，以及閱讀時要留意的地方。

一 萬物

所謂「一花一世界」，不論是花草樹木、江河山岳，還是飛禽走獸，都足以啟發我們思考，或鍾情自然、或託物言志、或借物說理。而「我」的意識之建立，正是從對立的「物」開始。

1　鍾情自然

十年寒窗，有些讀書人是為了可以出人頭地、飛黃騰達；有些讀書人則為了輔佐皇帝、保護百姓、治理天下。可惜，官場的黑暗往往使他們不能如願，甚至招來殺身之禍，因此，不少文人寧願辭官歸故里，或遊玩於山水，或耕耘於田園，並以詩文記下其經歷及情感，以**抒發對官場黑暗之厭惡、對淡泊生活之嚮往**。

東晉的陶潛就是山水田園派的始祖。他的《歸去來辭》記述了他辭官歸隱後的生活情趣和內心感受，表達了他潔身自好、不與官場小人同流合污的情操。

王維，則是唐代山水田園詩派的佼佼者。大家都應該讀過他的《山居秋暝》吧，這首五言律詩描繪了秋雨初晴後，傍晚時分山村的旖旎風光和村民的淳樸風尚，流露出詩人對隱居於田園的滿足心情。

2　託物言志

在認識萬物的過程中，不少騷人墨客意識到，有些事物的外貌、內涵，都與自己十分相似。加上，個人的想法、志向都是抽象的，因此他們會借助身邊事物，通過該事物與自身之間的共同點，訴說自己的想法、志向，這種手法就叫做「託物言志」。**閱讀這類篇章時，要找出事物與作者之間的共同點，然後分析出作者的志向和想法。**

柳宗元發現、攀登西山期間，意識到自己跟西山有許多相似的地方，譬如位處偏遠（被貶遠方）、不與培塿為伍（不肯同流合污）等等。柳宗元於是託物言志，將自己代入這座西山裏，與西山合而為一，並「與萬化冥合」，最終成就了《始得西山宴遊記》這一名篇。

又例如，污泥滿佈的池塘裏，卻能長出一朵朵潔淨無瑕的蓮花，一般人固然不以為然，可是內心澄明的周敦頤，卻發現「出淤泥而不染」的荷花與「潔身自好」的君子不謀而合，因而託物言志，藉《愛蓮説》暗示自己是時代裏不肯與小人同流合污的君子。

3 借物說理

古人常常強調人禽之別，其實，世間上不少事物都值得人類去學習。因此，歷代不少文人都會通過文章，借物説理，用身邊常見的事物，發揮出抽象的道理。**閱讀時，同樣要仔細觀察事物的特點，並分析與所說道理之間的關係**。

譬如《魚我所欲也》的開首，就對比了尋常的「魚」與珍貴的「熊掌」，「魚與熊掌」人人都想吃，可是「兩者不可得兼」，那就只好選擇吃「熊掌」；同樣，「生」和「義」人人都想同時擁有，可是世界上沒有這麼便宜的事情，因此，人也只好作出抉擇：捨生取義。這正是運用「魚」與「熊掌」這兩種具體的事物，帶出處世之道，警惕世人。

二 個人

有些文人喜歡託物言志、借物説理，也有些文人喜歡直抒胸臆，傾吐個人遭遇、訴説理想志向、教誨修身之道。

1 傾吐遭遇

曾經有一位名人説過：「人生是由無數苦難組成的。」人生苦短，樂事當然要珍惜；不過，苦難更值得我們去記下。不論是科舉落第、被貶官場、羈旅行役、生離死別，都是歷代古詩文的常見主題。**閱讀這類詩文時，盡可能與作者的生平結合起來，並感同身受地理解作者當時的情感，這樣才能真正做到賞析篇章。**

譬如在《登樓》裏，杜甫正是通過眼前景物的幻想與描寫，抒發自己忠君愛國，卻屢屢不被皇帝重用的無奈之情。在《念奴嬌．赤壁懷古》中，蘇軾則是通過與周瑜的對比，慨歎自己年華老去，卻依然一事無成，更身陷囹圄，被貶到黃州去。至於李清照，則通過《聲聲慢．秋情》抒發了自己年華老去的無奈之情，更傾吐國家破滅、丈夫身亡的感慨，人生苦難至此，的確「怎一箇愁字了得」。

2 訴說志向

生活過於幸福美滿，會使人怠惰；只有夾雜着苦難的人生，才能使我們懷着志向與理想，活得更有目標。不少處於動蕩時代的文人，不但沒有屈服於黑暗，反而堅守志向，成為濁流中的清流。**閱讀這類篇章時，需要結合篇章的時代背景，才能了解到作者何以心生如此堅定的志向。**

例如屈原身處戰國時代，對外有虎視眈眈的秦國、對內有圖謀不軌的小人，可是屈原依然不肯屈服，甚至寫了一篇叫《橘頌》的四言詩，通過描寫橘子「受命不遷，生南國兮」、「紛緼宜脩，姱而不醜」，訴說自己忠君愛國、潔身自好的信念。

又例如南宋君臣耽於逸樂，無心北伐，可是辛棄疾作為義軍頭目，一直沒有放棄復國的理想，更通過《青玉案．元夕》中的「那人」，託物言志，向世人展示自己的立場。

3 教誨道理

人經歷過苦難，就會心生志向，也會想出一套修身處世之道，一方面警惕自己，一方面教誨後人，表明自己的處世態度。**閱讀這類文章時，可以結合作者的生平事跡，找出他們為世人留下了甚麼修身處世之道。**

譬如在《論仁》、《論君子》中，孔子就是通過自己言論或與弟子之間的對話，說明了作為仁者與君子的標準，並與不仁者和小人作出比較，給後世教誨真正的君子之道。

荀子雖然被歸入儒家，卻強調「人性本惡」。因此，荀子即使跟孟子一樣，都重視禮樂教化，可是兩者的目的卻是截然不同。荀子認為「人性本惡」，他鼓勵百姓學習，是為了改變人的本性，成為「君子」，因此他撰寫了《勸學》一文，闡釋學習怎樣使人改變本性、改善缺點，並說明學習時應有的態度。

又例如李翺，他與韓愈是朋友，而韓愈正通過推動古文運動，復興儒家思想。李翺明白到世人喜歡迷信命運或依靠智力來得到榮華富貴，因而創作了《命解》一文，向世人闡釋真正的「君子之術」，是「循其方，由其道」，説明了君子的修身之道。

三 人倫

古代有所謂「五倫」之説，就是「君臣」、「父子」、「夫婦」、「兄弟」、「朋友」，在這裏先撇開「君臣」不説。

夫婦成家立室，固然要相敬如賓，其後生兒育女，父母和子女之間的關係，也大有學問，講求「父慈子孝」，假如兒女不止一個，那麼兄弟姐妹之間更要學會「兄友弟恭」，才能做到手足情深。

人長大後，進入學堂、走出社會，與老師、同學、朋友的關係，就更為密切，怎樣做到「敬師愛生」、「亦師亦友」、「互助互讓」？**閱讀與此有關的作品時，要設身處地，想像父母怎樣愛護自己、自己怎樣孝敬父母、兄弟朋友之間怎樣相親相愛，這樣，才能明白到篇章的核心內容。**

1 父慈子孝

在《論孝》中，孔子固然提倡孝敬父母，不論父母是生是死，也要以「禮」對待他們；孔子同時又拒絕愚孝：在《孝經．諫諍章》中，孔子認為「故當不義，則子不可以不諍於父」，父母做錯了事，子女要直言告訴他們，請他們改過，這樣才算是真正的孝。

有些文人會擺脫說教形式，通過故事來勸告世人要孝順父母。譬如白居易的《燕詩》，就是記述燕子父母因為年幼時拋棄過父母，最終自食其果，反過來遭子女拋棄。白居易想藉此作反面教材，警惕世人要對父母感恩，不可以因為父母年老而離棄他們。

2 手足情深

這裏指的不只是親兄弟姐妹，也包括同學、朋友。說起有關兄弟情的代表作，就非曹植的《七步詩》莫屬。有一次，魏文帝曹丕勒令曹植要在七步內完成一首詩，結果曹植真的在七步內想好了：「煮豆燃豆萁，豆在釜中泣。本是同根生，相煎何太急？」這自然叫曹丕當場慚愧起來。

不論是互勵互勉，還是執手相送，**歷代關於朋友這題材的作品特別多**。譬如劉義慶，不但編寫了《世說新語》，更編寫了佛教作品《宣驗記》，其中有一個故事叫做《鸚鵡救火》。故事講述一隻鸚鵡飛到某座山上暫居，期間「山中禽獸輒相愛」。不久鸚鵡離開，卻在某次得知山中大火，於是決定回去救火。天神問鸚鵡當中原因，鸚鵡回答說：「雖知不能救，然嘗僑居是山，禽獸行善，皆為兄弟，不忍見耳！」天神嘉許鸚鵡的義行，於是代為撲滅山中大火。

古人每每要羈旅行役，「人生不相見，動如參與商」（杜甫《贈衞八處士》），朋友之間的送別詩就更為常見，在此不再贅述。筆者反而想說說莊子和惠子這對亦敵亦友。

大家都應該讀過《逍遙遊》吧，惠子每每揶揄莊子的學說大而無用，莊子就會加以反駁，甚至取笑惠子。其實，莊子和惠子私下的友情是非常深厚的，可惜惠子早死。有次，莊子經過惠子的墓地，於是跟追隨者說起「郢人」和「匠石」之間的故事：

「郢人」將小如蒼蠅翅膀的石灰塗在鼻尖上，「匠石」用斧頭不慌不忙地把石灰削去，而「郢人」卻面不改容，足見兩人之間互相信任，非常合拍。宋元君知道這件事後，就請「匠石」照辦煮碗的替自己試一次，可是「匠石」卻說：「臣則嘗能斲（削去）之，然臣之質（拍檔）死久矣。」

莊子講完這個故事後，就心生感慨地說：「自夫子（惠子）之死也，吾無以為質矣！吾無與言之矣！」甚麼是「對手」？對手就是左、右手，要互相配合，其中一隻沒了，餘下的一隻也就無用武之地。「郢人」死了，「匠石」就不再表演削石灰；惠子死了，莊子從此就失去了辯論對手。足見他們的情誼是多麼可貴啊！

四 國家

士人讀書，都是為了考試，然後躋身管治階層。不論是為了榮華富貴，還是為了天下蒼生，皇帝的一舉一動、一喜一怒，都足以影響臣子的仕途、生死。「千古雖變，人心惟一」，跟今天的我們一樣，古人會藉着詩文作品，直言進諫，勸告皇帝省思；有些文人會暗中作喻，諷刺社會時弊；有些文人更會抒發對國家困局的憂思。**閱讀這些作品時，同樣要緊扣作者生平、時代背景，才可以感受到他們如何忠君愛國、如何為天下蒼生着想。**

1 直言進諫

説到直言進諫，就當然非《出師表》莫屬。諸葛亮交替使用君臣語、父子語來舒緩緊張氣氛，可實際上都是想直接告訴後主：他未能廣納諫言、未能公正不阿、未能任用賢能。「苦口良藥利於病，忠言逆耳利於行」，諸葛亮以身犯險，足見他的忠君愛國之情。

2 暗中作喻

宋太宗曾立下祖訓：除非犯上叛國罪，否則文臣即使犯顏直諫，也不會被處以死刑。儘管如此，在朝廷這個熱廚房裏，説話偶一不慎，就自然成為政敵攻擊的目標。蘇洵還是懂得明哲保身，寫了一篇《六國論》，抨擊韓、魏、楚三國為求和平，因而以地賂秦，結果最終難逃被破滅的命運；可是結尾卻加上一句：「苟以天下之大，而從六國破亡之故事，是又在六國下矣！」原來蘇洵想以古諷今，暗中諷刺北宋政府為了阻止遼、西夏入侵，於是每每以歲幣、貢物等來換取短暫和平，最終只會像六國一樣，走向滅亡。

又好像《全鏡文》。作者俞長城生於清初，滿清對漢人推行恩威並施的統治政策，既有招安，也有鎮壓，這讓不少知識分子深感不滿，認為滿清沒有好好吸取歷史的教訓，沒有在奪取了漢人江山後，推行仁政，反而要打壓士子們的思想。俞長城於是藉《全鏡文》，記述無心公照鏡後驚見自己醜陋的樣子，因而想把鏡子打碎，以逃避事實；實際上，作者想諷刺一些君主，他們生怕歷史會反映他們的暴行，於是大興文字獄、要士子禁聲。這種做法，「何異秦皇之焚書以愚百姓乎」？為免殺生之禍，俞長城也只好以「無心公」作比喻，來暗中諷刺當時的政權了。

3　抒發憂思

杜甫的《登樓》，表現出對唐室的又愛又恨。說他愛，是因為他認為「北極朝廷終不改」，於是勸喻吐蕃軍隊盡早退兵；說他恨，是因為他寫出「可憐後主還祠廟」這句，後主劉禪沒有接納諸葛亮的諫言，結果難逃滅國的厄運，卻依然有着祠廟，受到後人的供奉，其實這句是諷刺唐代宗對自己投閒置散，繼續安坐寶座上。這都足見杜甫對大唐國運的憂傷。

結語

天下生萬物，而萬物協助建立「我」的意識，「我」逐漸生出情感、志向、原則、信念，然後通過文章和詩歌，將「我」的種種想法擴展到父母、兄弟、朋友、君王，乃至於百姓身上，也就是「天下」。原來終點就是起點，起點就是終點，**文學就是一個「圓」，生生不息，將前人的心靈美、文字美、手法美，一代一代的傳承下去，這也就是學習語文、學習文學的真正原因和目的。**

課後小測試

閱讀下列詩文作品，辨別其主題分類，並簡單分析作品的內容大意。

❶ 驛外斷橋邊，寂寞開無主。已是黃昏獨自愁，更着風和雨。 無意苦爭春，一任羣芳妒。零落成泥碾作塵，只有香如故。

《卜算子．詠梅》（南宋．陸游）

i. 主題分類：「__________：______________」

ii. 內容大意：作者託物言志，暗喻了自己____________________。

❷ 峯巒如聚，波濤如怒，山河表裏潼關路。望西都，意躊躇。 傷心秦漢經行處，宮闕萬間都做了土。興，百姓苦；亡，百姓苦！

《山坡羊．潼關懷古》（元．張養浩）

i. 主題分類：「__________：______________」

ii. 內容大意：作者暗中諷刺元朝政府________________________。

❸ 武平產猿，猿毛若金絲，閃閃可觀。猿子尤奇，性可馴，然不離母。母黠，人不可逮。獵人以毒附矢，伺母間射之。中母，母度不能生，灑乳於樹，飲子。灑已，氣絕。獵人向猿子鞭母，猿子即悲鳴而下，束手就擒。每夕必寢皮乃安，甚者輒抱皮跳躍而斃。

嗟夫！猿子且知有母，不愛其身。況人也耶？余竊議曰：世之不孝子孫，其於猿子下矣！

《猿說》（明．宋濂）

i. 主題分類：「__________：______________」

ii. 內容大意：作者藉猿猴的故事告誡讀者：人應該______________。

❹ 元豐六年十月十二日夜，解衣欲睡，月色入戶，欣然起行。念無與為樂者，遂至承天寺尋張懷民。懷民亦未寢，相與步於中庭。

庭下如積水空明，水中藻荇交橫，蓋竹柏影也。何夜無月？何處無竹柏？但少閒人如吾兩人耳。

《記承天寺夜遊》(北宋·蘇軾)

i. 主題分類：「__________：________________」

ii. 內容大意：作者表達了壯志未酬的苦悶，同時流露出 ____________。

賞析修辭・審美之始

有一天，筆者經過沙田某地產舖時，發現一副呼籲買家入市的標語：

•「陰霾漸散，樓市復燃」

標語分前、後兩句，每句四個字。兩句開首的「陰霾」和「樓市」都是名詞。當中，「陰」修飾了「霾」的顏色，而「樓」則說明了「市」的性質，都屬「偏正結構」。其後的「漸」和「復」都是副詞，分別修飾後文的動詞「散」和「燃」。若以詞性論之，這是一組很工整的對偶句。

若以平仄論之，這組標語是一副符合格律的對仗句。其實，對仗比對偶更嚴謹：（一）前、後句每個字的平仄是相對的，也就是所謂「平對仄，仄對平」；（二）前句尾字必為仄聲，後句尾字必為平聲。

我們就分析一下這則標語的平仄：第一個字的「陰」【jam1】和「樓」【lau4】皆為平聲，並不相對；第二個字的「霾」【maai4】和「市」【si5】，一平一仄，是相對的；第三個字的「漸」【zim6】和「復」【fuk6】皆為仄聲，並不相對；尾字的「散」【saan3】和「燃」【jin4】，一仄一平，是相對的，基本都符合上述兩項要求。

中國古典文學作品，講求形式美、音律美、形象美。這副標語，句式整齊、平仄相對，還通過前後對比，給買家送上了入市的「希望」，因此說它符合這三項審美標準，也不為過。

我們常常只顧徹底解讀古詩文裏每字、每詞、每句的意思，結果忽略了作者運用各種修辭手法的目的和效果：運用對偶、排比，為的是希望句子整齊美觀；運用雙聲、疊韻，為的是希望篇章琅琅上口；運用比喻、借代，為的是希望事物如在眼前。故此，**筆者將會引領大家進入學習古詩文的新一章——賞析修辭．審美之始**，從形式、音律、形象三方面，為大家去分析和欣賞古詩文的「美」，與古人同遊於字裏行間。

第26課

人生階段的遞進——談對偶、排比、互文、變文

陳奕迅有一首叫《沙龍》的歌。沙龍，是指一種業餘的攝影手法。陳奕迅本身熱愛攝影，總喜歡把身邊的人和事拍攝下來，留作紀念，因而創作了這首歌，並交由著名填詞人黃偉文填詞。歌詞的其中一段這樣寫：

登高峯一秒／得獎一秒／再破紀錄的一秒
港灣晚燈／山頂破曉／摘下懷念／記住美妙
升職那刻／新婚那朝／成為父母的一秒
要拍照的事／可不少

健兒們付出汗水、精神和青春，從超越自己（「**登高峯**」），到勇奪殊榮（「**得獎**」），再到突破前人（「**再破紀錄**」），是他們努力鍛煉的成果。期間的每一秒，都值得用相機記錄下來。

即使是小市民，從職場上成為主管（「**升職**」），到情場上成家立室（「**新婚**」），再到家庭上生兒育女（「**成為父母**」）」，正是一步步踏入人生每個新階段，都值得用相機留住每分每秒。填詞人巧妙地運用「層遞」，道出了歌者對攝影的熱愛，更道出了攝影與生活的密不可分。

歌詞句式相若，句意一致，而且逐層遞進，正是運用了排比和層遞，而排比和層遞正是體現了中國傳統文化的精神。

- 大家可以掃描二維碼，細味《沙龍》歌詞背後的意思。

中國傳統文化講求齊整、和諧，這一精神套用於古詩文中，因而造就了別具特色的對偶句、排比句。古詩文中的對偶句、排比句固然能使句式整齊，讀起來頗具節奏感，提升了作品的韻味。如果我們能夠作進一步分析，就能得知這些句子在整齊的背後，也有着各式各樣的變化，好讓作者抒發情感、表達想法。

一 對偶、對仗與對比

1 對偶

早在先秦時代，不論是詩歌還是散文，都可以看到對偶句的蹤影。例如：

A 其大本擁腫而不中繩墨，
其小枝卷曲而不中規矩。（《逍遙遊》）

B 昔我往矣，楊柳依依；
今我來思，雨雪霏霏。（《詩經・小雅・采薇》）

C　登高而招，臂非加長也，而見者遠；

順風而呼，聲非加疾也，而聞者彰。（《勸學》）

D　凌余陣兮躐余行。（屈原《楚辭·國殤》）

就形式而言，對偶句可以分為單句對、偶句對、多句對。**例句 A 就是「單句對」，只有前後兩句**：前句寫樹幹、後句寫樹枝，清楚説明樗樹生長得極不規則，因而讓木匠不屑一顧。

例句 B 共四句，是「偶句對」。第一與第三句對偶，第二與第四句對偶，寫出了「我」離開和歸來時（第一、三句）所見景色之不同（第二、四句），物是人非，因而心生感慨。

例句 C 共六句，第一、四句對偶；第二、五句對偶；第三、六句對偶，屬「多句對」：遠方的人能夠看見自己的手臂、聽見自己的叫聲（第三、六句），不是因為手臂加長、叫聲變大（第二、五句），而是因為「登高」和「順風」的緣故（第一、四句），藉此強調學習能夠改善人類自身的缺點。

還有一種比較特別的對偶形式，叫做**「句中對」，是指句子的前、後部分是相對的**。就好像例句 D，「凌余陣」和「躐余行」都在同一句中，分別指敵軍侵犯（凌）我軍陣地，踐踏（躐）我軍行伍，寫出了楚國軍隊與外敵交戰時的慘況。

2　對仗

南北朝時期的文學發展空前發達，文人也開始着手研究文字的聲、韻、調，因而創出了「四聲説」（詳見第 32 課《談九聲、四聲與平仄》的解説）。到唐朝，隨着近體詩（絕詩、律詩）的成熟，文人就更講求詩歌的聲律，**講求對句中平仄的相對與諧協，好讓詩作讀起來琅琅上口，更富韻味，這種注重聲律諧協的對句，就稱為「對仗」**。就以中文科範文《唐詩三首》作分析：

E　竹喧歸浣女，蓮動下漁舟。（《山居秋暝》）
　　仄平平仄仄　平仄仄平平

F　我歌月徘徊，我舞影零亂。（《月下獨酌（其一）》）
　　仄平仄平平　仄仄仄平仄

G　北極朝廷終不改，西山寇盜莫相侵。（《登樓》）
　　仄仄平平平仄仄，平平仄仄仄平平

例句 E 和 G 中，前、後句每個字的平仄都是相對的：**前句平，後句仄；前句仄，後句平，而且後句結尾為平聲（舟、侵），是非常工整的對仗句**。

至於例句 F，前、後句的詞性和詞義都是對應的，其平仄卻不是相對的，有的前後皆平（徘、零），有的前後皆仄（我、月、影），因此只能說是對偶句。

當然，部分對仗句裏平仄不相對的情況也是常有的。譬如《山居秋暝》中的「明月松間照，清泉石上流」，「明」和「清」都是平聲；《登樓》中的「錦江春色來天地，玉壘浮雲變古今」，「錦」和「玉」都是仄聲，「春」和「浮」都是平聲，可是在「一三五不論，二四六分明」的原則下，相關文字不受影響，因此它們依然是工整的對仗句。

3　對比

除了「句數」和「平仄」，我們還可以通過「內容」來分析對偶、對仗句：**前、後句的意思是相同、相似或對應的，稱為「正對」**。譬如「其大本擁腫而不中繩墨，其小枝卷曲而不中規矩」，前、後句都是在描述樗樹樹幹和樹枝的彎曲不齊；「我歌月徘徊，我舞影零亂」，前、後句講的，都是「我」歌舞時月亮、身影的狀況。

假如前、後句的意思是相反、相對的，這種對偶句就稱為「反對」。譬如「昔我往矣，楊柳依依；今我來思，雨雪霏霏」，就是分別描寫了「我」離開和回來時所見的春景和冬景，當中的時、物、事都是相對的。

「反對」的特點，不只是單單把意思相反的事物放在一起，而是**通過對比前、後句截然相反的內容，帶出反差，從而讓作者表達想法、抒發情感，也是對偶句裏最有價值的地方。**譬如「北極朝廷終不改，西山寇盜莫相侵」，前句歌頌大唐地位不變，後句告誡吐蕃出兵必敗，意思是相反的，藉此流露出杜甫的愛國情懷：大唐才是天下的宗主，不容外族侵犯。

二 排比與層遞

1 排比

由三句或以上的句子組成，其結構和長度相同或相似，意義相關或相同。將這些句子逐一排列起來，不但能夠使句子整齊，富有節奏感，更能增強句子氣勢。對於論説性文章或學術性著作，使用排比就更有利於表達觀點。譬如《論仁、論孝、論君子》裏有這一組句子：

A 非禮勿視，非禮勿聽，非禮勿言，非禮勿動。

四個句子，字數相同，句式一樣（「非禮勿……」），是十分典型的排比句。孔子通過「視」、「聽」、「言」、「動」這四方面的描述，反映仁者所看的、所聽的、所説的、所做的，都離不開「禮」，從而強調仁者都能做到「克己復禮」。

又例如，2012 年文憑試卷一課外篇章《韓非子・五蠹（節錄）》的結尾這樣寫：

B　賞莫如厚而信，使民利之；
罰莫如重而必，使民畏之；
法莫如一而固，使民知之。

三組句子的字數均一，而且句式相同（「……莫如……而……，使民……之」）。韓非子正是要通過這整齊的排列方式，說明法家的這一觀點：儒家的所謂仁政、善政，都不足以震懾人心、穩定社會，君主只有在「獎賞」、「懲處」和「律法」上做到信實、堅定、劃一，百姓才會懾服，從而遵守法律，國家才會穩定，繼而強大起來。

2　層遞

就是根據邏輯關係，**將三種或以上相似的內容順序排列起來，以表達在數量、程度、範圍之上有輕重、高低之分。通過層次上的遞進，逐步增強句子的氣勢，以清晰表達作者的觀點**。譬如《魚我所欲也》有這一組句子：

C　鄉為身死而不受，今為宮室之美為之；
鄉為身死而不受，今為妻妾之奉為之；
鄉為身死而不受，今為所識窮乏者得我而為之。

「宮室之美」關乎個人物慾、「妻妾之奉」關乎家庭地位、「所識窮乏者得我」關乎社會名譽。從個人到社會，孟子一步一步的道出當時的人為了各種各樣的利益，接受不道德的俸祿，為虎作倀，欺壓百姓，把「是心」丟到一旁，正是「失其本心」的表現，因而遭到孟子的鄙視和唾罵。

又例如《全鏡文》曾經提到三類特別的「鏡子」：

D　堯、舜、禹、湯，君之鏡也；

稷、契、伊、周，臣之鏡也；

孔、孟、程、朱，士之鏡也。

魏徵死後，唐太宗曾說：「以人為鑒，可以知得失。」(《舊唐書‧魏徵傳》)其實，不只是一國之君，即使是一介平民，也應該以他人的功過為借鑒，「擇其善者而從之，其不善者而改之」(《論語‧述而》)。因此，俞長城藉文中鏡神之口提醒讀者，不論是國君、人臣，還是士子，都應該以有政績、有功勛、有善行的前人作為榜樣，上行下效。君、臣、士，從上而下，甚有條理，讓鏡神（俞長城）「以人為鑒」的觀點更為鮮明。

三　互文

筆者之所以喜歡《沙龍》這首歌，不只是因為歌詞內容夠「貼地」，而且是因為填詞人用上了多種修辭手法，使歌詞變得優雅、耐讀耐聽。在討論「互文」前，我們再看看這段歌詞：

港灣晚燈／山頂破曉

摘下懷念／記住美妙

歌詞提到了足以讓人拿起相機、拍攝留念的風景：「港灣晚燈」和「山頂破曉」。細心的聽眾也許會這樣問：難道只有「港灣」才有「晚燈」，只有「山頂」才有「破曉」？非也，其實這裏運用了「互文」手法。

所謂「互文」，就是把屬於同一個句子的內容、意思，分寫到兩個句子裏，

看似是兩件事情，實際上卻是互相呼應、互相補足。「港灣」的「晚燈」和「山頂」的「破曉」，看似是兩種不同時間、不同地點的景物，可實際上是指「『港灣和山頂』的『晚燈和破曉』」，泛指日與夜的風景。讀者交叉閱讀句子，使詩文作品更富韻味、更為耐讀。

這裏再一次證明流行曲填詞人功力的高低，與其語文水平是不無關係的。古詩文中運用了「互文」手法的例子，更是屢見不鮮。譬如：

A　受任於敗軍之際，奉命於危難之間。（《出師表》）

B　不以物喜，不以己悲。（《岳陽樓記》）

例句 A 看似記述了諸葛亮在「敗軍」和「危難」兩種情形下，得到劉備委以重任。「受任」和「奉命」的意思固然是一樣的，而「敗軍」和「危難」指的是同一件事：劉備在「長坂坡之戰」中慘敗。因此，語譯這組句子時，不能按字面寫作「在兵敗之時接受委任，在危難之時接受命令」，應該語譯為「**在兵敗危難的時候，接受先帝的任命**」。

范仲淹在《岳陽樓記》中，分別描寫了岳陽樓在陰雨和晴朗下的景色，並記述怎樣影響悲喜情緒，因此不少同學受此影響，在語譯例句 B 時，割裂地寫作「不因為外在事物而感到欣喜，不因為自身遭遇而感到悲傷」。

其實，范仲淹想藉此道出古仁人的精神：情緒的悲喜不受任何事情影響，這包括了外在事物和自身遭遇。字面上寫的是兩種事物（「物」和「己」）、兩種情緒（「喜」和「悲」），實際上是通過「互文」這種手法，將同一個句子，分成兩個短句來寫，因此語譯時，應當寫作「**不因為外在事物或自身遭遇，而感到欣喜或悲傷**」。

當發現文章中有兩個句子，**前、後句的結構相同或相似，意思相近，但又不能分開來理解，那很有可能就是互文句。**理解及語譯互文句時，不能夠偏向其中一句，應該把前、後句的意思互相補足，合二為一地語譯，這樣才能讓譯文的意思變得完整。

即使是強者，也會遇上更強的對手，因此不要在別人面前自大自滿、誇耀自己。

四 變文

已經休團的本地男子組合「C AllStar」，其主音歌手之一陳健安曾經唱過《煉獄健身室》這首歌（也是筆者的心水歌曲）。歌詞第二節一開始是這樣的：

日日練跑／天天舉重／總會有豐收

情感／偏／像虧本生意／被騙子都帶走

這段歌詞運用了對比手法：「健身」尚且可以保證有成果，然而「談戀愛」卻隨時讓自己的情感付諸東流，反映了歌中男主角被女友拋棄後對愛情的恐懼。

此外，歌詞首兩句看似是對偶句，實際上是用上了「變文」手法：「日日」、「天天」的意思都是一樣的，也就是「每一日」、「每一天」。為了避免用字重複累贅，同時配合歌曲音韻旋律，填詞人於是在第二句，將「日日」改為「天天」，使兩個句子同（意思）中有異（用字）。歌詞的實際意思，就是「日日（天天）練跑和舉重」。

- 大家來聽聽《煉獄健身室》歌詞背後的傷感和無奈吧。

古人最怕用字重複。他們擔心行文累贅沉悶，更擔心被誤會「詞窮」。因此，經常用上「變文手法」，**在對偶句、排比句中各分句的對應位置，換上不同的同義詞**。例如：

A　不仁者，不可以久處約，不可以長處樂。（《論仁、論孝、論君子》）

B　奉之彌繁，侵之愈急。（《六國論》）

C　父母怒之弗為改，鄉人譙之弗為動，師長教之弗為變。（《韓非子·五蠹》）

在例句 A 中，孔子認為，沒有仁德的人，不可以讓他們長期處於貧窮或享樂當中，否則就會做出種種不合禮義的事。**句子意思的關鍵在於「長期」，可是為免用字重複，孔子於是改變用字，分別用上「久」和「長」**，使句子變得耐讀生趣。

用今天的語言說，例句 B 是指「諸侯國奉獻得越多，秦國也就侵略得越急迫」，可是為了避免重複用字，蘇洵於是在前、後句**分別用上「彌」、「愈」來代替「越」字**。

在例句 C 中，韓非子說有個「不才之子」，即使被父母斥罵（怒）、被鄉里指責（譙）、被老師訓導（教），都不肯改過。根據句意，三個分句的末尾本來都可以直接寫上「弗為改」，可是為了避免因用字重複而失去氣勢，韓非子於是運用「變文」手法，在第二、第三分句末尾分別用上「動」和「變」。**「改」、「動」、「變」三個字的意思，在這裏都是一樣的，都解作「改過」。**

可見，由於「變文」句所用的只是同義詞，因此語譯時只需要寫作同一個詞語（長期、越、改過）即可。

課後小測試

分辨下列句子所用的修辭手法，並簡單分析運用這種手法的好處。

例：親賢臣，遠小人，此先漢所以興隆也；

親小人，遠賢臣，此後漢所以傾頹也。(《出師表》)

i. 手法：對偶（反對）

ii. 好處：能使句子整齊，更能通過先漢、後漢的對比，勸諫後主任用賢臣的好處。

❶ 飄風得所障，凍雨得所蔽，熾日得所護。

(《海鷗》)

i. 手法：________

ii. 好處：清楚説明燕子不論________。

❷ 侶魚蝦而友麋鹿。

(《前赤壁賦》)

i. 手法：________

ii. 好處：使行文更為活潑，同時清楚道出蘇軾願意________。

❸ 屈原曰：「舉世混濁而我獨清，眾人皆醉而我獨醒，是以見放。」

(《史記・屈原賈生列傳》)

i. 手法：________

ii. 好處：使句子整齊，更清楚道出________。

❹ 愛秋來時那些：和露摘黃花，帶霜烹紫蟹，煮酒燒紅葉。

（馬致遠《夜行船．秋思》）

i. 手法：________________

ii. 好處：列明作者喜歡做的事情：______________________________。

❺ 宮婦左右，莫不私王；

朝廷之臣，莫不畏王；

四境之內，莫不有求於王。由此觀之，王之蔽甚矣！

（《戰國策．鄒忌諷齊王納諫》）

i. 手法：________________

ii. 好處：從身邊、朝廷，到全國，一層層說明 ____________________。

第 27 課

神級俚語「圍威喂」—— 談雙聲、疊韻、連綿詞

粵語是一種極有趣的語言，只要仔細咀嚼，箇中魅力自然讓人無法抗拒，就說俚語「圍威喂」:「圍」是指大家圍圈而坐；「威」就是指吃喝玩樂，不務正業；至於「喂」，就是熟人互相打招呼時的用語。綜合起來，「圍威喂」就是指圍內人恃熟賣熟，做事得過且過、毫無目標可言，也就是所謂「小圈子政治」了。

這個俚語的精妙之處，不但是用了三個單字來概括複雜的「小圈子政治」法則，而且這三個單字的聲母和韻母，竟然是完全相同的！「圍」讀【wai4】，「威」讀【wai1】，「喂」讀【wai3】，聲母都是【w-】，韻母都是【-ai】，只是聲調各有不同，分別是陽平【4】、陰平【1】、陰去【3】。「圍威喂」既是雙聲，也是疊韻，讀起來非常順口，的確是不可多得的神級俚語！

在古代，文人很喜歡用上「雙聲」或「疊韻」的詞語，讓詩歌、文章讀起來一氣呵成，富含韻味。今課，我們就說說甚麼是「雙聲」和「疊韻」，以及這些手法怎樣衝擊讀者的聽覺和視覺。

一 雙聲、疊韻

雙聲、疊韻是與聲韻現象有關的修辭手法。恰當使用，有助增強句子節奏感和音樂美，讀起來更加順暢，趣味盎然。

1　甚麼是「雙聲」？

雙聲是指**兩字詞中單字的聲母是一樣的**。譬如「茂密」粵音讀【mau6 mat6】，聲母都是【m-】；「凌亂」粵音讀【ling4 lyun6】，聲母都是【l-】。古人寫詩時，經常會用上包含「雙聲」的詞語，使句子讀起來更富音樂美。例如：

A　清泉

王維《山居秋暝》「清泉石上流」中的「清泉」一詞，粵音讀【cing1 cyun4】，聲母都是【c-】。**聲母【c-】在發音時需要送氣，把「清泉」二字讀出時，就好像感受到泉水從泉眼噴出來一樣，甚具動感。**加上二字聲調，一高（陰平【1】）一低（陽平【4】），聲音通透，極富動感，讓讀者想像出泉水的清澈。

B　干戈、寥落

文天祥被元朝軍隊俘虜後，在元軍戰艦上寫了七律《過零丁洋》。詩歌的首聯這樣說：「辛苦遭逢起一經，干戈寥落四周星。」當中「干戈寥落」四字，是說抗元戰事已經結束。

「干戈」二字，粵音讀【gon1 gwo1】，**聲母分別是【g-】和【gw-】，十分接近，是廣義上的雙聲。同時，聲調都作「陰平」【1】，聲音高昂，讀起來彷彿聽到短兵相接時「格格」的金屬碰撞聲，能讓讀者想像出宋軍力戰時的慘況。**

至於「寥落」，粵音讀【liu4 lok6】，聲母都是【l-】。**【l-】屬「舌音」聲母，發音時，口腔的氣流會被舌頭阻塞。加上二字的聲調分別屬陽平【4】和陽入【6】，聲調低迷，故此讀出「寥落」二字時，彷彿感受到宋軍被徹底打敗，還有文天祥的無奈。**

2　甚麼是「疊韻」？

疊韻是指**兩字詞中單字的韻母是相同或相似的**。譬如「報告」粵音讀【bou3 gou3】，聲母都是【-ou】；「發達」粵音讀【faat3 daat6】，聲母都是【-aat】。

A 沉吟

此詞出自曹操的《短歌行（其一）》：「但為君故，**沉吟**至今。」當中的「沉吟」是說曹操念念不忘天下有識之士。「沉吟」粵音讀【cam4 jam4】，韻母都是【-am】。

韻母【-am】的最大特點，就是當【-a】開始發音，就瞬即被韻尾【-m】阻塞，嘴巴並且要合起來。當兩個【-am】韻母連續讀出，就會出現「開口、合口、開口、合口」的情況，因而給人反反覆覆的感覺，正好切合曹操不斷招攬天下賢士的事實。

B 灰飛

蘇軾《念奴嬌 · 赤壁懷古》有「檣櫓**灰飛**煙滅」句：化木為灰，隨風飄蕩，寫的正是曹軍戰船被燒毀時的情景。「灰飛」粵音讀【fui1 fei1】，既是「雙聲詞」（聲母都是【f-】），也是「疊韻詞」：兩個字的韻母分別是【-ui】和【-ei】，雖然不完全一樣，卻都以【-i】作結，因此算是廣義上的「疊韻」。

韻母【-ui】和【-ei】的最大特點，就是在發音過程中，氣流可以順利通過口腔而不受阻礙。當「灰」、「飛」兩字連讀時，就有一種飄逸的感覺，彷彿感受到曹軍戰艦的灰燼隨風飄走，了無痕跡。

二 連綿詞

連綿詞，又叫做「聯綿詞」，是一種與音節有關的特殊詞語，一般**由兩個「雙聲」或「疊韻」的單字組成**，讀起來時，一氣呵成，富有韻味。

另外，連綿詞中的**兩個字一定要「連」在一起，才可以生出指定的意思**，這就是被稱為「連綿」的原因。可見，連綿詞的單字只有聲韻上的聯繫，在字義上卻是毫無關聯。

1　雙聲連綿詞

《吾廬記》有這一句：「終身守閨門之內，選耎**趦趄**。」作者魏禧認為，對於有些人行事處處退讓、遲疑不進，他絕對不會強迫這種人闖蕩江湖。當中「趦趄」一詞解作「遲疑不進」，是一個雙聲連綿詞。

「趦趄」粵音讀【滋追 zi1 zeoi1】，聲母都是【z-】，屬雙聲詞。就「趦」和「趄」這兩個字的意思，《說文解字》如此解釋：「趑，趑趄，行不進也」、「趄，趑趄也」。可見，**「趦」和「趄」都不可以單獨成詞**，一定要連在一起，才可以生出「行不進」這個意思。

2　疊韻連綿詞

《逍遙遊》中有這兩句：「**彷徨**乎無為其側，**逍遙**乎寢臥其下。」當中「彷徨」和「逍遙」都是疊韻連綿詞。

「彷徨」粵音讀【pong4 wong4】，韻母都是【-ong】，是疊韻。「彷徨」一詞有着「來回走動」、「發呆」等意思，然而，**「彷」和「徨」兩字本身是沒有意思的，不能獨立成詞**，彼此一定要連在一起，組成「彷徨」一詞，才可以生出「來回走動」的詞義。

至於**「逍遙」，粵音讀【siu1 jiu4】，聲母都是【-iu】，是疊韻。**「逍遙」一詞就是解作「自在」，不過，**「逍」本身沒有意思，不能獨立成詞；至於「遙」，雖然可以獨立成詞，解作「遙遠」，卻跟「自在」沒有關聯。**「逍」、「遙」一定要連在一起，才可以生出「自在」的詞義。

課後小測試

利用工具書，寫出下列着色詞語的粵音聲母及韻母，並圈出它們屬於「雙聲詞」還是「疊韻詞」。

❶ 至於斟酌損益，進盡忠言。（《出師表》）

i. 斟　聲母：________　　韻母：________。

酌　聲母：________　　韻母：________。

ii.（雙聲／疊韻）詞

❷ 陰風怒號，濁浪排空。（《岳陽樓記》）

i. 怒　聲母：________　　韻母：________。

號　聲母：________　　韻母：________。

ii.（雙聲／疊韻）詞

❸ 前者呼，後者應；傴僂提攜。（《醉翁亭記》）

i. 提　聲母：________　　韻母：________。

攜　聲母：________　　韻母：________。

ii.（雙聲／疊韻）詞

❹ 為之躊躇滿志，善刀而藏之。（《莊子・養生主》）

i. 躊　聲母：________　　韻母：________。

躇　聲母：________　　韻母：________。

ii.（雙聲／疊韻）詞

❺ 夢一道士，羽衣蹁躚。（蘇軾《後赤壁賦》）

i. 羽　聲母：________　　韻母：________。

衣　聲母：________　　韻母：________。

ii.（雙聲／疊韻）詞

iii. 蹁　聲母：________　　韻母：________。

躚　聲母：________　　韻母：________。

iv.（雙聲／疊韻）詞

❻ 騏驥一躍，不能十步。（《勸學》）

i. 騏　聲母：________　　韻母：________。

驥　聲母：________　　韻母：________。

ii.（雙聲／疊韻）詞

第 28 課

紅綠燈的愛情比喻——談比喻、借代

香港流行曲詞壇有「兩個偉文」之說，第一個「偉文」，就是前一課談及過的黃偉文；另一個「偉文」，就是原名「梁偉文」的林夕。兩位都是筆者甚為喜歡的填詞人，前一課我們拜讀過黃偉文《沙龍》的歌詞，那麼今課我們可以欣賞到林夕哪首歌詞作品？

沿途與他車廂中私奔般戀愛／再擠迫都不放開
祈求在路上沒任何的阻礙／令愉快旅程變悲哀
連氣兩次綠燈都過渡了／與他再愛幾公里
當這盞燈轉紅便會別離／憑運氣決定我生死

這是楊千嬅（筆者年輕時喜歡聽的歌手）在 2000 年的作品《少女的祈禱》，由林夕填詞。歌詞一開始就運用了比喻，**將戀愛之路比喻作汽車之旅**。車路有筆直的、蜿蜒的、有平坦的、崎嶇的，情路亦然。乘車總會遇上燈位，戀愛總會遇上波折，因此，林夕再次作喻，**用交通燈比喻情路上遇到的波折**：幸運的情侶，可以在「綠燈」的庇護下，安然度過；否則，就要在「紅燈」處停下來，不能繼續走下去了。以紅綠燈比喻情路上的波折，既貼切，又含蓄。假如在巴士上聽着這首歌，相信必有另一番感受。

- 大家都聽到歌中少女給天父的禱告嗎？

這首歌詞的可貴之處，就是填詞人將主觀情感（愛情），寄託於客觀的日常事物（紅綠燈）上，既貼切、又自然，從而引起聽眾的共鳴。今課，我們就談談古代文人怎樣運用比喻和借代，利用客觀事物流露出個人情感。

一 比喻

就是把要描寫的甲事物，根據彼此之間的共同點，比喻為乙事物，並流露個人情感。比喻可以分為「明喻」、「暗喻」、「借喻」三類，其分別在於本體（描寫對象）、喻體（比喻事物）、喻詞（聯繫本體和喻體的詞語）之有無。

1 明喻

是最基本的比喻手法，句中的**本體、喻體及喻詞（如、像、似、猶）都是清楚可見的**，因此有着「明」的特點。我們看看以下的例子：

A 東風夜放花千樹，更吹落、星如雨。（《青玉案・元夕》）

B 夫子猶有蓬之心也夫！（《逍遙遊》）

在例句 A 中，元宵夜的煙花，色彩繽紛，從天而落下來時，**煙花的星屑（本體）又恰如（喻詞）一場春雨（喻體），又多又密**，因此，辛棄疾用「雨」來比喻「星」，凸顯元宵夜臨安城的繁華瑰麗。

在例句 B 裏，惠子説自己種出來的葫蘆瓜沒有用處，因而把它擊碎，莊子卻認為可以把葫蘆瓜當作腰舟，浮於江湖，因而把**惠子的思維（本體）比作蓬草之心（喻體），不但彎曲，而且被阻塞，不能變通**，藉此揶揄惠子「拙於用大」。

2　暗喻

保留了句中的本體和喻體，同時以「是」、「變成」、「化作」等詞語來代替喻詞，暗地裏作喻，因此有着「暗」之名。

C　王之不王，是折枝之類也。（《孟子．梁惠王上》）

折枝，有人說是「採摘果實」，也有人說是「彎腰鞠躬」，姑勿論是甚麼，都是容易做到的事情，如果有人說「我不能」，孟子就會認為是那個人「不為也，非不能也」。孟子因而以此為喻，暗地裏將「王之不王」與「折枝」拉上關係。孟子認為，**齊宣王不能王天下（本體），跟不肯為長者折枝（喻體）無異，都是「並非不能做到，只是不肯去做」**。

3　借喻

並沒有本體和喻詞，只有喻體，讀者因而需要依靠前文後理或作品的創作背景，來推敲本體原來是甚麼。由於沒有本體作依靠，喻體就好像從其他地方「借」來一樣，因此有着「借」之說法。

D　青，取之於藍，而青於藍；冰，水為之，而寒於水。（《勸學》）

荀子說「君子博學而日參省乎己，則知明而行無過」，是指君子能夠廣泛學習、自我反省，智慧就會通明、行為就無過失。不過這道理過於抽象，荀子於是在例句 D 中作了兩個比喻：藍草被提煉成青色後，色彩比藍草本身的顏色更鮮明；冰塊是從水凝固而成的，可是比水更為寒冷。原來，**藍草、水就是比喻「君子」，而提煉、凝固，就是比喻「博學而日參省乎己」，至於「青於藍」、「寒於水」則是比喻「知明而行無過」，荀子想藉此說明君子只要肯學習，就可以改變本性，甚至比之前的更好**。

二 借代

「借代」跟「借喻」同中有異。相同的地方在於「借」，都**不會寫出本來的描述對象**；不同的地方在於「喻」和「代」:「喻」強調「本體」和「喻體」是兩件事物，**「代」強調「借體」是「本體」的一部分，譬如外貌、狀態、別稱等。**常見的借代手法如下：

1 以外貌、行為特徵來指代某類人物

A 黃髮、垂髫，並怡然自樂。(《桃花源記》)

B 傴僂、提攜，往來而不絕者。(《醉翁亭記》)

C 汝不聞乎？昔瞽瞍有子曰舜。(《孔子家語．六本》)

在例句 A 中，**「黃髮」、「垂髫」(借體)分別借代老人和孩子(本體)**。這是因為老人年長後，頭髮會變黃，因此以「黃髮」這一身體特徵來借代老人；而「垂髫」是古代孩子的常見髮型，因此用「垂髫」這一身體特徵來借代小孩。

在例句 B 中，**「傴僂」、「提攜」(借體)同樣分別借代老人和孩子(本體)**。「傴僂」粵音讀【瘀流 jyu2 lau4】，是一種背脊彎曲的病，相當於「駝背」，多在長者身上出現，「傴僂」就是用駝背這一身體特徵，來借代長者。「提攜」有扶持、帶領之意，小孩多由大人領着前行，「提攜」就是用這一行為特點，來借代孩子。

在例句 C 中，「舜」是天下共主，是五帝之一。其父親的姓名已不可考，只是知道是一位盲人。「瞽瞍」粵音讀【鼓手 gu2 sau2】，兩個字都解作失明，因此，後人就**以舜的父親的缺陷——瞽瞍——來借代他了**。

2　以性質、狀態、特徵來指代某種事物

D　時私其弟，問母飲食，致甘鮮焉。（《歸氏二孝子傳》）

E　沙鷗翔集，錦鱗游泳。（《岳陽樓記》）

《歸氏二孝子傳》講述孝子歸鉞被逐出家門後，有時會私下與弟弟會面，並問候繼母的飲食、生活，甚至會給繼母送上美食。**美食的特點就是甘香、新鮮（借體），因此作者以「甘鮮」這一性質來借代「美食」（本體）。**

例句 E 所寫的，是岳陽樓附近的沙鷗和魚兒。作者不直接寫出「魚」字，而是利用魚的身體特徵——**魚鱗（借體）——來借代魚兒（本體）**，令句子驟然變得含蓄隱晦、趣味盎然。

3　以部分指代整體事物

F　舳艫千里，旌旗蔽空。（《前赤壁賦》）

G　烽火連三月，家書抵萬金。（杜甫《春望》）

「舳艫」粵音讀【族盧 zuk6 lou4】，分別指**船尾和船頭（借體），正是以船隻的其中一部分來借代船隻（本體）**。至於「旌」（粵音讀【精 zing1】）和「旗」是近義詞，「旌」特別指插在戰船上的軍旗，是戰船的一部分，用以指代整艘戰船。綜合兩個句子的意思，我們可以知道「舳艫」和「旌旗」所指代的，就是曹操軍隊的戰艦。

至於例句 G 中的「烽火」是古代戰爭的訊號，屬戰爭的一部分，因此，**杜甫以「烽火」（借體）這一部分的事物，來借代整場戰爭（本體）。**

4　以所用器具、單位指代整體事物

H　蛾兒雪柳黃金縷，笑語盈盈暗香去。(《青玉案・元夕》)

I　不必害，則不釋尋常。(《韓非子・五蠹》)

在例句 H 裏，「蛾兒」、「雪柳」、「黃金縷」都是古代婦女的頭飾，辛棄疾就是利用**這些頭飾（借體）來借代女子（本體）**。

至於例句 I，「尋」、「常」都是計算布匹長度的單位，韓非子就是利用**「尋」、「常」（借體）這兩個長度單位，來借代布匹（本體）**。韓非想藉此說明，只要是沒有害處的，即使是短短的一匹布，常人也會不願意放手，因而要求君主加重刑罰，讓人不敢再干犯法令。

文人將個人感情注入描寫對象裏，通過當中的特徵或共同點，運用比喻、借代，將喻體和借體呈現於字裏行間，不但可以使篇章中的事物和道理更為清晰、具體，更能使詩文委婉、含蓄、隱晦，變得更為耐讀，給讀者一種朦朧美，拓闊讀者的想像空間，這就是中國傳統文學作品的一大特色。

課後小測試

找出下列句子中的「本體」、「喻體」或「借體」，並分析所用的修辭手法，是「明喻」、「借喻」，還是「借代」。

例：假舟楫者，非能水也。(《勸學》)

❶ 猿毛若金絲，閃閃可觀。(《猿說》)

❷ 羽扇綸巾。(《念奴嬌．赤壁懷古》)

❸ 北極朝廷終不改。(《登樓》)

❹ 必擇甘脆。(《五雜俎．物部三》)

❺ 以地事秦，猶抱薪救火。(《六國論》)

❻ 青蟲不易捕，黃口無飽期。(《燕詩》)

❼ 煮豆燃豆萁，豆在釜中泣。(《七步詩》)

題號	本體	喻體	借體	修辭手法
例	船／舟	—	楫	借代
❶		金絲		
❷				
❸				
❹				
❺				
❻				
❼				

弦外之音・無從覓尋

除了林夕和黃偉文，筆者也喜歡另一位填詞人，那就是已故的「鬼才」黃霑。他為大台電視劇《楊貴妃》的主題曲填詞，歌名叫做《男兒再不負深情》。在此節錄其中一段：

《長生宮》裏痴心事／《長恨歌》中泣血聲
男兒漢難為你傾出心中愛／以一生去換你一段情
如今請愛惜／當初帶羞少女／從此請記緊／這夜一對眼睛
華清碧水／長安青柳／那青青到後世幾回認

• 整首歌都蕩漾着唐代大曲的風韻。

這一段盡顯黃霑作為文化人的功架。「《長生宮》裏痴心事／《長恨歌》中泣血聲」，一開始就用了典故。「長生宮」所指的是清代劇作家洪昇的《長生殿》，《長恨歌》就是白居易的長篇七言敘事詩，兩者講的都是唐玄宗和貴妃楊玉環之間的愛情故事。男歡女愛的「痴心事」、悲歡離合的「泣血聲」，不用在字裏行間說得太白，這就是文人用典的最大好處。

看看末句。「華清碧水」固然脫胎自《長恨歌》裏的「春寒賜浴華清池，溫泉水滑洗凝脂」，正是唐玄宗和楊貴妃愛得火熱時的寫照。至於「長安青柳」同樣來自《長恨歌》裏的「歸來池苑皆依舊，太液芙蓉未央柳」，寫的是唐玄宗從四川返回首都長安後，在宮中所見的一切。楊柳依舊，貴妃已歿，叫這位情深的漢子「如何不淚垂」？一前一後，寫的都是如此美好的景物，可惜物是人非，流露出唐玄宗對楊貴妃的思念、對人生的無奈。

歌詞寫的是唐朝事，因此，為了增添一點唐詩風韻，黃霑故意把「《長生宮》裏痴心事／《長恨歌》中泣血聲」這兩句寫成對仗的模樣。「《長生宮》」

對「《長恨歌》」，都是文學作品名稱；「裏」對「中」，都是方位名詞；「痴心」對「泣血」，都是動賓結構；「事」對「聲」，都是名詞，句子結構極為嚴謹。

不只是詞性對應，就連各字平仄也是相對的。前句「平平平仄平平仄」，後句「平仄平平仄仄平」，除了第一個（「長」）和第三個字（「宮」、「歌」）都是平聲外，其餘字字平仄相對，極盡詞人之能事。

看！一首現代流行曲的歌詞，就已經找到那麼多可以玩味的內容。同樣，面對古詩文作品，大家只要肯花點心思，一樣可以從中體會到種種有趣的地方。**本章作為本書的終章，筆者將會帶領大家攻破閱讀古詩文的最大難點——弦外之音．無從覓尋**：怎樣從典故、避諱、意象、聲韻四方面，覓尋、賞析古詩文的弦外之音，探索詩人、詞人的內心世界。

第 29 課

「心中想與你，變做鳥和魚」── 談用典

近年來，大台不少自家製作的劇集，都以翻唱舊歌作為主題曲，譬如《跳躍生命線》的主題曲，就是翻唱盧冠廷的《但願人長久》；《BB 來了》的主題曲，則是翻唱已故歌手陳百強的《有了你》。《有了你》的歌詞，是由七、八十年代極著名的填詞人鄭國江所填寫的。筆者特別喜歡歌詞中的這一段：

有了你／頓覺輕鬆寫意／太快樂／就跌一跤都有趣
心中想與你／變做鳥和魚／置身海闊天空裏
並着翅在飛／輕鬆自如／同吸清新空氣
游來又游去／湖海多美／拋開人生的顧慮

- 大家不妨比較一下新（右）、舊（左）版本《有了你》有甚麼分別。

這段歌詞想表達，只要能夠與情人在一起，就會感到「輕鬆」、「寫意」、「自如」。為了使歌詞更見優雅，鄭國江於是引用《逍遙遊》開首的一個典故，來填寫「心中想與你／變做鳥和魚／置身海闊天空裏」這句：

北冥有魚，其名為鯤。鯤之大，不知其幾千里也。化而為鳥，其名為

鵬。鵬之背，不知其幾千里也；怒而飛，其翼若垂天之雲。

上文大概講述鯤魚入海能游，出海成鵬，繼而展翅翱翔。「入海能游，出海能飛」是自由的象徵，莊子卻認為，鯤魚要依靠水，才能游；鵬鳥要依靠風，才能飛，始終擺脱不了束縛，未曾得到真正的逍遙。詞人對此不同意，於是反用這個典故，特意寫出「輕鬆自如」、「拋開人生的顧慮」等句，凸顯與愛侶一起時的快樂。

能夠同時暗用、反用典故，讓歌詞典雅而不失自然，難怪鄭國江一直有着「詞匠」的稱譽。

古人創作古詩文時，也愛運用典故。那麼「典故」是甚麼？又有着甚麼類別？今課就跟大家一一細說。

一 甚麼是典故？

典故是詩歌、文章裏引用的古代故事和有來歷出處的詞句。古人行文作詩時，會經常加入典故，使文章變得雍容典雅、含蓄委婉，感情不外露；更重要的，是藉此凸顯自己的學識和才華。典故的來源，可以分為三種：

1　來自文學作品

李白的《送友人》中有「**浮雲遊子意**」句。這一句，以「浮雲」比喻「遊子」，原來是運用了**曹丕的《雜詩（其二）》**的典故：「西北有浮雲，亭亭如車蓋。惜哉時不遇，適與飄風會。吹我東南行，行行至吳會。吳會非吾鄉，安能久留滯？」詩中的遊子將自己比作浮雲，因為生不逢時，遇上政局動蕩的「飄風」，結果被「吹」到異鄉吳會。自此，後人就以「浮雲」來比喻遊子的行蹤漂泊不定。

2　來自歷史故事或名言

杜甫《登樓》中「**可憐後主還祠廟，日暮聊為梁甫吟**」兩句，就是**引用了諸葛亮和後主之間的故事**。後主治國無方，最終亡國，卻依然得到後人的供奉，相反，諸葛亮卻被投閒置散，杜甫就是想藉此反映自己懷才不遇之情。

韓愈在《師說》中認為「聖人無常師」，為了印證這一觀點，韓愈於是引用孔子的名言：「**三人行，則必有我師。**」這句話來自**《論語．述而》：「子曰：『三人行，必有我師焉。擇其善者而從之，其不善者而改之。』」**意指三個人在一起，一定有人可以成為我的老師：選擇他的優點向他學習，借鑒他的缺點作自我反省，切合了文中「聖人無常師」的觀點。

3　來自文化故事或傳說

韓愈有另一篇同樣著名的論說文——《馬說》。文章開首說：「**世有伯樂，然後有千里馬。**」韓愈將自己比作千里馬，卻一直不能遇上賞識自己的伯樂，結果鬱鬱不得志。**「伯樂和千里馬」這典故源自《莊子．馬蹄》中的故事：「及至伯樂，曰：『我善治馬。』」**自此，後人因而多用「伯樂和千里馬」這典故，指出人才得到重用的情形。

二 典故的用法

引用典故，其方法可以從「出處」、「目的」兩方面來分類。論「出處」，有「明引」、「暗引」之分；論「目的」，有「正引」、「反引」之別。

1 明引

又稱為「明用」、「明典」，是指**不論直接引用原文內容，還是只概括原文大意，都會註明原文的出處。**這種做法一般見於散文，尤其是論説文，藉此提升文章的説服力。例如：

A 孔子知弟子有慍心，乃召子路而問曰：「《詩》云『匪兕匪虎，率彼曠野』。吾道非邪？吾何為於此？」（《史記．孔子世家》）

B 古人云：「以地事秦，猶抱薪救火，薪不盡，火不滅。」此言得之。（《六國論》）

《史記．孔子世家》記述孔子與弟子曾被困於陳、蔡邊境一事。被困多日後，孔子發現一眾學生開始感到不耐煩，於是先後召見了子路、子貢、顏淵，並藉「匪兕匪虎，率彼曠野」的詩句，觀察他們對於「道」的信念有多堅實。詩句源自《詩經．小雅．何草不黃》，**孔子在引用時，說明了它的出處——「《詩》」**，這就是「明引」。

在《六國論》裏，為了印證用土地向秦國換取「和平」是引火自焚的舉動，蘇洵於是引出了「以地事秦，猶抱薪救火，薪不盡，火不滅」之言。這句話有兩個出處，分別是《史記．魏世家》及《戰國策．魏策三》：

蘇代謂魏王曰：「……且夫以地事秦，譬猶抱薪救火，薪不盡，火不滅。」

孫臣謂魏王曰：「……以地事秦，譬猶抱薪而救火也。薪不盡，則火不止。」

一個是蘇代説的，一個是孫臣説的。蘇洵莫衷一是，因此**不直接提及蘇代和孫臣的名字，而改用「古人」來代替**，這都是明引典故的做法。

2 暗引

又稱為「暗用」、「暗典」。與「明引」相反，暗引是指**不論是直接引用原句，還是只概括原文大意，都不會說明出處。**譬如為了吸引遊客選乘小輪上層，小輪公司在海報中引用了唐代詩人王之渙《登鸛雀樓》的最後兩句：「欲窮千里目，更上一層樓。」雖然是直接引用原句，可是由於沒有註明詩句的來源，因此這只能屬於「暗引」。

以下是古詩文暗引典故的例子：

C　碧雲天，黃花地，西風緊。北雁南飛。曉來誰染霜林醉？總是離人淚。（王實甫《西廂記．長亭送別》）

D　餓死真吾志，夢中行采薇。(《南安軍》)

《西廂記．長亭送別》這一幕，記述了崔鶯鶯送別張生上京趕考的離別場景。為了以繽紛的顏色渲染離別的愁緒，王實甫**引用了范仲淹著名詞作《蘇幕遮．懷舊》的首兩句「碧雲天，黃葉地」，並改「葉」為「花」，成為自己的語句。**這裏明顯是化用了范仲淹的名句，卻沒有説明出處，因此屬於暗引。

文天祥兵敗後，被押解至大都（今北京）。中途經過故鄉江西時，文天祥一時感觸，因而創作了五律《南安軍》。詩歌的尾聯是這樣寫的：「餓死真吾志，夢中行采薇。」文天祥化用了伯夷、叔齊的事跡：

商朝末年，孤竹國的伯夷、叔齊兩兄弟，曾出面勸阻周武王伐紂，認為這是不仁的做法，可是武王不聽。商朝滅亡後，**伯夷、叔齊不肯為效力武王，於是「隱於首陽山，采薇（採摘野菜）而食之……遂餓死於首陽山」（見《史記．伯夷列傳》）。**文天祥在詩歌中引用「采薇」的典故，是為了説明自己像伯夷、叔齊一樣，寧死不屈，不會為新君主——蒙古人效力。

3　正引

又稱為「正用」，就是指**引用者對所用典故持肯定、正面的態度，以印證自己的觀點、表達自己的感情，因此引文與原文意思是一致的。**除《有了你》外，上述所有典故，都屬於「正引」，作者都是順着原文的意思，去印證觀點、抒發感情的，在此就不再贅述了。

4　反引

又稱為「反用」、「翻典」。與「正引」相反，反引就是**引用者對所用典故持否定的態度，換言之，引文與原文的意思是相反的**，以達到標新立異、諷刺的作用。

在《逍遙遊》中，莊子認為「鯤魚」、「鵬鳥」即使入海能游、出海能飛，可是依然不逍遙自在，然而填詞人鄭國江對此卻持相反的意見，於是在《有了你》

的歌詞中，故意反用《逍遙遊》中「鯤魚和鵬鳥」的典故，強調只要與自己喜歡的人一起，就能夠像鯤魚、鵬鳥一樣上天下海，是如此「輕鬆自如」，而且能夠「拋開人生的顧慮」。我們來看看其他古詩文例子：

E　隨意春芳歇，王孫自可留。（《山居秋暝》）

F　可憐夜半虛前席，不問蒼生問鬼神。（李商隱《賈生》）

例句 E 中的「王孫自可留」反用了西漢辭賦家**淮南小山的《招隱士》：「王孫兮歸來，山中兮不可久留。」**王孫本隱居於深山，朝廷一直希望王孫可以「出山」，為國家效力，於是派人上山，勸説王孫「山中兮不可久留」。王維反用了這典故，説「王孫自可留」，其實是指自己，説明朝廷並無值得留戀之處，不可久留，反而歸隱山中才是最好的選擇。

至於例句 F「不問蒼生問鬼神」是源自西漢初年賈誼和漢文帝的故事。根據《史記．屈原賈生列傳》記載，賈誼曾因讒言而被貶謫到長沙。**後來文帝宣召賈誼回宮，請教鬼神之事，賈誼如實回答。文帝聽罷，感慨地說：「吾久不見賈生，自以為過之，今不及也。」文帝於是擢升賈誼為梁懷王太傅。**李商隱反用這個典故，諷刺漢文帝不問蒼生，卻依然重用賈誼，可是當今皇帝卻沒有重用自己，於是有懷才不遇的感歎。

課後小測試

利用工具書，找出下列各則典故的出處及類型。

❶ 遙想公瑾當年，小喬初嫁了，雄姿英發。羽扇綸巾，談笑間、檣櫓灰飛煙滅。(《念奴嬌·赤壁懷古》)

i. 出處：________________

ii. 類型：歷史故事

❷ 史官曰：交友之道，難矣！翟公之言曰：「一死一生，乃知交情。」彼非過論也。實有見於人情而云也。(《杜環小傳》)

i. 出處：________________

ii. 類型：________________

❸ 巴山楚水淒涼地，二十三年棄置身。
懷舊空吟聞笛賦，到鄉翻似爛柯人。
(劉禹錫《酬樂天揚州初逢席上見贈》)

i. 出處：________________

ii. 類型：________________

❹ 陳王昔時宴平樂，斗酒十千恣歡謔。
主人何為言少錢，徑須沽取對君酌！(《將進酒》)

i. 出處：________________

ii. 類型：________________

❺ 千古興亡多少事？悠悠，不盡長江滾滾流。（辛棄疾《南鄉子·登京口北固亭有懷》）

i. 出處：____________________

ii. 類型：____________________

❻ 錦瑟無端五十弦，一弦一柱思華年。

莊生曉夢迷蝴蝶，望帝春心托杜鵑。（李商隱《錦瑟》）

i. 出處：____________________、____________________

ii. 類型：____________________

第 30 課

「石矢」是甚麼？——談避諱

許多年前，在中環某個地盆，拍下了這張照片。

大卡車的車頭位置，印上了所屬公司的名稱，當中有一個詞語很值得玩味——石矢。「石矢」是甚麼？其實就是「石屎」。所謂「石屎」，就是水泥、混凝土。之所以稱為「石屎」，是因為這種建築材料由碎石製成，而且傾倒時的狀態猶如糞便（也就是「屎」），因此才有這樣的稱號。

言歸正傳。口語上用「石屎」稱之，還是可以的，不過作為公司名稱，就有點不妥。總不能跟別人説自己的公司經營「石屎」生意，那跟俗語「食屎」幾乎同音，別人聽了，情何以堪？估計是這個原因，該公司於是用近音字「矢」【ci2】來代替「屎」【si2】，改稱為「石矢」，這樣既能避免粗俗，又能增強公司的氣勢。

上述這種做法統稱「避諱」。「諱」者，「忌」也，「忌諱」是指因有所顧忌而不願或不敢説的話。**「避諱」就是避開不敢說的話，改用其他字眼來代替**，是閱讀古詩文時經常碰到的現象。

古人行文，之所以要避諱，大致原因有二：**（一）內容不雅不祥；（二）牽涉帝皇家祖**。

一 內容不雅不祥

1 一飯三遺「矢」

剛才説過，有公司改「石屎」作「石矢」，以避「屎」字不雅之諱，其實這做法早在漢代已經出現了。在《廉頗藺相如列傳》中，司馬遷記述了大將軍廉頗的結局：

趙悼襄王曾以樂乘代廉頗出戰，廉頗深深不忿，一怒之下投奔魏國，可是魏國信不過廉頗，一直將他投閒置散。時隔多年，趙王想重用廉頗，可是廉頗年事已高。趙王於是派使者前往魏國，觀察廉頗是否依然可用。廉頗在使者面前吃上一斗米、十斤肉，甚至披甲上馬，以證明自己老當益壯。怎料廉頗的政敵郭開暗中收買使者，要求使者在趙王面前抹黑廉頗。結果使者這樣向趙王報告：

廉將軍雖老，尚善飯，然與臣坐，頃之三遺矢矣。

大致意思是説：廉頗年老，卻依然能夠吃飯，只是在短時間內上了三次廁所。文中的「矢」，就是「屎」；而「遺」就是「拉」、「屙」⋯⋯因為不能直接寫進書中，因此司馬遷只好將「屎」改為「矢」了。

2 權起「更衣」

莫説是「屎」，即使是「上廁所」這個動作，在古人眼中也是難登大雅之堂的。譬如在司馬光修訂的《資治通鑑．漢紀》中有這一句：「權起**更衣**，肅追於宇下。」孫權只是換衣服而已，為甚麼魯肅要在屋簷下追着他？原來「更衣」是「上廁所」的委婉説法。大概司馬光認為直接寫孫權上廁所過於不雅，於是用「更衣」來代替。

3 龍體「違和」、必有所「郄」

一些不祥的字詞，到古人手裏往往會被改成其他詞語。譬如看古裝電視劇，我們經常會聽到御醫說「龍體違和」、「鳳體違和」之類的話。「違」者「違失」，「和」者「調和」，「違和」就是「失調」，也就是說生病。可是御醫不能直接說皇帝、皇后生病，因而以「違和」代替。

又例如在《戰國策．趙策四》中，趙國的左師觸讋跟趙太后說：「恐太后玉體必有所**郄**也。」「郄」同「隙」，有「空虛」的意思。「有所郄」就是指身體空虛，也就是生病。觸讋當然不能直言太后生病，因而只好以「郄」代替了。

4 崩、薨、不祿、卒

死亡相信是大家最忌諱的事情了，今天我們會用「過身」、「去了」、「仙遊」，甚至是俗語「賣鹹鴨蛋」等來代替「死」，這種情況在古代也不例外。

對於「死」，古人有多種叫法，而且不同階層的人，「死」的叫法也有不同，譬如皇帝之死叫「崩」，諸葛亮在《出師表》開首說：「先帝創業未半，而中道**崩殂**。」「崩殂」就是先帝劉備死亡的代稱。諸侯、親王之死，稱為「薨」（粵音讀【轟 gwang1】）；士大夫之死，稱為「不祿」；一般人之死，稱為「卒」，譬如《杜環小傳》有「後三年，遂**卒**」之句，說的就是常伯章的母親過身。

二 牽涉皇帝先祖

古代社會階級極為分明，皇帝尤其至高無上，因此古人行文時，一旦碰上皇帝的名字，都必須迴避：要麼空格不寫，要麼少寫一筆，要麼改換他字。這種避開皇帝或國君名諱的做法，叫做「國諱」或「公諱」，一般適用於過去七世代以內。

1　微子「啟」與微子「開」

在《史記．周本紀》中，司馬遷提到周武王分封給紂王的兄長微子啟，以延續商朝血脈，國號為「宋」。司馬遷寫道：「以微子**開**代殷後，國於宋。」微子啟沒有別稱，為甚麼司馬遷會稱之為「開」呢？**原來漢武帝的父親漢景帝姓劉名「啟」，為了避漢景帝的名諱，司馬遷於是以近義詞「開」來代替。**

2「民」部與「戶」部

隋代的中央政府設「三省六部」制。「六部」即吏部、度支、禮部、兵部、都官、工部，分掌全國官吏、財政、教育、軍事、司法、工程事宜。唐初，「度支」改稱「民部」，「都官」改稱「刑部」，直到唐高宗即位後，**為了避父親唐太宗李世民的名諱，於是改「民」為「戶」**，自此，吏、戶、禮、兵、刑、工之名正式確立，並沿用至清末。

3　趙「談」與趙「同」

除了「國諱」，亦有「家諱」，也就是避父親或先祖的名諱。譬如在漢文帝時期，有一位得寵的宦官，在《史記．佞幸列傳》裏，司馬遷稱他做「趙同」；在《漢書．佞幸傳》裏，班固卻稱之為「趙談」。那到底是司馬遷，還是班固出錯？

其實他們都沒有錯，只是司馬遷為了**避父親司馬談的名諱，於是將「談」改作當時的同音字「同」**。如果只看《史記》，而不用《漢書》作對比，那就很容易出錯的了。

不論為了甚麼原因，因避諱而改動人物或事物的名稱，都會讓我們閱讀古文變得困難。因此，大家不妨多學一點歷代避諱方面的知識，或多讀一些相關的專著，譬如近代歷史學家陳垣所著的《史諱舉例》。書中舉了八十多例，分析並說明了歷代避諱的種類、所用的方法，以及與避諱有關的問題，對大家閱讀古詩文都會有所幫助。

惰而侈，則貧；力而儉，則富。（《管子．形勢》）

第31課

「浮雲」背後的涵義——談古詩文的意象

看到藍天上的白雲，你會想到甚麼？潔白？純潔？輕柔？這都是現代人對於雲朵的感覺；可是在古代，白雲給人的意象，卻是相對負面的。

譬如孔子説過：「不義而富且貴，於我如浮雲。」（《論語．述而》）對孔子來説，以不正當手法得來的財富和官位，就好像過眼雲煙那樣，就好像俗語説的「冤枉來，冤枉去」，他絕對不會渴望得到的。孔子視不義之財如浮雲，是因為浮雲無根，容易吹來，也容易吹散。

大抵因為浮雲無根，來去無蹤，因此曹丕在《雜詩（其二）》中，將漂浮不定的浮雲比喻行蹤不定的遊子，自此「浮雲」就成為遊子浪跡天涯的「意象」，更為後世不少文人所用，包括李白在《送友人》中的那句「浮雲遊子意」。那甚麼叫做「意象」？

意象，是指詩文裏能給讀者固定涵義的藝術形象。當某件事物成功地帶出某種涵義後，後人就會加以模仿，繼而約定俗成，使該事物成為固定的「意象」，被賦予於一個或多個涵義上。

今課將會介紹古詩文中常見的意象及其象徵意義，好讓大家日後閱讀與這些事物相關的作品時，能夠更準確掌握其意象，從而學會欣賞作品的涵義、作者的情懷。

一 植物

1 松、柏

象徵：孤直、頑強、高潔

例子：《論語．子罕》：「子曰：『歲寒，然後知松柏之後凋也。』」

說明：松樹、柏樹都是耐寒的樹木，在大風雪中，其他樹木早已經凋謝，唯獨松柏依然屹立不倒，孔子更籲人以松柏為榜樣，學習它頑強不屈的優點。

2 竹

象徵：正直、堅貞、頑強、謙虛

例子：鄭板橋《竹石》：「咬定青山不放鬆，立根原在破岩中。千磨萬擊還堅勁，任爾東西南北風。」

說明：梅、蘭、菊、竹並稱「四君子」。竹竿筆直，寓意正直；竹竿中空，寓意謙虛；竹竿有節，寓意骨氣。竹子更能在寒冬中生長，都是堅貞君子的象徵，因此，鄭板橋以竹子自詡，表示即使受到千磨萬擊，依然能傲然佇立。

• 千磨萬擊還堅勁，任爾東西南北風。

3 梅

象徵：凌寒不屈的頑強、高潔脫俗的風骨

例子：《卜算子．詠梅》：「無意苦爭春，一任羣芳妒。零落成泥碾作塵，只有香如故。」

說明：松、竹、梅並稱「歲寒三友」。嚴冬之時，梅花獨生，還散發出清香，好比在困苦中堅持下去的君子，最終有所成就。詞中的梅花不跟其他花朵爭豔，即使粉身碎骨，也堅守原則，盡顯風骨，陸游正是以此自喻，託物言志。

4 蘭

象徵：高潔、優雅

例子：靜諾《詠秋蘭》：「長林眾草入秋荒，獨有幽姿逗晚香。每向風前堪寄傲，幾因霜後欲留芳。」

說明：蘭花高潔、優雅，即使深秋霜重，依然能一枝獨秀，因此即使「眾草入秋荒」，蘭花依然能散發獨的幽姿和幽香。

5 菊

象徵：高尚、純潔、堅貞、隱士

例子：《歸去來辭》：「三徑就荒，松菊猶存。」

說明：菊花在百花凋零後盛開，即使秋霜降臨，也依然茂盛生長，不少人以此比擬自己情操高潔。陶潛家中庭院荒涼不已，唯獨松樹和菊花依然茂盛，正是高潔的象徵。

6 蓮

象徵：君子、高潔、淡泊

例子：《愛蓮說》：「予獨愛蓮之出淤泥而不染……中通外直，不蔓不枝；香遠益清，亭亭淨植。」

說明：蓮花長於池塘的污泥中，卻沒有沾染半點污垢，正是不肯同流合污的象徵。因此宋代理學的創始人周敦頤，不但將蓮花比喻為花中君子，更以此自詡，訴說自己的心志。

7 柳

象徵：惜別、留戀、不捨

例子：白居易《青門柳》：「為近都門多送別，長條折盡減春風。」

說明：楊柳枝條彎彎的，就像離人依依不捨時的情態，欲行又止。詩中的「長條」是指楊柳，古人送別時，多贈人柳條，以表不捨之情。

8 草

象徵：生命力強、地位卑微

例子：白居易《草》：「離離原上草，一歲一枯榮。野火燒不盡，春風吹又生。」

《六國論》：「子孫視之不甚惜，舉以予人，如棄草芥。」

說明：青草生命力強，枯萎後又容易再次長出，因此白居易以此比喻朝中小人，除之不盡。同時，正因為草是粗生植物，因此地位低下，無人理會，故此蘇洵說諸侯將土地割讓給秦國，就好像丟棄小草一樣，一點也不珍惜。

9 梧桐

象徵：喪偶、淒涼、悲傷

例子：《聲聲慢．秋情》：「梧桐更兼細雨，到黃昏、點點滴滴。」

說明：有說梧桐樹可分雌雄，「梧」為雄，「桐」為雌，因此人們都會把梧桐樹的凋零，比喻喪偶；此外，梧桐樹葉寬闊，雨點打在葉片上，聲音響亮，容易被人聽見，因而讓人聯想到傷心的眼淚。故此，李清照以梧桐樹為喻，道出了喪偶的悲痛。

10 紅豆

象徵：愛情、相思

例子：《相思》：「紅豆生南國，春來發幾枝？願君多采擷，此物最相思！」

說明：這裏的紅豆不是我們日常吃到的紅豆，而是「相思豆」。因為有着這樣的名稱，因此被喻作相思之物，所以王維希望遠方的「君」可以多加採摘，一解相思之苦。

11 桃花

象徵：美人、愛情

例子：崔護《題都城南莊》：「去年今日此門中，人面桃花相映紅。人面不知何處去，桃花依舊笑春風。」

說明：桃花姿態優雅、顏色鮮豔，是美人、愛情的象徵，崔護因而以桃花與「人面」相比，帶出對去年那人的懷念。

12 牡丹

象徵：富貴、奢華

例子：裴潾《裴給事宅白牡丹》：「長安豪貴惜春殘，爭賞街西紫牡丹。」

解釋：牡丹綻放時絢麗燦爛，雍容典雅、富貴祥和的形象讓人聯想到繁榮昌盛、興旺發達，因此，長安城內的富豪為了一睹紫牡丹的風采，不惜蜂擁至朱雀街西面的慈恩寺裏。

二 動物

1 鴛鴦

象徵：夫妻恩愛

例子：孔尚任《卻奩》（《桃花扇》第七齣）：「這雲情接着雨況，剛搔了心窩奇癢，誰攪起睡鴛鴦。」

解釋：「鴛」是雄鳥，「鴦」是雌鳥，雙宿雙棲，是夫妻恩愛的象徵。《卻奩》（「奩」，讀【廉 lim4】，指嫁妝）開首就描寫書生侯方域和歌妓李香君結為夫妻、洞房花燭時的情景，當中「鴛鴦」一詞，就是說侯、李是恩愛夫妻。

2 燕子

象徵：春光美好、新婚、昔盛今衰

例子：葛天民《迎燕》：「咫尺春三月，尋常百姓家。為迎新燕入，不下舊簾遮。」

《詩經·邶風·燕燕》:「燕燕于飛，差池其羽，之子于歸，遠送于野。」

劉禹錫《烏衣巷》:「舊時王謝堂前燕，飛入尋常百姓家。」

解釋：燕子低飛，暗示春天來了，因此葛天民在《迎燕》中，描寫百姓打開舊簾，喜迎燕子，好讓春光照進家中。由於燕子築巢於屋簷下，好比人類成家立室，由此燕子是新婚、愛情的象徵，故此《燕燕》就是先寫燕子低飛，然後寫女子出嫁的情形。同時，燕子長居屋簷下，能見證人家的盛衰，因此劉禹錫藉「飛入尋常百姓家」的燕子，流露對烏衣巷的繁盛今非昔比的慨歎。

3 杜鵑鳥（杜鵑花）

象徵：悲苦、哀怨、淒涼、鄉思

例子：李白《宣城見杜鵑花》:「蜀國曾聞子規鳥，宣城還見杜鵑花。一叫一回腸一斷，三春三月憶三巴。」

解釋：傳說古蜀國君王杜宇因為民間的流言，鬱鬱而終，死後，亡魂沒有離開蜀國，還化為杜鵑鳥，邊飛邊鳴，提醒百姓耕種，更泣血成淚，染紅了地上的花，因而成為杜鵑花。後人於是以杜鵑鳥、杜鵑花象徵哀怨、悲苦和鄉愁。

• 杜鵑花顏色豔麗，想不到背後有着一段悲慘的泣血故事。

4 鴻雁

象徵：思鄉懷親、羈旅傷感、書信消息

例子：李清照《一剪梅》：「雲中誰寄錦書來？雁字回時，月滿西樓。」
《聲聲慢．秋情》：「雁過也，正傷心，卻是舊時相識。」

解釋：古人以鴻雁傳遞書信，因此鴻雁一直是書信、思念的象徵，同時，每逢秋冬，北雁南飛，到春天就會飛回故地，遊子看見了，因而心生思鄉之情、羈旅之愁。《一剪梅》是李清照的前期作品，當時與丈夫趙明誠分隔兩地，因此每當看到鴻雁飛過，都會想到是否丈夫的來信；《聲聲慢》是後期作品，當時李清照已經在南方，丈夫又身故，因此看到北來的鴻雁，李清照不期然勾起思鄉、懷人之愁。

5 烏鴉

象徵：衰敗、荒涼

例子：馬致遠《天淨沙．秋思》：「枯藤老樹昏鴉，小橋流水人家，古道西風瘦馬。夕陽西下，斷腸人在天涯。」

解釋：烏鴉羽毛呈黑色，加上叫聲沙啞淒厲，一直被視作不祥、衰敗的象徵。馬致遠正是以烏鴉的叫聲，襯托出枯藤老樹的荒涼，藉此抒發遊子浪跡天涯的感慨。

6 蟬

象徵：品行高潔、悲涼淒切、人生短暫

例子：李商隱《蟬》：「本以高難飽，徒勞恨費聲。五更疏欲斷，一樹碧無情。」

解釋：蟬棲於高枝，餐風露宿，不食人間煙火，因此是品行高潔的象徵，可是正因為高處不勝寒，因此李商隱也說牠「高難飽」，最終只會帶來世間無情的嘲諷。

7 猿

象徵：淒厲、悲苦、小人

例子：杜甫《登高》：「風急天高猿嘯哀，渚清沙白鳥飛回。」

《岳陽樓記》：「薄暮冥冥，虎嘯猿啼。」

解釋：古人認為，猿的叫聲淒厲哀怨，如泣如訴，催人淚下，因此杜甫在《登高》開首就以猿的哀鳴、鳥的徘徊，烘托出一片蕭條寂寞的氣氛。可是在特別的情況下，猿又象徵着小人，譬如范仲淹描寫了岳陽樓在陰雨下的景物，當中「薄暮冥冥，虎嘯猿啼」實際上是寫墨客騷人的前路一片昏暗，結果停滯不前，原因是有小人在背後使然。

8 魚

象徵：書信、思念

例子：蔡邕《飲馬長城窟行》：「客從遠方來，遺我雙鯉魚。呼兒烹鯉魚，中有尺素書。」

解釋：古人用絹帛寫信，並收藏在鯉魚的肚子內，然後傳給對方，因有「魚箋」之名，「魚」亦成為了書信的象徵。蔡邕《飲馬長城窟行》中「雙鯉魚」不是指兩條鯉魚，同樣是指信函。原來古人又會把信件藏於木盒子裏，木盒子由兩塊魚形的木板製成，一蓋一底，故稱為「雙鯉魚」，象徵着書信和思念。

三 天文

1 夕陽

象徵：失落、消逝、光陰短暫

例子：李商隱《登樂遊原》：「夕陽無限好，只是近黃昏。」

解釋：夕陽雖然壯觀，可是瞬間即逝，因此歷來都被用作光陰短暫的象徵，譬如李商隱就是藉夕陽來抒發自己年華不再的哀愁。

2 月

象徵：時空永恆、圓滿缺憾、思鄉懷人、高潔無暇

例子：《春江花月夜》：「人生代代無窮已，江月年年只相似。」

蘇軾《水調歌頭》：「人有悲歡離合，月有陰晴圓缺。」

張九齡《望月懷遠》：「海上生明月，天涯共此時。」

《月下獨酌（其一）》：「舉杯邀明月，對影成三人。」

解釋：在古人眼中，日月是永恆的象徵，因此張若虛以「江月年年只相似」句，藉着描寫月亮的永恆，帶出人間世事無常的哲理。月雖永恆，每月卻有圓缺，古人正是以月圓月缺，象徵人世間的圓滿和缺憾，比如蘇軾正是將人與月等同，來安慰自己悲歡離合是平常之事。正因為有悲歡離合，因此古人也會通過月亮來思念遠方親友，張九齡的一句「天涯共此時」正道出了這一點。月亮在漆黑的夜空中發放光芒，正是因為它高潔無暇，故此李白在《月下獨酌》中寫月亮，其實是寫自己，彼此同樣高潔自好。

3 春風

象徵：美好、溫暖、希望、生機

例子：白居易《春風》：「春風先發苑中梅，櫻杏桃梨次第開。薺花榆莢深村裏，亦道春風為我來。」

解釋：春風來了，春雨也不遠矣，因此，春風總是給人美好、溫暖、希望，生機處處。就好像白居易寫春風一到，各種花朵都依次盛放，好不燦爛。

4 秋風、西風

象徵：破敗、落寞、荒涼、遊子

例子：納蘭性德《浣溪沙》：「誰念西風獨自涼，蕭蕭黃葉閉疏窗，沉思往事立殘陽。」

解釋：入秋後，天氣變得清涼，西風一吹，吹起無限涼意，也勾起文人對暖春的追憶、對故鄉的懷念、對佳人的牽掛。譬如納蘭性德的這闋詞，一開始就將西風、黃葉、殘陽這三種意象連在一起，營造出蒼涼、悲傷的氣氛，藉此抒發對美好往事的懷念。

5 雲

象徵：流浪、漂泊、遊子

例子：《送友人》：「浮雲遊子意，落日故人情。」

解釋：浮雲無根，隨風飄蕩，正好用來比喻遊子。李白在詩歌中一連用了兩個意象，第一就是浮雲，第二就是落日，道出了朋友離開自己後的失落感。

6 小雨

象徵：春景、生機、希望

例子：杜甫《春夜喜雨》：「好雨知時節，當春乃發生。隨風潛入夜，潤物細無聲。」

解釋：踏入春天，生機處處，春雨也開始逐點逐點的下，滋養萬物。因此杜甫仔細描寫了小雨降臨時的情形，藉春雨訴說對春天美好的盼望。

7 風雨、暴雨

象徵：挫折、痛苦

例子：《過零丁洋》：「山河破碎風飄絮，身世浮沉雨打萍。」

解釋：如果小雨代表滋潤，那麼暴雨就代表摧毀，因此文天祥將風雨象徵元軍的破壞、摧殘，導致南宋破滅。

8 露、朝露

象徵：人生短促、世事無常

例子：《短歌行》：「對酒當歌，人生幾何！譬如朝露，去日苦多。」

解釋：植物上的露水，在寒冷的清晨形成，可是日出後就會消散，後人於是藉朝露來象徵好景不長。曹操認為人生苦短，猶如朝露般易來易去，因此要把握時光，對酒當歌。

9 霜雪

象徵：環境惡劣、惡勢力的猖狂

例子：關漢卿《竇娥冤．法場》：「你道是暑氣暄，不是那下雪天；豈不聞飛霜六月因鄒衍？」

解釋：霜雪降臨，會覆蓋一切，大地毫無生機可言，因此古人藉霜雪來比喻惡劣的環境，尤其是惡勢力的猖狂。譬如竇娥正是以「六月飛霜」來訴說自己被人陷害、另有冤情。

10 煙霧

象徵：迷茫、落空

例子：崔顥《黃鶴樓》：「日暮鄉關何處是？煙波江上使人愁。」

解釋：煙霧瀰漫，前路就會看不清，人也就會感到迷茫。因此，崔顥也以煙霧為詩中意象，訴說自己仕途之路迷茫、回鄉之路更迷茫。

説起煙霧，筆者在去年親身到過岳陽樓。怎料當日下起細雨、刮起強風，登上岳陽樓後，只看到岳陽樓旁邊的洞庭湖煙霧瀰漫，連湖對岸的君山島也看不到，難免有點掃興。不過，這卻讓筆者完全體會到《岳陽樓記》中「霪雨霏霏，連月不開；陰風怒號，濁浪排空；日星隱耀，山岳潛形；商旅不行，檣傾楫摧；薄暮冥冥，虎嘯猿啼」這一連串的描寫。

• 大家可以掃描右邊的二維碼，觀賞短片，跟作者一同站在岳陽樓頂層，感受范仲淹在「薄暮冥冥」中「去國懷鄉，憂讒畏譏」的愁思。

11 河水、江水

象徵：時光易逝、愁情無盡

例子：《念奴嬌．赤壁懷古》：「大江東去，浪淘盡、千古風流人物。」

李煜《虞美人》：「問君能有幾多愁？恰似一江春水向東流。」

解釋：江水一去不復返，時光亦然，因此歷代文人都會以江河之水比喻時光，譬如蘇軾就是以「大江東去」，千古英雄豪傑也難敵歷史的洪流，葬身於時光長河裏。月有圓缺，但永恆不變；水會東流，卻長流不息，文人也會將愁思比作流水，連綿不斷。就好像南唐後主李煜成為亡國奴後，日夜憶起昔日的美好時光，因而引起無限感慨。

四 器物

1 酒

象徵：失落、悲愁、喜慶

例子：李白《宣州謝朓樓餞別校書叔雲》：「抽刀斷水水更流，舉杯消愁愁更愁。」

解釋：在古代，文人喝酒，多是為了消愁：離開家鄉、訣別情人、科場失意、仕途遭讒、被貶遠方……希望在酒醉中暫時擺脫煩惱，可是，「酒不醉人人自醉」，酒醒過後，依然要面對眼前的困境。李白雖然嗜酒，可是也看通世情，因而有「舉杯消愁愁更愁」之句。

2　鏡子

象徵：年老、鉛華盡洗

例子：《將進酒》：「君不見高堂明鏡悲白髮，朝如青絲暮成雪。」

解釋：鏡子能照出青春氣息，能照出暮年老態，然而後者的震撼力往往勝過前者千萬倍，因此古人往往藉鏡子抒發年紀老邁、鉛華盡洗的無奈與哀愁。

3　油燈、蠟燭

象徵：思念、哀愁

例子：歐陽修《玉樓春》：「故攲單枕夢中尋，夢又不成燈又燼。」

杜牧《贈別（其二）》：「蠟燭有心還惜別，替人垂淚到天明。」

解釋：古代娛樂生活欠奉，情人遠隔萬里，晚上只好和油燈為伴，夜夜相思；情人行將訣別，彼此更要趁日出前留住最淒美的一刻。加上蠟燭燃燒時所融化的蠟，狀如眼淚，無不象徵着離別的眼淚。

4　書信

象徵：思念

例子：《春望》：「烽火連三月，家書抵萬金。」

《古詩十九首．孟冬寒氣至》：「置書懷袖中，三歲字不滅。」

解釋：古代固然沒有手機、電腦，即使是行之已久的郵驛制度也不發達，因此能夠收到從遠方寄來的書信，尤其是家書，可謂比黃金更珍貴。因此，古人往往將家人、摯愛的書信藏諸衣袖中，可見重視的程度。

5　舟、船

象徵：漂泊、別離

例子：張繼《楓橋夜泊》：「姑蘇城外寒山寺，夜半鐘聲到客船。」

《雨霖鈴》：「都門帳飲無緒，留戀處、蘭舟催發。」

解釋：遊子漂泊天下、士子貶謫他鄉，少不免要乘船前往。在舟船上度日，不免讓人心生漂泊之苦、思鄉之愁。張繼流寓江南，萬里作客，以船為家，夜半難眠，只好與寺廟鐘聲為伴；同樣，柳永仕途不順，浪跡天涯，每到一處，便與當地歌妓相戀，相戀不久，又要言別。縱使萬千不捨，船家催發，只好將這段戀情留在記憶裏了。

6 高樓

象徵：思念

例子：柳永《八聲甘州》：「不忍登高臨遠，望故鄉渺邈，歸思難收。」

解釋：今天，我們登高樓，是為了眺望美景；然而，古人羈旅行役，每生思鄉、懷人之意，就會登樓望遠，想像千里之外的故鄉舊人。雖然「不忍」，但起碼有所寄託，然而又會迸發鄉愁，愁上加愁，矛盾自在其中。

第32課

《最激帝國》用韻之妙——談九聲、四聲與平仄

昔日填詞人的優秀之處，不但在於懂得運用各種修辭、意象，在用韻用字方面也非常大膽。認識筆者的朋友都會知道，我非常欣賞用入聲字為韻腳的歌曲，郭富城《最激帝國》可以說是當中的代表。我們先來看看由已故著名填詞人林振強所寫的《最激帝國》歌詞：

激【gik1】/ 是這晚夜色【sik1】/ 是你我目的【dik1】
你的我的眼色角色【sik1】/ 是多麼激【gik1】
像有了共識【sik1】/ 自你我相識【sik1】
擦出擦出擦出擦出電光霹靂【lik1】
靈魂內有天地 / 內有國度 / 其名字叫最激激激激【gik1】

來愛個激的【dik1】/ 來來唱個激的【dik1】
來舞個激的【dik1】/ 我給你的會最激【gik1】
來吻個激的【dik1】/ 源源不息的激【gik1】
情哪有公式【sik1】/ 若要活要活得最激【gik1】

激【gik1】/ 是獸性月色【sik1】/ 是野性汗跡【zik1】
冷的暖的你的我的【dik1】/ 互相交織【zik1】
越見你越激【gik1】/ 沒再去分析【sik1】
看得見的看不見的火花千億【jik1】
齊投入我天地 / 入我國度 / 全情共我去激激激激【gik1】

• 大家一起來感受【-ik】韻母的「激」吧！

之所以欣賞這首歌的歌詞，是因為歌詞韻腳的韻母皆為【-ik】，都是「入聲字」。入聲字都帶有【-p】、【-t】、【-k】等韻尾，導致發音急速逼迫，讀起來擲地有聲，激發了內心的激蕩，表達了對所愛之人毫無保留的愛，是十分難得的作品。

到底「入聲」是甚麼?「入聲字」有甚麼特別？用「入聲字」作韻腳有甚麼好處？此外，除了「入聲」，還有甚麼「聲」？今課作為本書最後一課，我們先從粵語「九聲」入手，解釋古代「四聲」特點和「平仄」的分類，並賞析作品內容和風格怎樣影響韻腳的選用。

一 「四聲」與「平仄」

1 粵語九聲

所謂聲調，籠統來說是指文字發音的升降、長短、高低，我們就以粵語為例。粵語有九聲，即：陰平、陰上、陰去、陽平、陽上、陽去、陰入、中入、陽入。這九個聲調的高低、升降、長短互有不同，各有特點。我們先看看這九聲的例字：

聲調	調值	例字及拼音		例字及拼音		例字及拼音	
陰平	1	詩	si1	翁	jung1	堪	ham1
陰上	2	史	si2	湧	jung2	砍	ham2
陰去	3	肆	si3	雍（州）	jung3	磡	ham3
陽平	4	時	si4	容	jung4	含	ham4
陽上	5	市	si5	勇	jung5	頷	ham5
陽去	6	是	si6	用	jung6	陷	ham6
陰入	1	扑	bok1	嗒	daap1	唧	zit1
中入	3	駁	bok3	答	daap3	節	zit3
陽入	6	薄	bok6	踏	daap6	截	zit6

如果大家反覆誦讀這些例字的話，就會發現「九聲」的特點：

A 平聲

「詩」、「時」；「翁」、「容」；「堪」、「含」等字的音調都是**平穩**的，既沒有上升，也沒有下降。

B 上聲

「史」、「市」；「湧」、「勇」；「砍」、「頷」等字的音調都是從低出發，慢慢**提升**的。

C 去聲

「肆」、「是」；「雍」、「用」；「磡」、「陷」等字的音調，都是從高處漸漸**下降**的。

D 入聲

「扑」、「駁」、「薄」;「嗒」、「答」、「踏」;「唧」、「節」、「截」等字，發音**短促**，而且像要馬上收藏的樣子。

E 陰陽

「平」、「上」、「去」各分陰陽兩調，表示文字發音調值的高低。「陰平」、「陰上」、「陰去」、「陽平」、「陽上」、「陽去」這六聲，分別代表了六個調值：【1】、【2】、【3】、【4】、【5】、【6】。至於「陰入」、「中入」、「陽入」這三聲，起初的確是以【7】、【8】、【9】來表示的，可是實際上，這三個入聲的調值，分別與「陰平」【1】、「陰去」【3】和「陽去」【6】相同，因此後來都改以【1】、【3】、【6】來表示了，直到今日。可見，**粵語雖有九聲，實質只有六調，因此一直有着「九聲六調」的說法。**

由此，我們可以領略粵語九聲裏「升降」、「長短」、「高低」的差別。如果撇除調值不說，粵語九聲實質由「平」、「上」、「去」、「入」組成，**統稱「四聲」，是從古漢語裏的「四聲」演變而來的。**

2 「四聲」與「平仄」

四聲，就是指古代漢語的四個聲調。上古漢語（魏晉及之前）早已有四聲，彼此各有特色，也有升降、長短、高低之分，可是要到南北朝時期，人們才意識到當中的分別，南梁的沈約更提出有關概念，並創出「平」、「上」、「去」、「入」的「四聲說」。明朝僧人釋真空曾以詩歌《玉鑰匙歌訣》，來總結四聲的特點和分別：

「平」聲平道莫低昂，
「上」聲高呼猛烈強，
「去」聲分明哀遠道，
「入」聲短促急收藏。

總的來説，平聲是平調，發聲時較為平穩；上聲是升調，發聲時音調上揚；去聲是降調，發聲時音調逐漸放緩；入聲是短調，發聲過程短促，且有收藏之勢，都跟剛才粵語九聲的特點相若。

後來有人將四聲歸為「平、仄」兩類。「平」解作「平直」，「仄」解作「曲折」，都是針對四聲特點而言的。平聲的音調平穩，因此歸為「平」；其餘上、去、入三聲，聲調有上、有落、有收的變化，並不平穩，因而歸為「仄」。

「平仄」的出現，主要是為了配合隋唐時代詩歌的創作。隋唐時代，文人越來越注重聲調不同對詩歌演繹的影響，因而創製了一系列嶄新的詩歌體裁——「近體詩」。「近體詩」是就隋唐時代的人而言的，以便區別隋唐以前沒有用字規律可言的「古體詩」。

「近體詩」規定了創作詩歌時的用字，包括字數、句數、平仄及用韻，因為講求格律，因此又稱為「格律詩」。

在數字上，「近體詩」規定每句只可以為五個字或七個字，即所謂「五言」、「七言」；句數方面，只有四句及八句之分，即所謂「絕詩」、「律詩」，因而衍生了「五言絕詩」、「五言律詩」、「七言絕詩」、「七言律詩」這四種基本體裁。

至於平仄，則是指「平聲字」和「仄聲字」在詩句中的分佈，形式甚多，在此不作贅述，可是總體上每兩句為一個單位，前句和後句的「平仄」是相對的。詩人要根據平仄規定，安排用字，否則會被視為犯規，不能算是工整的近體詩。我們以杜甫《登樓》為例子：

平仄	仄	仄	平	平	平	仄	仄
拼音	bak1	gik6	ciu4	ting4	zung1	bat1	goi2
前句	北	極	朝	廷	終	不	改
後句	西	山	寇	盜	莫	相	侵
拼音	sai1	saan1	kau3	dou6	mok6	soeng1	cam1
平仄	平	平	仄	仄	仄	平	平

「北極朝廷終不改，西山寇盜莫相侵」的平仄分佈是「仄仄平平平仄仄，平平仄仄仄平平」，字字相對，十分工整。

3 韻腳

至於韻腳，**「近體詩」規定逢雙數句（第二、四、六、八句）必須押韻，第一句則相對自由**，可押可不押。此外，**「近體詩」必須押平聲字——是指定韻書裏的平聲字**。所謂「韻書」，是字典的一種，按不同韻母（古代稱「韻部」）來編排文字。一般來說，韻書會按平、上、去、入四聲，劃分為若干韻部，每個韻部下收錄了擁有同一韻部的文字，每個文字都附有簡單字義。手執韻書，詩人就可以根據字義、平仄、韻部來寫詩了。韻書早在三國時期就已經出現，都屬私人著作，要到唐代以後，才出現官方專用韻書，例如唐代的《唐韻》、宋代的《廣韻》和《集韻》、明代的《詩韻》等，當中以《詩韻》最為完備，一直沿用至今。

我們再以《登樓》為例。這首詩的韻腳位於第一、二、四、六、八句，符合近體詩的規定。這五個韻腳包括了：**心、臨、今、侵、吟，其韻部都屬於《廣韻》和《詩韻》中的「侵」部**。以今天粵語為準，這五個字的拼音分別為：【sam1】、【lam4】、【gam1】、【cam1】、【jam4】，韻母都是【-am】。不論是古音，還是今音，這五個字都是押韻的，足見《登樓》是一首在格律、用韻上極為嚴謹的七律。

近體詩有規定每句的字數，可是後來興起的詞、曲，都屬於「長短句」：每句字數不一，開始帶有今天流行曲的影子。不過，**「詞」和「曲」在平仄上依然有所規定，作者必須根據各詞牌的平仄、用韻等規定來填上文字**。

至於押韻，不同詞牌各有規定。有些詞牌規定只押平聲韻，例如《八聲甘州》、《江城子》；有些規定只押仄聲韻，例如《念奴嬌》、《青玉案》；有些規定中途必須換韻，例如《虞美人》等。「詞」和「曲」所用的韻部又與近體詩不同，分別以《詞林正韻》及《中原音韻》為準。

二 四聲與欣賞詩詞的關係

前文介紹過《玉鑰匙歌訣》這首詩，是就四聲的特色作一總結。每種聲調各有不同特色，誦讀效果也有不同，如果用作詩、詞、曲的韻腳，讀起來的韻尾也就千差萬異。為了配合作品的內容，文人在作詩、填詞、寫曲時，用韻也是有一番講究的。

就宋詞而言，運用平聲字作為韻腳，能夠帶出「悠揚清亮」（見陳恢耀《詞藝之美：南瀛詞藝叢談》）的情調。譬如：

A 辛棄疾《醜奴兒》

少年不識愁滋味，愛上層樓，愛上層樓。為賦新詞強說愁。
而今識盡愁滋味，欲說還休，欲說還休。卻道天涼好個秋。

詞作的韻腳為「樓」【lau4】、「愁」【sau4】、「休」【jau1】、「秋」【cau1】，都是平聲字，以平穩的音調讀出，清脆響亮，能夠帶出詞人兒時、年長對「愁」看法之不同，凸顯詞人對於人生的無限感慨。

如果用上聲字為韻腳，就能夠帶出「矯健峭拔」（來源同上）的情調，如果是去聲字，則能夠帶出「宏闊悲壯」（來源同上）的情懷。譬如：

B 歐陽修《玉樓春》

別後不知君遠近【去】。觸目淒涼多少悶【去】。漸行漸遠漸無書，水闊魚沉何處問【去】。　夜深風竹敲秋韻【去】。萬葉千聲皆是恨【去】。故攲單枕夢中尋，夢又不成燈又燼【去】。

《玉樓春》是歐陽修以女性第一人稱方式，表達閨中思婦與情人言別後的離情別緒。詞中韻腳全為去聲韻，因為去聲字的音調漸漸下降，有一種消逝的感覺。整闋《玉樓春》以去聲字為韻腳，譬如「悶」、「恨」、「燼」等，因而能夠帶出情人遠逝、彼此不能相見的淡淡哀愁。

很多時候，上聲和去聲的韻腳都會合用於同一首作品裏。譬如：

C 范仲淹《蘇幕遮 · 懷舊》

碧雲天，黃葉地【去】。秋色連波，波上寒煙翠【去】。山映斜陽天接水【上】。芳草無情，更在斜陽外【去】。　黯鄉魂，追旅思【去】。夜夜除非，好夢留人睡【去】。明月樓高休獨倚【上】。酒入愁腸，化作相思淚【去】。

這是范仲淹被外放到邊疆時所寫的懷人作品。由於范仲淹當時身處邊疆，因此，當寫到「天接水」、「樓高獨倚」時，他會用上「水」、「倚」等上聲字，以表現壯闊的塞外風光！可是，當寫到懷念故人時，就會用上「思」（這裏讀【肆 si3】）、「睡」、「淚」等去聲字，以抒發其愁緒。

D《青玉案 · 元夕》

東風夜放花千樹【去】，更吹落、星如雨【上】。寶馬雕車香滿路【去】。鳳簫聲動，玉壺光轉，一夜魚龍舞【上】。　蛾兒雪柳黃金縷【上】，笑語盈盈暗香去【去】。眾裏尋他千百度【去】；驀然迴首，那人卻在、燈火闌珊處【去】。

辛棄疾藉描寫元宵夜臨安城的繁華景象，來諷刺南宋君臣上下無意北伐，因此在描寫元夕夜的繁華時，會用上「雨」、「舞」、「縷」等上聲字，以增強其氣氛，但同時會以去聲字為韻腳，使全詞韻腳「時『上』時『去』」，營造出聲韻上的跌宕，反映對南宋政府的不滿。

至於「入聲韻」，由於「短直急促」，因此能帶出「幽怨沉鬱」（來源同上），甚至是慷慨激昂的情調。譬如：

E 柳永《雨霖鈴》

寒蟬淒切【cit3】，對長亭晚，驟雨初歇【hit3】。都門帳飲無緒，留戀處，蘭舟催發【faat3】。執手相看淚眼，竟無語凝噎【jit3】。念去去，千里煙波，暮靄沉沉楚天闊【fut3】。　多情自古傷離別【bit6】，更那堪冷落清秋節【zit3】！今宵酒醒何處？楊柳岸，曉風殘月【jyut6】。此去經年，應是良辰好景虛設【cit3】。便縱有、千種風情，更與何人說【syut3】？

《雨霖鈴》是柳永的名篇，講述自己與情人共飲言別時的情景。之所以説「入聲調」能夠帶出「幽怨沉鬱」的情調，是因為入聲字發音短促，本想發音就已經被壓抑，有着欲言又止的感覺。柳永與情人一旦言別，就從此分隔異地，可是不肯言別，又是不可能的事情。正是這種矛盾，只有用入聲字才能淋漓盡致地表達出來。

F 岳飛《滿江紅》

怒髮衝冠，憑欄處、瀟瀟雨歇【hit3】。抬望眼，仰天長嘯，壯懷激烈【lit6】。三十功名塵與土，八千里路雲和月【jyut6】。莫等閒、白了少年頭，空悲切【cit3】。　靖康恥，猶未雪【syut3】。臣子恨，何時滅【mit6】！駕長車，踏破賀蘭山缺【kyut3】。壯志飢餐胡虜肉，笑談渴飲匈奴血【hyut3】。待從頭、收拾舊山河，朝天闕【kyut3】。

這是岳飛家喻戶曉的作品，主要抒發了北伐金人、收復失地的決心。運用短促的入聲字，既能表達出岳飛與金人短兵相接時的激烈戰況，也能表現出岳飛內心的洶湧澎湃，讓讀者徹底了解他「收拾舊山河」的決心。

三 用粵語朗讀古詩詞

宋元以後，雅言（官話）出現了變化，當中最明顯的改變，就是入聲的脱落，並歸入平、上、去三聲裏，經歷幾百年的演變，最終成為今天的普通話。至於昔日的四聲，甚至是用字，就由各地方言繼承下來，一直流傳，並加演變，譬如我們的母語——粵語。

然而，那是否就是説：只要用粵語，就能夠百分百讀出唐詩宋詞的神韻？那不一定。因為雅言和粵語的語音系統同中有異，而且兩套語言在歷代都一直演變着，因此即使粵語保留了雅言的許多特點，可是這不代表粵語的發音完完全全與雅言對應。

誠然，部分詩歌的確可以用粵語讀出其押韻之處，譬如《登樓》的韻腳，分別是：心、臨、今、侵、吟，在古代固然屬同一韻部，在今天，也屬同一粵語韻母【-am】。可是，也有不少詩歌，用粵語是不能完全讀出其押韻之處的，譬如杜甫的《八陣圖》：

功蓋三分國，名成八陣圖。江流石不轉，遺恨失吞吳。

「圖」和「吳」是詩中韻腳，在《詩韻》裏同屬「虞」部，粵音則讀【tou4】和【ng4】，其韻母【-ou】、【-ng】完全不一樣，如果用粵語來讀這首詩，即使能讀出平仄的跌宕，也不能讀出當中的「韻」味。相反，兩個字的普通話讀音分別是【tú】和【wú】，韻母都是【-u】，用普通話讀這首詩的話，卻能夠讀出押韻之處，但不能讀到四聲的起伏，譬如「不」、「失」等入聲字。

再舉一個極端的例子，《月下獨酌（其一）》的首八句：

花間一壺酒，獨酌無相親。

舉杯邀明月，對影成三人。
月既不解飲，影徒隨我身。
暫伴月將影，行樂須及春。

詩歌的韻腳是「親」、「人」、「身」、「春」，在《詩韻》同屬「真」部。這四個字的的粵語拼音分別是【can1】、【jan4】、【san1】、【ceon1】，韻母分別是【-an】和【-eon】，讀起來不會完全押韻；至於它們的普通話拼音分別是【qīn】、【rén】、【shēn】、【chūn】，韻母分別是【-in】、【-en】和【-uen】，讀起來也是不完全押韻的。

因此，用粵語誦讀古詩詞，不必強求句句押韻，因為古代的音韻跟我們現在的大有不同，能夠讀出陰陽之高低、平仄之跌宕，固然有助我們感受詩歌情懷，最重要的，就是能夠咀嚼一字一詞、分析寫作手法，結合作者的生平、創作的背景，才能夠讀懂、體會和欣賞作品講述的內容和流露的情懷。

課後小測試

閱讀下列作品，填寫韻腳的粵語拼音，然後分辨韻腳屬四聲中的哪一聲。

❶ 孟浩然《過故人莊》

故人具雞黍，邀我至田家【　　】。
綠樹村邊合，青山郭外斜【　　】。
開軒面場圃，把酒話桑麻【　　】。
待到重陽日，還來就菊花【　　】。
韻腳屬（平／上／去／入）聲韻

❷ 崔顥《長干曲（其二）》

家臨九江水，來去九江側【　　】。
同是長干人，自小不相識【　　】。
韻腳屬（平／上／去／入）聲韻

❸ 王安石《桂枝香》

登臨送目，正故國晚秋，天氣初肅【　　】。千里澄江似練，翠峯如簇【　　】。歸帆去棹殘陽裏，背西風，酒旗斜矗【　　】。彩舟雲淡，星河鷺起，畫圖難足【　　】。　念往昔、繁華競逐【　　】，歎門外樓頭，悲恨相續【　　】。千古憑高，對此漫嗟榮辱【　　】。六朝舊事隨流水，但寒煙、芳草凝綠【　　】。至今商女，時時猶唱，《後庭》遺曲【　　】。

韻腳屬（平／上／去／入）聲韻

❹ 李之儀《卜算子》

我住長江頭，君住長江尾【　　】。日日思君不見君，共飲長江水【　　】。　此水幾時休？此恨何時已【　　】？只願君心似我心，定不負相思意【　　】。

韻腳屬（平／上／去／入）聲韻

結語

「木」、「朮」之辨——學習文言的大膽假設與小心求證

動腦記住、用心欣賞，固然是學習文言的要訣，可是還有一項，就是放膽求證。筆者就以自己的經歷為例吧：

筆者曾主編《香港中學生文言字典》一書，過程中需要參考到其他出版社的文言字典。當編到「仁」字條時，發現內地某出版社的文言字典，有這一個例句：

鄴中朝士有單服杏仁枸杞黃精木車前，得益者甚多。

這句出自北齊顏之推的《顏氏家訓．養生》，當中提及了多種中藥名稱。句子沒有為這些中藥名稱斷句，可是筆者對中藥尚算有點認識，因而都能一一找出：杏仁、枸杞、黃精、車前。然而問題來了：句中的「木」是甚麼？總不會有一種中藥叫「木」吧。

於是我大膽地推想：會不會有一種中藥叫「黃精木」呢？翻查過後，沒有。那麼會不會有一種中藥叫「木車前」呢？都沒有。這個時候，我開始懷疑「木」字有訛誤。於是，筆者上網翻查一下原文：原來句中的「木」不是「木」，而是「朮」（粵音讀【術 seot6】），是一種中藥名稱，根據顏色可以分為「白朮」、「蒼朮」。那麼，該字典中的「木」字是從何而來的呢？

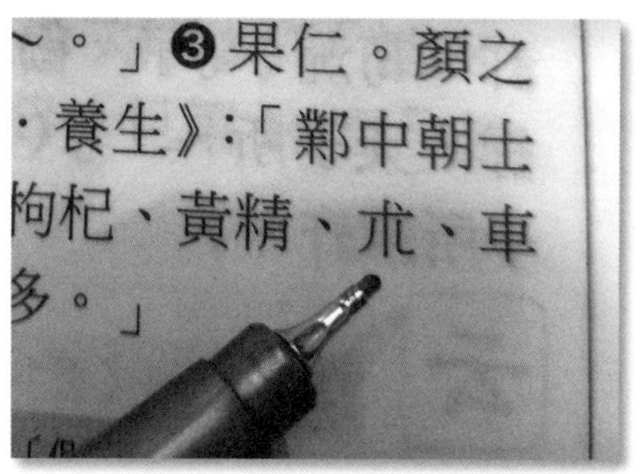

- 前車可鑒，筆者編訂拙作《香港中學生文言字典》「仁」字條的相關例句時，將「木」修正作「朮」，並以頓號分隔開各種草藥。

在多番追查後，筆者發現，在《四庫全書薈要》、《四部叢刊》中，《顏氏家訓·養生》一樣誤作「木」字。大概該出版社在引用《四庫全書薈要》、《四部叢刊》版本（或其他類似版本）原文之時，沒有仔細辨析和求證，因而出了這個錯誤。故此，筆者在編寫「仁」字條的內容時，修改了相關字眼。

由此可見，研讀古文，乃至於做其他範疇的學問，既要有大膽假設、小心求證的精神，而且要具備一些基礎知識，才可以避免出錯，讓自己的學術水平更上一層樓。

經歷了三十二課的學習，大家也許會開始發現，文言文真的沒有死，只是以其他方式遺留在我們的日常生活裏：超級市場的海報、管理處的告示、包裝盒上的說明書，甚至是粵語流行曲。因此，大家以後都不用再「怕」文言文，因為文言文就在你我的身邊，只要仔細觀察、認真學習、小心求證，就可以把文言文掌控於股掌之中了。

「課後小測試」參考答案

第 1 課

❶ 胃；為了

❷ 圍；接受

❸ 商；水勢大

❹ 剴；熱水

❺ 仙；新鮮

❻ 癬；少

❼ 昌；請求

❽ 章；快要

第 2 課

❶ 圓；圓形

❷ 非；不是

❸ 值；價錢

❹ 鎰；二十兩黃金

❺ ＋

❻ －；「天下從」是指山東六國聽從蘇秦的計謀。

❼ ＋

❽ －；這裏是指文姜（姜氏）與同父異母的哥哥齊襄公齊侯偷情。

第 3 課

❶ 合解；人名

❷ 分解；走出和進入

❸ 分解；豫州南部

❹ 分解；泥土和石塊

❺ 合解；之於

❻ 分解；兒子和孫兒

❼ 分解；盡頭（詞義偏向「窮」）

❽ 分解；大山阻隔

第 4 課

❶ 首都；國家

❷ 地位卑微；人格卑劣

❸ 老師；對男子的尊稱

❹ 感動奮發；感謝

❺ 品行純潔；無辜

❻ 這樣；表示判斷的詞語

❼ 給別人吃；進食

❽ 居室；宮殿

第 5 課

❶ 歌唱／唱出；名詞作動詞

❷ 得着；動詞作名詞

❸ 指責；形容詞作動詞

❹ 拼命；名詞作狀語

❺ 正確的事情；形容詞作名詞

❻ 稱讚；形容詞作動詞

❼ 幼年；名詞作狀語

❽ 像蛇一樣；名詞作狀語

第 6 課

❶ 使動；使你變醜

❷ 為動；為馬匹治喪

❸ 意動；覺得天下很小

❹ 意動；把他的父親視作賓客

❺ 使動；使他們的心思和志向受苦

❻ 為動；為晏子洗脫冤情

❼ 為動；替醉翁亭起名

❽ 使動；使田土肥沃

第 7 課

❶ 鄰人的 / 他的

❷ 牠 / 羊

❸ 為甚麼 / 為何

❹ 牠 / 羊

❺ 為甚麼 / 為何

❻ 我

❼ 他 / 楊子

❽ 您

❾ 為甚麼 / 為何

第 8 課

❶ 人稱代詞；您

❷ 疑問代詞；甚麼

❸ 特殊代詞；的人

❹ 人稱代詞；它的

❺ 指示代詞；這

❻ 特殊代詞；的原因

❼ 疑問代詞；怎會

❽ 指示代詞；有人

第 9 課

❶ 感歎；啊

❷ 判斷；×

❸ 祈使；吧

❹ 限制；而已／罷了

❺ 疑問；呢

❻ 祈使；啊

❼ 肯定；×

❽ 疑問；嗎；推測；吧

第 10 課

❶ ＋；藺相如，是

❷ －；凝固而成的

❸ ＋；只是貪圖利益

❹ －；都是這樣

❺ ＋；高興地叫好

❻ －；的地方少

❼ ＋；是多麼荒謬啊

❽ ＋；吳王治國無道的情況

第 11 課

❶ ＋；全都

❷ ＋；曾經

❸ －

❹ ＋；一定

❺ ＋；正正

❻ －

❼ ＋；不能

❽ ＋；本來

❾ －

❿ ＋；只要

⓫ ＋；不要

第 12 課

❶ 承接；然後

❷ 假設；如果……就

❸ 選擇；是……還是

❹ 並列；和／同時

❺ 轉折；卻

❻ 讓步；縱使

❼ 遞進；何況

❽ 取捨；與其……寧可

第 13 課

❶ 原因；因為

❷ 被動；給／被

❸ 條件；趁着

❹ 地點；在

❺ 對象；跟／和

❻ 原因；因為

❼ 來源；從／自

❽ 根據；按照／根據

第 14 課

❶ 肯定；陳勝，是陽城人，表字是涉。

❷ 疑問；為甚麼會富貴起來呢？

❸ 感歎；唉！

❹ 反問；燕子和麻雀怎會知道大雁的志向呢？

❺ 被動；十萬名百姓，被他人控制。

❻ 感歎；我的主意定下了！

❼ 反問；怎能夠抵擋這場戰役？

第 15 課

❶ ＾黑質而白章；主語；蛇

❷ 戰＾城南，死＾郭北；介詞；於／在

❸ 空山＾新雨後；謂語；下／下過

❹ ＾在肌膚；主語；疾

❺ 今其智乃反不能及＾；賓語；百工之人

❻ ＾對曰；主語；孟優

第 17 課

❶ 今在安哉

❷ 以羊易之也

❸ 向北坐，張良向西侍

❹ 回也賢哉

❺ 於市酤

❻ 一雌一雄

❼ 信自也

❽ 有過主人之客

第 18 課

❶ 爐灶；形

❷ 柴枝；形、義

❸ 熄滅；音、義

❹ 邀請；義

❺ 沒有；音、義

❻ 醒悟；義

第 19 課

❶ 贈送；句

❷ 當時；義、位

❸ 絲絹；形

❹ 鋪墊；形、句

❺ 非常；義、性

❻ 忙亂；音、義

第 20 課

❶ 王戎（留）；七（留）；歲（留）；曾經（換）；和（換）；小孩子（組）；遊玩（組）

❷ 看見（組）；路（換）；邊（留）；李樹（留）；許多（組）；李子

❸ 那羣（換）；小孩子（換）；爭相（換）；奔跑（換）；摘取（組）；它們（換）

❹ 只有；王戎（組）；沒有；走動（組）；別人（組）；問（留）；他（換）

❺ 王戎；回答（組）；說（換）；李樹；（組）；路邊（換）；卻；這麼多；李子（組）

❻ 這些（換）；必定；是；苦澀；的；李子（組）

❼ 摘取（組）；李子（換）；來吃；真的（換）；這樣（換）

第 21 課

❶ 王戎（留）；為人；節儉（組）；甚至；吝嗇（組）；他的（換）；姪兒（換）；結婚（組）

❷（補）；（補）；送了（換）；一件（組）；單層 / 單薄（組）；的；衣服（組）

❸ 婚禮；後（留）；更（留）；問姪兒；取回（換）；那件衣服（換）

❹ 王戎（留）；的（補）；女兒（組）；嫁給；裴頠（留）；向父親；借了（換）；幾萬（換、調）；錢（留）

❺ 女兒（組）；回到（換）；娘家；（補）；王戎（組）；的；臉色（組）；不（留）；高興（換）

❻ 女兒（組）；於是；馬上（換）；歸還；款項；王戎（補）；才（換）；顯露；放鬆（換）；的樣子（換）

第 24 課

❶ 詔；求賢；渴望求得賢才，因而下詔，公告天下

❷ 記；遊褒禪山；遊覽褒禪山的原因、經過和感受

❸ 疏；諫太宗、十思；勸諫唐太宗，十項在治國上需要思考的事情

❹ 論；藺相如、完璧歸趙；就藺相如完璧歸趙一事作出評論

❺ 賊平後、送人；為送別朋友而作，既流露了不捨之情，也抒發了對戰亂的慨歎

第 25 課

❶ 萬物；託物言志；仕途坎坷卻依然堅貞不屈

❷ 國家；暗中作喻；不曾體率百姓的艱苦生活

❸ 人倫；父慈子孝；比動物更懂得孝順母親

❹ 個人；傾吐遭遇；曠達樂觀的人生態度

第 26 課

❶ 變文；狂風吹、寒雨下、太陽曬都得到人類的庇護

❷ 變文；與動物為伴，與天地融合

❸ 對偶（正對）；屈原被流放的原因，正是過於清醒，不為世俗接受

❹ 排比；摘花、烹蟹、煮酒，抒發對閒適生活的嚮往

❺ 層遞；有許多人不願意直言齊王的錯誤

第 27 課

❶ 斟：z-；-am　　酌：z-；-oek　　雙聲

❷ 怒：n-；-ou　　號：h-；-ou　　疊韻

❸ 提：t-；-ai　　攜：kw-；-ai　　疊韻

❹ 躊：c-；-au　　躇：c-；-yu　　雙聲

❺ 羽：j-；-yu　衣：j-；-i　　雙聲

蹁：p-；-in　　躚：s-；-in　　疊韻

❻ 騏：k-；-ei　　驥：k-；-ei　　雙聲；疊韻

第 28 課

❶ 本體：猿毛；喻體：金絲；手法：明喻

❷ 本體：周瑜；借體：羽扇、綸巾；手法：借代

❸ 本體：朝廷；喻體：北極；手法：明喻

❹ 本體；美食；借體：甘脆；手法：借代

❺ 本體：地、秦；喻體：薪、火；手法：明喻

❻ 本體：雛鳥／雛燕；借體：黃口；手法：借代

❼ 本體：兄弟；喻體：豆、豆萁；手法：借喻

第 29 課

❶《三國志 · 周瑜傳》

❷《史記 · 汲鄭列傳》；名言

❸ 任昉《述異記》；傳說

❹ 曹植《名都篇》；文學作品

❺ 杜甫《登高》；文學作品

❻《莊子 · 齊物論》、《華陽國志 · 蜀志》；傳說

第 32 課

❶ gaa1；ce4；maa4；faa1；平

❷ jak1；sik1；入

❸ suk1；cuk1；cuk1；zuk1；zuk6；zuk6；juk6；luk6；kuk1；入

❹ mei5；seoi2；ji5；ji3；上、去

書　名　港文言・粵輕鬆

編　著　田南君

插　圖　廖鴻雁

出　版　三聯書店（香港）有限公司
香港北角英皇道 499 號北角工業大廈 20 樓

香港發行　香港聯合書刊物流有限公司
香港新界大埔汀麗路 36 號 3 字樓

印　刷　美雅印刷製本有限公司
香港九龍觀塘榮業街 6 號 4 樓 A 室

版　次　2019 年 7 月香港第一版第一次印刷

規　格　16 開（170 × 230 mm）352 面

國際書號　ISBN 978-962-04-4505-7

Published & Printed in Hong Kong